BONSOIR MISS NITA

David Haynes

BONSOIR MISS NITA

Libre Expression

Données de catalogage avant publication (Canada)
Haynes, David, 1955-
    Bonsoir Miss Nita
    Traduction de : Live at five.
    ISBN 2-89111-853-7
    I. Loubat-Delranc, Philippe. II. Titre.
PS3558.A952L5814 1999   813'.54   C99-940892-5

Titre original
LIVE AT FIVE

Traduction
PHILIPPE LOUBAT-DELRANC

Tous droits de traduction et d'adaptation réservés ;
toute reproduction d'un extrait quelconque de ce livre
par quelque procédé que ce soit, et notamment par photocopie
ou microfilm, est strictement interdite sans l'autorisation
écrite de l'éditeur.

© David Haynes, 1996
© Jean-Claude Lattès, 1998, pour la traduction française publiée
avec l'accord de Linda Michaels, International Literary Agents
© Éditions Libre Expression ltée, 1999, pour l'édition canadienne

Éditions Libre Expression
2016, rue Saint-Hubert
Montréal (Québec) H2L 3Z5

Dépôt légal :
3e trimestre 1999

ISBN 2-89111-853-7

*À la mémoire de mon père
Paul Haynes,
1905-1995.
Et merci pour les outils, p'pa.*

Mousse ou gels coiffants : rien n'y fait

> Et puis aussi, je voulais vous dire que vos cheveux sont très bien en ce moment. Vous êtes un digne représentant de notre race.
>
> Mme Delores Smotherson
> St. Paul

Brandon Wilson tripotait ses cheveux, les tiraillant de la main droite, les aplatissant de la gauche pour être sûr qu'aucun ne rebiquait. L'éclairage des toilettes pour hommes était moins bon que celui de la table de maquillage, et il était difficile de dire si tous étaient bien en place. Il n'y avait rien de pire que de se baguenauder avec plein de petits cheveux hérissés sur le crâne — surtout à l'antenne devant des milliers de téléspectateurs. Chaque fois que ça arrivait — et il avait beau faire, il avait l'impression que ça arrivait tout le temps —, il recevait des tonnes de lettres de vieilles mammas qui lui demandaient si son père ne lui avait jamais appris à se peigner correctement. Il trouvait ça décourageant. Alors qu'il aurait plutôt pensé que ce serait des Blancs qui l'attendraient au tournant, c'était au contraire des

Noirs, des petites vieilles surtout, qui étaient à l'affût de la moindre boulette : un *we* au lieu d'un *re*, une tache de graisse sur sa cravate, un cheveu rebelle... Ces grosses mammas n'avaient donc rien de mieux à faire que de chercher à épingler un de leurs frères qui faisait de son mieux pour s'en sortir ? Lui qui n'aurait dû se préoccuper que du choix du titre à remonter à la une, ou de savoir si la diffusion des images très accrocheuses de l'accident de voiture sur la I-94 s'imposait, passait son temps à se demander s'il était bien coiffé.

Ah, les Blacks et leurs tifs ! Tiens, il devrait peut-être faire un sujet là-dessus : pourquoi on fait tous une fixette sur nos cheveux. Il y a ceux qui sont raides ; ceux qui sont frisés ; ceux qui boulochent sur la tête ; ceux qu'on n'arrive pas à coiffer le matin. En fait, toutes ces vieilles biques qui passaient leur temps devant leur poste, obnubilées par sa coupe courte afro, étaient bien placées pour savoir qu'on ne peut faire qu'avec ce qu'on a, et qu'on se couche tous les soirs avec les cheveux qu'on a au réveil, qu'on les ait vaporisés de fixateur ou pas, qu'on ait passé des heures à les tirailler devant une glace ou pas. Les cheveux des Blacks ont une vie qui leur est propre.

Après inspection générale, Brandon décida que ses cheveux étaient OK et qu'il était grand temps de retourner à la salle de rédaction, mais il se cachait de Dexter Rayburn, le nouveau directeur de la chaîne ; aussi, tant qu'il n'aurait pas trouvé de meilleur refuge, avait-il la ferme intention de rester là où il était. Il se disait que les lavabos étaient plutôt une bonne planque tant Dexter donnait l'impression de n'avoir pas besoin de s'en servir.

Dexter avait été parachuté pour « redresser la barre ». Brandon n'ignorait pas que cela signifiait, entre autres, faire remonter l'indice d'écoute du journal de dix-sept heures qu'il coprésentait avec Mindy St. Michaels. En l'occurrence, oui, l'audimat était au plancher, particulièrement depuis que Channel 7 avait embauché l'autre petit con ; oui, ils étaient bons derniers, cinquièmes sur cinq ; et oui, en fait, il y avait plus de gens qui regardaient les rediff de *Drôle de vie* que Newscenter 13, mais Brandon estimait que ça n'avait absolument rien à voir avec lui. Pour commencer, St. Paul n'était pas vraiment la capitale de l'information aux États-Unis. Leurs réunions de rédaction du matin ressemblaient davantage à des groupes de prière : ils priaient tous pour qu'un pauvre mec quelque part tire sur sa femme, ou qu'un immeuble — n'importe lequel — soit détruit par un incendie, et que cela arrive, si possible, à quelques kilomètres du centre de St. Paul de façon qu'ils puissent y envoyer une équipe de cameramen avant que celle, trop efficace, des pompiers ait maîtrisé le sinistre. Ils priaient aussi pour qu'aucune des autres chaînes ne leur vole le scoop de quelque histoire minable qui sortirait, n'importe quoi qui ait un vague air d'info. Ils pouvaient annoncer les gros titres de la journée avant le journal national de dix-sept heures trente, mais les gens en avaient marre de tout ce merdier en Bosnie, alors ils programmaient une série interminable de sujets anodins — des conneries à visage humain qui lui sortaient par les yeux. Combien de toilettages pour chiens, de concours de bowling et de ventes de charité un présentateur pouvait-il couvrir avant de se mettre à bêtifier devant la caméra comme un idiot congénital ? Se demander tout au long de l'année si « Natalie » ou « Tootie »[1] allaient enfin décrocher un rendez-vous amoureux était bien plus palpitant que leur journal télévisé. De plus, KCKK avait le service d'informations le plus démuni de la ville. Ni camion satellite ni radar Doppler ; rien de tape-à-l'œil. Mindy et lui étaient assis à des bureaux en contreplaqué marron, le logo de la chaîne

---

1. Héroïnes de la série *Drôle de vie* (*The Facts of Life*) à laquelle il est fait allusion plus haut. *(N.d.T.)*

épinglé à leur revers, juste devant la salle de rédaction. Derrière eux, les autres membres de l'équipe, que l'ennui faisait craquer, passaient le temps du journal à ramper par terre hors-champ, à chuchoter des vannes, à lancer des avions en papier et à chercher par tous les moyens à faire rire Mindy. Elle gloussait à tort et à travers, s'esclaffait pour un rien : il suffisait de lui faire les marionnettes avec une chaussette, de la regarder en grimaçant, ou de lui raconter une blague idiote. Elle appartenait à cette catégorie de femmes actives qui pensent que, dès l'instant qu'on est d'un naturel souriant et enjoué, le monde du travail vous ouvre les bras. Pendant quatre ans, elle avait fait partie d'un club d'étudiantes où la réaction standard à tout, ou presque, consistait à écarquiller les yeux un max et à ouvrir toute grande la bouche en criant : « Chouette ! » À ses débuts de présentatrice, elle lisait tous les sujets avec une indéfectible gaieté — qu'il s'agisse d'une corbeille de peluches livrée à un hôpital pour enfants ou d'un accident d'avion dans lequel des centaines de personnes avaient trouvé la mort. Brandon avait dû lui expliquer comment lire les dépêches, en surlignant les faits divers tragiques d'une couleur et les bonnes nouvelles d'une autre. Ces dernières années, il avait passé une grande partie de son temps à trembler qu'elle ne s'emmêle les pinceaux.

Brandon savait que c'était là le genre de trucs dont les dossiers de Dexter regorgeaient. Il savait aussi que « redresser la barre » signifiait redorer les talents — Mindy et lui pour commencer, et que, pour le network, les raisons de la chute vertigineuse de l'audimat étaient très claires. Il suffisait de regarder Canal 7. Avec l'arrivée du minet de service Dane Stephens, ils s'étaient propulsés de la quatrième à la deuxième place ; ou KMN, où ce bon vieux Arne Peterson, l'enfant chéri du troisième âge suédois et norvégien, lisait les nouvelles depuis l'invention de la fée électricité. Brandon savait que plein de petits vieux laissaient leur télé branchée en permanence sur Canal 6, et il se disait que le directeur de l'information devait sûrement avoir enfoncé un bâton dans le cul d'Arne pour qu'il tienne encore droit sur sa chaise. Arne devait friser les cent sept ans. Bien sûr, il mourrait un de ces quatre, mais pas assez tôt pour Brandon. En attendant, le journal de dix-sept heures de Canal 6 était toujours numéro un dans les sondages, Dexter avait débarqué parmi eux, et les seules à regarder Brandon étaient une clique de vieilles Noires à la dent dure, et encore pas si nombreuses que ça.

Il se rapprocha du miroir, plissa la bouche en avant et tira la peau au coin de ses yeux. Pas mal pour trente-huit ans (trente-deux sur sa bio officielle). Un des avantages d'être black, c'est qu'on vieillit bien. Pas comme cette pauvre Mindy. Un vrai repoussoir ces derniers temps. L'arrivée de Dexter l'inquiétait, elle aussi. Dans ce boulot, votre destin dépend de types dans son genre. Ces gars-là n'avaient qu'un credo, selon lequel, si KCKK chutait, c'est parce qu'ils étaient mauvais. Ça faisait un bon mois que ce Dexter zonait dans les parages, les regardant lire les nouvelles, prenant des notes dans son carnet rouge, faisant des messes basses avec ses divers conseillers. Mindy et lui avaient dû rester assis six heures durant devant les caméras pendant que l'un de ses sbires les enduisait de différentes nuances de maquillage en les recouvrant d'échantillons de tissus de couleur, les laissant cuire sous les projecteurs pendant que les techniciens accrochaient des gélatines orange, roses, puis bleues, avant de recommencer tout depuis le début. Pauvre Mindy. Cette manipulation permanente l'avait rendue si nerveuse que ses fous rires avaient dégénéré en une sorte de hennissement guttural chronique. Elle avait déjà subi deux ou trois « interventions », ainsi qu'elle aimait à qualifier ses liftings, et la maquilleuse en était réduite à devoir faire des heures sup pour éviter à Mindy d'avoir l'air d'être en état d'ébahissement perpétuel.

La part vacharde de Brandon regrettait qu'il n'ait pas tiré parti de cet avantage, qu'il n'ait pas, par exemple, organisé un déjeuner avec Mindy et Dexter dans un restaurant à l'éclairage violent pour que le directeur puisse voir en gros plan à quel point elle avait dépassé la date limite. On ne sait jamais ; parfois, deux c'est trop d'un, et ça ne pouvait pas faire de mal de donner un petit coup de pouce au destin. Si minable que cela paraisse, il savait qu'elle non plus n'hésiterait pas, qu'elle serait prête à tout pour lui couper l'herbe sous le pied. Maintenant, il était trop tard pour jouer à ce petit jeu, il l'avait compris. Comme il avait compris qu'ils pouvaient très bien être virés tous les deux. C'était le jour J. Le mois que Dexter s'était donné pour « prendre la température » touchait à sa fin, et c'était aujourd'hui qu'il présenterait son plan de réorganisation de la rédaction.

Ron Anderson, de l'équipe sportive, entra nonchalamment dans les toilettes, faisant un ballon avec son chewing-gum, son mètre quatre-vingt-douze glissant comme s'il était toujours sur un terrain de basket.

— On se planque dans les chiottes, à ce que je vois, dit-il.

— Je t'emmerde.

Anderson pissa dans l'urinoir, ce qui, aux oreilles de Brandon, prit une ampleur de cataracte. Il gagna le lavabo en sifflotant, se lava consciencieusement les mains, et se recoiffa avec cet air à la fois concentré et indifférent commun à tous les ex-sportifs, peigne mouillé ratissant le cuir chevelu, une main accompagnant le mouvement et plaquant les cheveux avec minutie.

— Je te trouve plutôt cool, nota Brandon.

— Tu sais comment c'est. Nous, aux Sports, on risque moins que la chatte d'une bonne sœur dans un bar gay. Mais vous, alors... Bah !

Il ricana et se remit à plaquer ses cheveux blond-roux.

Comme si, songea Brandon, il y avait tant de gens

que ça qui allumaient leur poste pour écouter les résultats sportifs.
— Tu as appris quelque chose ? demanda-t-il.
— Nnnon. Pourquoi ? T'as les boules ?
Brandon haussa les épaules.
— Te bile pas. On vous vire jamais, *vous*. Avec ces quotas à la con à respecter..., ajouta Anderson.
Enflure, songea Brandon.
— Dexter Rayburn ne fait pas de sentiment, reprit-il. Tout ce qui compte pour lui, c'est les chiffres.
Anderson essuya son peigne à une serviette en papier, se retourna et lança :
— Bon, je me tire. J'me fais un déjeuner avec la nouvelle minette du service des ventes. Souhaite-moi bonne chance. Oh, j'allais oublier : très bien, tes cheveux, aujourd'hui. On croirait presque que tu t'es peigné.
— Merci beaucoup. Demain, je m'épargnerai cette peine et je me contenterai de me les coller sur le crâne avec la même merde que toi.
— À toute allure, mon vieux, fit Anderson, clignant de l'œil et pointant son index vers lui.
Enfoiré, songea Brandon. La chaîne était bourrée de connards de son espèce qui faisaient des clins d'œil et pointaient le doigt à tout bout de champ.
Mais Ron avait sans doute raison. Probable qu'il y avait un quota. Chaque chaîne devait avoir au minimum un Noir, et KCKK en avait deux. Kimberly Darnell et lui. Des deux, c'était probablement lui qui risquait le moins. Primo, Kimberly n'était encore qu'une journaliste — toujours à la pointe des chiens écrasés et des galeries marchandes, excusez du peu —, et elle ne s'était pas encore fait un nom. Deuzio, elle était trop foncée. D'un noir bien plus soutenu que Brandon, et c'était déjà étonnant qu'elle ait réussi à se faire embaucher, vu que la nuance papier kraft était le maximum autorisé dans la boîte. Or, elle était bien au-delà, naviguant entre le fond de vieille casserole et le pain brûlé, à la périphérie de la zone Vian-

dox. Les directeurs de chaînes ne voulaient courir aucun risque au niveau du public, surtout pas dans un marché tel que le leur, où les Afro-Américains faisaient figure d'oiseaux rares. Non que Kimberly fasse mal son boulot, au contraire. Elle était encore jeune, et avec du temps et quelques bons sujets — un blizzard, peut-être, ou un gros scandale au siège de la législature de l'État — elle pourrait faire du chemin. Mais pas ici, pas dans le grand Nord blanc de blanc.

Brandon était du bon côté de la nuance papier kraft ; d'une couleur chocolat au lait, mais un chouïa plus laiteux que chocolaté.

De plus, il avait un contrat. Pour un poste de présentateur. Contrat qui stipulait — et son agent l'avait rassuré : ça tiendrait — qu'il travaillerait *uniquement en tant que présentateur* pour la chaîne KCKK jusqu'à la fin de l'automne suivant. Alors, que pouvait-il lui arriver, au pire ? Présenter *Aub'Infos* ?

Cette idée raviva ses inquiétudes car, d'après les sondages, personne ne regardait *Aub'Infos*. Pas un chat. Brandon ne savait même pas qui présentait ce journal. À part que c'était un type qui bossait pour la chaîne depuis toujours, qu'il avait été Friso le Clown, qu'il avait un contrat béton, à vie, datant de l'époque où les émissions pour enfants avaient la cote dans le coin, et que la seule raison d'être de *Aub'Infos* était de donner à ce gugusse un os à ronger jusqu'à sa mort. Le bruit courait qu'il allait partir à la retraite. Ne serait-ce pas là le placard idéal pour Brandon ?

Tout à son inquiétude, Brandon se passa les mains dans les cheveux et aussitôt un bataillon de frisettes se dressa sur sa tête en rangs serrés autour de son épi central. Il allait devoir sortir son démêloir et tout recommencer.

Ce n'était pas avec *Aub'Infos* qu'il risquerait de devenir célèbre.

Devenir célèbre : et dire que c'était pour ça qu'il

était venu habiter dans les Twin Cities[1]. C'était un endroit mythique ; c'était là que les networks venaient chasser les têtes. Même si Newscenter 13 était loin de faire de l'ombre à Action 6, les dénicheurs de talents, quand ils venaient en ville, passaient au crible tous les journaux télévisés du coin au moins une fois. Tous sauf *Aub'Infos*.

Il finit par réussir à mater ses cheveux. Et voilà où échouaient ses rêves : dans le caniveau. Dès l'âge de cinq ans, le jour où son père avait rapporté à la maison leur première télé, là-bas, à St. Louis, Brandon avait tout de suite su qu'un jour, il serait dans cette boîte. Car, au début, il croyait que ça marchait comme ça, que les gens qu'il voyait chanter, danser, manger, et raconter des histoires sur l'écran étaient réellement dans le poste. Et même lorsque, plus grand, il sut de quoi il retournait, son désir ne le quitta pas. Il serait Bob Gibson, le batteur des Cardinals, qu'on voyait à la télé au moment des World Series. Ensuite, il décréta qu'il deviendrait les Jackson Five — tous les cinq — ou Bill Cosby, ou Mohammed Ali, ou un type comme eux. Car ce qu'ils avaient en commun et dont il avait envie, c'est qu'ils passaient à la télé, qu'il les aimait, que tout le monde les aimait. Lui aussi, un jour, il serait dans le poste et il avait tout fait pour réaliser son rêve — du lycée à l'université, et sur les chaînes locales de tous les trous perdus d'Amérique. De Racine à Springfields en passant par Evansville et Texarkana pour atterrir ici, sur un marché plus important, au seuil de la grande porte. Et voilà que l'arrivée de Dexter Rayburn menaçait de réduire ce rêve à néant.

Tout espoir n'était peut-être pas perdu. Il était encore jeune — faisait même plus jeune que son âge. Il avait de bonnes références, une super bande démo, et un look « action-affirmation ». Anderson avait raison :

---
1. St. Paul et Minneapolis, villes jumelles du Minnesota. (*N.d.T.*)

toutes les chaînes du pays avaient des quotas à respecter. Donc, il redescendrait d'un cran, réintégrerait un marché plus restreint. Et alors ? Beaucoup de ces marchés-là étaient plus dynamiques. Ce n'était qu'une question de chance, après tout. De chance et de moment — être à l'antenne au moment où éclate l'affaire du siècle, poser les bonnes questions à la bonne personne au bon moment. Pour aller jouer dans la cour des grands, il suffisait de savoir saisir sa chance, et la chance, elle pouvait se présenter partout. Mais, depuis cinq ans qu'il vivait ici, il n'avait eu la chance que de choper deux ou trois gros rhumes, et un poisson-lune dans le lac Calhoun. Et de rencontrer Sandra.

Sandra la Douce.

Sandra le suivrait s'il déménageait. Il était prêt à le parier. Elle n'arrêtait pas de dire que, de toute façon, c'était mortel ici, et qu'elle avait envie de se rapprocher du Tennessee où vivait sa famille. Indianapolis. Louisville. Nashville. Il demanderait à son agent de voir ça aujourd'hui même. Peut-être que Dexter lui rendait service, après tout.

— Celui que je cherchais ! s'écria Dexter, entrouvrant la porte des toilettes. Dans mon bureau. Dans cinq minutes. Pas plus.

Le tout avec un sourire vide. Il fit le geste de dégainer un revolver, visa, tira, et fila.

Merde, songea Brandon.

Et s'il la lui jouait star ? S'il n'y allait pas, dans son bureau... ou mieux : il irait avec son avocat et son agent, et il les laisserait faire la conversation. C'est ça ! Il aurait dû y penser plus tôt. Il fonça vers son téléphone au cas où ils seraient restés à leur travail rien que pour attendre son coup de fil.

Mindy était assise à son bureau, immobile, droite comme un I. Mains croisées devant elle.

— Ça va, Mindy ?

Elle fit oui de la tête.

— Tu as parlé à Dexter ?
Elle refit oui de la tête. Elle affichait le sourire des dauphines qui, en bonnes perdantes, sont obligées de se réjouir de la victoire de la nouvelle Miss Amérique.
— Et... ? insista Brandon.
Elle renifla imperceptiblement. Frissonna.
— Il veut que je redevienne rousse.
En brave petit soldat, Mindy refoula ses larmes.
Brandon hocha la tête d'un air compréhensif, lui tapota le dos et s'éloigna pour aller voir Dexter. Le Grand Manitou avait mis dans le mille. Brandon et, selon Mindy, seulement quelques autres (« Quatre, je te jure », lui avait-elle affirmé) savaient qu'elle était une vraie rousse.
La porte du bureau de Dexter était grande ouverte telle la gueule d'un crocodile affamé. Brandon l'entendit qui sifflotait, aussi décontracté qu'un fils à sa maman rapportant une bonne note à la maison. Brandon frappa de petits coups sur l'encadrement.
— Celui que je cherchais ! s'exclama Dexter en souriant. Vas-y, trouve de quoi t'asseoir.

Une façon d'aimer

La prochaine fois qu'elle le verrait, Nita allait lui botter le train à ce sale Blanc de Skjoreski. Cet enfant de salaud lui avait promis de lui envoyer quelqu'un la veille pour réparer cette saloperie de chauffe-eau. Elle l'attendait toujours, et depuis ce week-end elle avait toute une smala de bons à rien de Noirs sur le dos parce qu'il n'y avait plus d'eau chaude. Si elle s'écoutait, elle le laisserait se démerder tout seul. Qu'il se trouve une autre poire pour s'occuper de ce trou à rats. Si elle avait les moyens de laisser tomber, elle n'hésiterait pas. Seulement elle arrivait tout juste à payer les cent cinquante-cinq dollars par mois, alors les trois cents qu'il prenait normalement pour un trois pièces, faut pas rêver ! Et où est-ce qu'elle trouverait un appartement, même deux fois plus petit que celui-là, où se loger avec les trois gosses pour un loyer aussi bas ?

Gardienne... han ! Au-dessus, ces imbéciles s'imaginaient que ça voulait dire qu'elle était proprio. Ça signifiait seulement que c'était elle qu'on venait trouver en cas de problème. Comme cette vieille guenon, là. Nita essaya de repousser l'enquiquineuse vers la porte. Elle lui était tombée dessus et avait pris racine. C'est bien parce qu'elle lui gardait les gosses après l'école, sinon elle l'aurait depuis longtemps fichue dehors à coups de pied au cul, la vieille !

— Qu'est-ce que vous voulez que j'y fasse, madame Carter ? lui demanda-t-elle. Depuis dimanche matin, je lui téléphone ! Il me dit qu'il s'en occupera le plus tôt possible.

— Comment on est censé faire sans eau chaude ? C'est insalubre.

— Je l'aurais réparé moi-même si je savais, et c'est pas faute d'avoir essayé, croyez-moi. Je le rappellerais bien si ça pouvait... Oh, tenez, j'ai une idée ! Vous remontez chez vous et vous l'appelez vous-même.

— C'est les services d'hygiène que je vais appeler, oui. Si mon eau chaude ne revient pas. Dans la journée.

Mme Carter partit en claquant la porte.

Connasse.

Nita rappela chez Skjoreski et tomba encore sur son répondeur : même ronron, même demande idiote de « laisser un message après le bip sonore ».

Elle raccrocha d'un geste rageur. On ne la lui faisait pas. Son autre ligne aussi était sur répondeur. Ce bulleur de première ne décrochait jamais. Jamais. Et elle avait déjà saturé de messages son maudit répondeur. Les deux répondeurs. Nul. En attendant, comme les autres zigotos, elle en était réduite à se débarbouiller à l'eau froide, puis à persuader les gosses de faire pareil ; elle tremblait à l'idée de recevoir un mot de l'infirmerie de l'école lui disant que leurs cheveux devenaient vraiment trop sales, ou de ne plus pouvoir dégraisser les assiettes du dîner ni mettre aucun vêtement à tremper dans l'évier. Ce qui était encore plus nul, c'était que des crétins comme lui — qui seraient pas même fichus de suivre le cortège d'un enterrement — se retrouvaient propriétaires d'immeubles où des gens comme elle étaient obligés d'habiter. Faut dire que c'était un bel immeuble — sols et murs impeccables, solides, bonnes tuyauteries et installation électrique convenable. Y'avait une de ces bonnes vieilles cuves à mazout au sous-sol qui marchait du feu de Dieu et vous faisait chantonner les radiateurs tout l'hiver. Elle le connaissait de haut en bas ce bâtiment, parce que, plus souvent qu'à son tour, elle en avait sondé les entrailles pour faire des réparations. Et quand elle ne pouvait pas réparer elle-même, elle papillonnait autour des ouvriers pour voir comment ils s'y prenaient, histoire que, la prochaine fois qu'un truc tomberait en panne, elle et les autres soient pas obligés d'attendre bras croisés que Skjoreski daigne s'en occuper. Elle avait déjà soudé des tuyauteries, changé des fusibles, mis rustine sur rustine à des tuyaux de machines à laver au point qu'ils faisaient davantage penser à des rouleaux de ruban adhésif qu'à autre chose. C'était un super immeuble. Il ne lui manquait qu'une couche de peinture dans les couloirs et quelques joints au mortier à l'extérieur, là où des briques foutaient le camp. Si Skjoreski n'était pas aussi rat, il investirait dans un truc qui durerait à vie. Mais il les lâchait au lance-pierres. S'il avait bien voulu changer la boîte de dérivation une bonne fois, y'a deux ans, il n'aurait pas eu à dépenser une petite fortune en fusibles. Chaque fois que Mme Carter branchait son fer à repasser et son four à micro-ondes en même temps, elle provoquait un court-circuit. Mais non, il ne mettait un sou dans l'immeuble que lorsqu'il ne pouvait pas faire autrement. Et pourquoi il se gênerait ? Pour lui, cet immeuble n'était qu'un moyen d'avoir des réductions d'impôts ; quand il se serait déprécié jusqu'à la corde, il le vendrait à un autre gugusse, et ainsi de suite, jusqu'à ce que mort de l'immeuble s'ensuive. Elle connaissait ces magouilles grâce à ses cours du soir de comptabilité commerciale. Elle savait faire la différence entre les immeubles de placement et les immeubles de rapport, et savait aussi que, si ce bâtiment se trouvait à Highland Park ou à Crocus Hill, par exemple, il aurait plus de valeur, mais que, coincé ici dans Marshall Avenue, dans ce quartier, il valait mieux le louer à des pauvres et le laisser se dégrader. Et pourquoi pas ? Après tout, du haut en bas de la rue, il n'y avait rien que des maisons en ruine — dont deux ou trois squats du crack —, et la ville ne consacrait pas trop de fric à faire appliquer les règles en matière de logement, à envoyer la police sur place, ou à arranger la rue. À deux pâtés de maisons, les choses s'amélioraient. De jeunes Blancs, des riches, avaient acheté et aménagé des jardins avec de jolies grilles en fer forgé. Ils s'étaient installés au-delà de Laurel Avenue pour le moment, et un de ces jours, ils seraient par ici. Mais pas avant longtemps, pas avant que cet immeuble soit tombé en ruine. Il serait rasé au bulldozer et remplacé par des appartements en copropriété.

Ce qui n'arriverait pas si c'était elle la proprio. Elle repeindrait les couloirs en blanc laqué, accrocherait de bons rideaux aux fenêtres à la place des chiffons délavés de Skjoreski. Elle sèmerait du nouveau gazon sur le devant, ferait paver le parking derrière et dessiner des bandes par terre pour que les gens ayant une voiture puissent la garer comme il faut et pas au petit bonheur la chance. Elle ferait changer la boîte de dérivation, et surtout, elle foutrait la racaille dehors, comme les voyous d'en haut, des petits branleurs ceux-là, et elle sélectionnerait les locataires, pas comme Skjoreski qui louait au premier qui lui apportait l'argent de la caution.

Y'avait des jours où elle se disait qu'elle se verrait bien avec un immeuble pareil. Ou alors une maison, une jolie petite maison comme celles qu'on trouve dans le Midway, avec un bout de jardin à cultiver, une chambre pour les filles, et une pour Marco. Marco avait huit ans et commençait déjà à la bassiner parce qu'il ne voulait plus avoir ses sœurs — Rae Anne, six ans, et Didi, cinq — toujours dans les pattes. Il aurait sa chambre à lui, les filles la leur, et elle la sienne. Et il y aurait de la place pour toutes ses affaires qui ne seraient plus tripatouillées par celui-ci ou celle-là, exprès ou pas. Elle aurait un endroit où elle pourrait lire au calme ou regarder ses feuilletons. Un endroit où aller quand elle aurait envie d'être tranquille. Et seule.

Nita n'avait jamais rien eu de tout ça. Elle avait commencé par cohabiter avec ses deux sœurs ; ensuite elle avait déménagé pour s'installer avec André et sa mère quand Marco était arrivé, puis les filles. Par la suite ils étaient venus ici. Y'avait des jours où elle était triste à mourir car elle ne voyait pas comment elle pourrait avoir une maison pareille. Ou une maison tout court. Elle demeurerait au même endroit avec ses gosses, et les gosses de ses gosses peut-être. Ou dans un lieu identique. Comme Cece de l'autre côté du couloir. Elle dormait dans la pièce de devant, ses deux plus jeunes dans celle du milieu, et les deux plus âgées avec leurs deux bébés dans celle du fond. Huit ans qu'elle était là, et c'était parti pour durer.

Penser à Cece lui donnait toujours un sursaut d'énergie, lui rappelait qu'elle pouvait faire mieux. Oui, elle était capable de passer à la vitesse et à la classe supérieures. Elle finirait bien par l'avoir, son diplôme de comptable... Elle laisserait tomber son boulot de caissière, se trouverait un travail comme il faut, payé comme il faut, dans le centre, et donnerait une vie décente à ses enfants. Et qu'est-ce que ça pouvait faire si ça prenait encore trois ou quatre ans ? Entre son poste chez Wards et les gosses, elle ne pouvait suivre qu'un cours ou deux à la fois, et alors ? Elle était sur la bonne voie.

Et qui sait, peut-être que quelqu'un surgirait dans sa vie, l'aiderait. André, ce tire-au-flanc, n'en foutait pas lourd pour elle et les gosses, et ça ne changerait pas. Oh, c'est sûr, pour les anniversaires et pour Noël, il lui arrivait de faire un saut avec une peluche ringarde ou un sac de provisions. Et encore... S'il bossait, s'il n'avait pas claqué tout son fric, et s'il se souvenait du jour qu'on était. Ne pas avoir épousé ce négro était la décision la plus intelligente qu'elle ait prise. Durant les quatre ans qu'elle avait passés avec lui chez sa mère,

elle n'avait pas arrêté d'entendre de tous les côtés :
« Mais épouse-le. Il leur faut un papa, à ces gosses. » Côté
papa, se disait-elle, André avait déjà donné, du moins la
seule chose qui l'intéressait. Point final. S'il était resté,
tout ce qu'elle y aurait gagné aurait été encore moins de
place et une bouche de plus à nourrir.

Ce qu'elle espérait, c'est qu'il se trouvait un autre
homme quelque part, un homme pour elle, un vrai. Pas
un ado attardé comme André. Un homme avec un travail
régulier, un homme qui savait ce qu'il voulait dans la vie
et qui avait une petite idée de comment l'obtenir. Un
homme qui pourrait être un vrai père pour les enfants.
Qui les aiderait à s'habiller le matin, à faire leurs devoirs.
Qui les emmènerait au parc le dimanche, ou à la fête
foraine, et qui resterait à leur chevet quand ils tomberaient malades ou simplement qu'ils auraient peur. Un
homme qui la laisserait essayer de réaliser ses rêves à
elle aussi, et qui n'exigerait pas qu'elle soit là toutes les
heures du jour et de la nuit, à sa disposition quand il lui
prendrait l'envie de rentrer et de s'amuser. Un homme
qui, au lit, serait doux et gentil, un homme pour elle, rien
que pour elle, et pas pour les salopes qui se baguenau-
daient dans la rue en robe moulante. Elle n'en connaissait pas des hommes comme ça. Sa maman en avait eu
un, il était mort, et maintenant elle s'en était trouvé un
autre — le genre cossard, mais bon... Martina, qui bossait avec elle, s'en était trouvé un — à ce qu'elle disait...
Il y avait bien M. Miles qui habitait la maison derrière,
qui l'aidait à faire démarrer sa vieille bagnole des fois,
l'hiver, quand il faisait en dessous de zéro, qui chassait
les voyous de la ruelle, et l'aidait à balayer les tessons
de bouteille et les ordures qu'ils laissaient derrière eux.
Mais il avait déjà une femme et des gosses à lui.

Elle ne comprenait pas pourquoi c'était comme ça.
Elle présentait bien. Elle n'avait que vingt-quatre ans et
n'avait pris que cinq kilos depuis le lycée. À les
entendre, beaucoup de Noirs préféraient les filles

menues. Elle s'habillait aussi bien que ses moyens le lui permettaient, dans les limites de sa carte discount chez Wards. Et elle n'était pas vulgaire — elle n'arpentait pas la rue en roulant du cul, à brailler, et à se faire le premier qui passe —, pas comme la plupart des pétasses du quartier. Peut-être que c'était ça : peut-être qu'elle ferait mieux d'aller dans le ruisseau, comme les autres. Mais elle savait quel genre d'hommes on y rencontre — ceux qu'on trouve à tous les coins de rue et dans toutes les prisons —, et les maisons où ceux-là l'emmèneraient ne seraient pas vraiment celles de ses rêves. Elle avait envie d'un homme différent, mais où est-ce qu'ils étaient ceux-là, bon sang ? Une fois de temps en temps, elle se faisait aborder, à la fac ou au magasin, mais elle savait que c'était du vent, que la plupart de ces mecs accostent tout ce qui porte une jupe, histoire de voir s'ils peuvent pas s'amuser un peu. Quelquefois, ils sont à peu près bien, et quelquefois un des bien lui propose une sortie. Elle y va quand elle peut, quand elle a l'énergie et le temps et que m'man peut garder les gosses. Les mecs sérieux, bah, y'en a pas des masses qui sont prêts à se mettre avec une fille qui a des gosses. Pas des masses qui ont imaginé les enfants d'un autre dans leurs projets d'avenir. Elle ne pouvait pas dire qu'elle leur en voulait.

Des fois, elle regrettait de ne pas avoir attendu. Elle regrettait d'avoir les gosses — ce serait plus facile sans eux. Plus facile de terminer ses études et de monter en grade. Mais côté mec, les gosses, c'était pas ça le problème, elle le savait, au fond. Elle connaissait beaucoup de filles qui n'avaient pas de gosses et qui étaient dans la même galère qu'elle. La plupart des mecs étaient en taule ou en liberté conditionnelle. Les autres, mariés ou homos. Et pour le peu qui restait, ben, y'avait beaucoup de nanas au portillon — aussi nombreuses que des poulets en batterie. Et quand une femme tombait sur le bon numéro, elle avait intérêt à pas avoir peur de la bagarre, intérêt à être prête à se servir de tous les trucs que lui

avait appris sa mère — et de beaucoup d'autres — pas'
que les mecs bien, ils avaient l'embarras du choix, ils en
avaient toujours deux ou trois sous le coude, et si on
leur disait non sur un truc, y'avait plein d'autres nanas
qui n'attendaient que ça pour prendre la place. Donne
tout ce que tu peux, donne à t'en faire mal, donne jusqu'à ce que t'aies plus rien à donner, et à la fin, t'auras
de la chance s'il te reste autre chose qu'un cœur en morceaux et un bébé de plus à t'occuper.

Ça pourrait être pire. Elle avait ses gosses, elle les
aimait, et ils l'aimaient, *eux* — quels que soient la tête
qu'elle avait, les fringues qu'elle portait, le fric qu'elle
gagnait. Au moins, elle avait ça.

Et elle avait sa mère et ses sœurs. Et ce nigaud d'André ; et il l'aimait, en plus, supposait-elle, à sa façon puérile. Il s'amenait avec ses cadeaux bon marché et son
sourire à un million de dollars. Il taquinait les gosses qui
se vautraient dans sa tendresse comme des porcelets
dans une fosse à purin. Elle préparait du pop-corn et
ils s'asseyaient tous ensemble au salon devant la télé,
exactement comme une vraie famille. Et, souvent, elle
voulait bien qu'il passe la nuit, et c'était chouette. En
faisant de gros efforts, elle arrivait à croire que c'était
pour de bon, et des fois, il restait plusieurs jours, mais
souvent, le matin, il était plus là. C'était une façon d'aimer, sans doute.

Elle ne comptait pas sur lui, de toute manière. Ni
sur André ni sur aucun autre homme de son imagination.
Au final, on ne pouvait compter que sur soi. Elle avait
un programme bien défini, et même si ça pouvait être
sympa d'avoir un corps chaud contre le sien — surtout
durant ces nuits où on pelait de froid dans le Minnesota,
elle n'avait pas l'intention de faire un détour pour personne.

— Nita !

Quelqu'un criait son nom au bout du couloir. C'était

ce salaud de Skjoreski. Ah, quand même ! Elle ouvrit la porte et tomba sur lui, en bas de l'escalier de la cour.

— Mais où vous étiez, bordel ? lui demanda-t-elle. J'ai passé mon week-end à vous appeler.

— Venez voir ce que j'ai là, répondit-il.

— Y'a intérêt à ce que ce soit ce que je pense, sinon ça va barder.

Elle le suivit dehors. Sur le plateau de son pick-up, elle vit deux cumulus enveloppés dans des couvertures et posés sur de vieux matelas.

— J'ai fait une bonne affaire...

Quel radin, l'enfoiré, songea-t-elle. Il avait acheté des cumulus d'occasion, bordel. Trop petits, en plus.

— Parce que vous croyez qu'un de ces trucs va suffire pour nous tous ? On est quinze à vivre là-dedans. Et davantage le week-end, des fois.

— J'installe les deux.

— Ça rime à rien. Pourquoi vous faites pas réparer celui qu'on a, au lieu de mettre ces machins ?

— Parce que ça revient moins cher, dit-il, lui souriant de toutes ses dents de grippe-sou. Les serpentins sont foutus sur l'ancien. On trouve plus les pièces, et même si je les trouvais, elles me coûteraient aussi cher que ces deux-là. Dennis ! Au boulot ! cria-t-il à un jeune dans la cabine du pick-up. J'ai le fils avec moi aujourd'hui. Il séchait ses cours, alors je l'ai embauché.

Le gamin éteignit la radio et descendit pour donner un coup de main. Bien le fils de son père, vit Nita : même cheveux blond-roux, même nez en trompette. Il serait balèze lui aussi, dans quelques années, comme son père. Avec la même bedaine de buveur de bière, sans doute.

— Nita, ma gardienne, fit Skjoreski en guise de présentation.

— Enchantée, dit Nita.

Et le gamin sourit timidement, la mine renfrognée.

— Il a treize ans, reprit son père en roulant des

yeux d'une façon qui, supposa Nita, était censée indiquer quelque chose.
Nita ne voyait pas du tout quoi.
— Ouvrez-nous la porte et coincez les battants, ma belle, ordonna Skjoreski, qui ajouta : Viens par là, fils, et prends à l'autre bout.
Nita posa un parpaing contre le battant de la porte. Skjoreski était planté à côté du pick-up, pressant le gamin pour qu'il l'aide à porter.
— C'est lourd, se plaignit Dennis.
— Prends ton temps, cool, l'encouragea Skjoreski.
— C'est trop lourd !
— Fais gaffe ! Le lâche pas, tu vas casser l'intérieur.
Nita était écœurée. Trop radin pour louer les services d'un déménageur, il préférait sortir son fils de l'école pour faire ça.
— Attendez une seconde, s'interposa-t-elle.
Elle envoya le gamin au sous-sol pour tenir une autre porte et prit sa place.
— Vous montez sur le plateau, lança-t-elle à Skjoreski, et vous me passez le premier.
Il acquiesça, et Nita se dit que ce saligaud avait dû prévoir que ça se passerait ainsi. Il avait attendu exprès qu'elle ait fini sa journée pour apporter ces machins. Elle posa le premier en douceur, puis le deuxième. Skjoreski sauta du pick-up, déjà essoufflé et en nage. Bien fait pour lui.
— Bon, décida-t-elle, vous portez à l'avant, dos tourné. Je vous suis.
Skjoreski lui adressa un regard qui lui fit comprendre qu'il préférerait porter à l'arrière, mais pas question qu'elle se coltine tout le poids ni qu'elle accepte de faire ça au gamin. Et surtout, elle espérait que le cumulus lui glisserait des mains et réduirait son gros cul en bouillie.
Il lui laissa prendre l'initiative, en tout cas. Elle se

baissa pour soulever l'arrière et sentit un bout de métal pointu qui ne demandait qu'à lui couper la main.
— Minute ! fit-elle.
Elle courut au sous-sol chercher des gants de jardinage et revint, parée pour une nouvelle tentative.
— Allons-y !
Le cumulus n'était pas si lourd que ça, mais pas léger non plus, et Skjoreski était si grand qu'il devait se mettre presque à croupetons pour le porter. Ils réussirent à le passer par la porte et, au moment où Skjoreski s'engageait dans l'escalier du sous-sol, elle sentit que tout le poids glissait vers lui.
— Bon Dieu de merde ! s'écria-t-il.
— Ça va ?
— Ouais. On continue.
Ils atteignirent la dernière marche plus tôt qu'elle ne s'y attendait et elle faillit lâcher prise.
— C'est pas fini !
Elle le suivit dans la chaufferie où se trouvait le vieux chauffe-eau, au repos.
— Ne me dites pas que vous comptez me demander de vous aider à sortir *celui-là*, dit-elle, désignant le ballon à lui seul plus gros que les deux cumulus réunis.
Elle voulait le faire parler un petit moment car elle était trop crevée pour ressortir et se trimballer l'autre tout de suite.
— Nan, fit-il. Je viendrai le démolir à coups de masse un de ces quatre, et je le sortirai en pièces détachées.
— Prévenez-moi ce jour-là, que je m'arrange pour être ailleurs.
Il rit et Nita se dit qu'« un de ces quatre » serait sans doute le jour où il viendrait réparer les marches du perron, et installer une nouvelle serrure à la porte de derrière, et mettre une douille pour éclairer le palier à l'étage de Mme Carter.

— Et comment vous comptez vous y prendre pour fixer ces deux cumulus ? demanda-t-elle.

— Vous voyez, là, au fond ? répondit-il, désignant un endroit où la canalisation de l'ancienne chaudière formait un T. C'est là que l'arrivée d'eau de votre partie de l'immeuble se sépare de celle de l'autre partie. Celui-là — il montrait le cumulus —, c'est pour votre eau, et l'autre — il leva le doigt vers le pick-up —, c'est pour la leur. Alors — il indiqua sa tête —, y'en a pas là-dedans ?

Y'en a surtout pour la radinerie, songea-t-elle. Puis elle fut soulagée à l'idée qu'elle n'aurait plus à s'engueuler à propos de l'eau avec Cece et toute sa smala, ou Mme Carter qui passait ses journées à tout laver chez elle à l'eau chaude et au savon, y compris ses vêtements. À elles deux, certains jours, elles utilisaient les quatre cents litres d'eau du ballon qui venait de lâcher. Sans doute à cause de ça, d'ailleurs. De son côté de l'immeuble, l'appartement du sous-sol sur rue était toujours inoccupé, ce qui laissait juste elle et Mme Stephens, qui était vraiment tranquille et vivait seule. Au premier, il y avait M. Reese — un vieux, le seul Blanc de l'immeuble — et puis les sauvages juste au-dessus de chez elle qui avaient emménagé la semaine précédente. Dieu sait qu'ils ne prenaient pas souvent de bains, ceux-là. Ils étaient à deux ou trois là-haut — elle ne s'y retrouvait plus dans leurs allées et venues —, à peine sortis de l'adolescence, qui ne se gênaient pas pour mettre leur musique à fond à n'importe quelle heure. Elle était montée les voir et avait même fait venir les flics une ou deux fois, mais il y avait quelque chose en eux qui lui fichait la frousse. Skjoreski n'aurait jamais dû leur louer, pour commencer. Elle voulait qu'il s'occupe de ça. Et le plus tôt serait le mieux.

— Faudrait peut-être penser à faire quelque chose rapport aux jeunes du dessus, dit-elle.

Il était en train de relier le nouveau cumulus à la conduite d'eau. À son crédit, il avait tout prévu : il avait acheté — ou trouvé, sans doute — de la tuyauterie et s'était même dessiné un petit plan. Elle dut lui montrer toutefois, après avoir hésité un instant, où se situaient les robinets d'alimentation — elle n'était pas complètement sûre que cet idiot n'allait pas provoquer une inondation ou faire sauter tout l'immeuble. Trop rat pour appeler la compagnie du gaz.

— Je suis monté les voir, répliqua-t-il. Ils n'ont rien cassé. Ils paient le loyer à temps. Qu'est-ce que vous voulez que je fasse ?

— Monsieur Skjoreski, j'essaie d'élever mes enfants, moi. Ils ont besoin de leur temps de sommeil pour pouvoir se lever le matin pour aller à l'école. Comment voulez-vous qu'ils dorment avec le bordel qu'ils foutent, là-haut ? Et je sais très bien de quoi il retourne, et vous aussi vous le savez, et y'a des lois contre ça. En tant que propriétaire, vous êtes responsable.

— Écoutez, Nita, j'ai fait mon boulot. Si vous avez des preuves, adressez-vous à la police. C'est pas illégal de faire la fête. Vous êtes voisins, c'est à vous à trouver un terrain d'entente.

— Mais pourquoi vous avez loué à des énergumènes pareils, hein ?

Il rit.

— Et comment je fais la différence entre les bons locataires et les mauvais ? Dites-le-moi, vous.

Elle posa par terre la clé à molette qu'elle lui tenait depuis tout à l'heure, et se dirigea vers l'escalier. Si elle ne s'était pas retenue, elle lui aurait fracassé la tête.

Il ne comprenait pas. Aucun d'eux ne comprenait, ni la police, ni personne. Ils ne voulaient pas voir que des jeunes comme ça faisaient fuir les braves gens comme elle. Et tous avaient déserté le quartier, l'avaient abandonné à ces vautours qui démolissaient tout. Ne restaient que des terrains vagues pour les promoteurs.

Elle aussi partirait si elle pouvait. Mais, pour le

moment, elle était coincée, et ça lui faisait mal au ventre. Mal d'être aussi impuissante. Merde. Il y avait bien quelque chose qu'elle pouvait faire. L'appartement du dessous était vacant ; si ça continuait, elle serait envahie, prise en sandwich.

Non, ça n'arriverait pas. Pas de son vivant.

— Monsieur Skjoreski, vous l'avez déjà loué le sous-sol ?

— Pourquoi ? Vous le voulez ?

— Non. Ce que je veux, c'est savoir qui va y habiter. Vu que ce seront mes voisins et qu'on devra trouver un terrain d'entente.

Skjoreski descendit de l'échelle.

— Et... ?

— Et si vous me laissiez m'en occuper ? Histoire que je mérite ce gros rabais que vous me faites sur mon loyer.

— Vous croyez que vous allez vous en tirer ?

Bras croisés, elle le toisa.

— Bon, vous connaissez les conditions. Caution payable d'avance. Cent dollars. Cash. Pas de P4, pas de chiens.

Elle opina à cette énumération, remonta chez elle en courant, et commença à réfléchir au texte d'une petite annonce.

Adios, salut et bonne chance

> Pourquoi vous nous la jouez blanc tout le temps ? Vous pourriez pas parler comme tout le monde ?
>
> Mary Lovelace
> Brooklyn Park

Dexter, les pieds sur le bureau, balançait le buste d'avant en arrière sur une musique dont Brandon ne percevait que des pulsations sibilantes. « *What up, What up, What up* », fredonnait-il avec la basse. D'une chiquenaude, il coupa le walkman.

— Super funky les Beasties, mec. Ça te branche ?

— Ils sont bien, admit Brandon, estimant que le meilleur parti à prendre en un jour pareil était encore d'approuver le programme.

En réalité, il détestait le rap. En bloc et depuis toujours. Bon, il comprenait la rage, la poésie, le rythme, mais il ne prenait pas particulièrement son pied à regarder des petites frappes gagner un maximum de fric en délirant sur « *the man*[1] ». De qui ils parlaient, au juste ? Et en plus, on finissait par confondre les morceaux. Un CD d'Anita Baker, vite !

---

1. L'homme blanc, en argot noir. (*N.d.T.*)

— Je les ai vus en concert il y a quelque temps, reprit Dexter. Ils y ont foutu le feu, au Garden !

Il ouvrit un tiroir de son bureau et y jeta son walkman.

L'autre chose que Brandon détestait, c'était les Blancs qui se donnaient des airs de Noirs. Comme certains rappeurs. Et comme ce mec. Du moins, c'est le numéro qu'il faisait devant lui. Il était prêt à parier que Dexter Rayburn ne s'amusait pas à ça dans les bureaux de la direction à New York. Con, mais pas à ce point-là. On ne se retrouvait pas directeur du service Média-Diffusion des Industries Carl K. Karuthers à son âge sans avoir joué le jeu en respectant les règles. Quel âge avait-il, d'ailleurs ? Vingt-neuf ans ? C'était le bruit qui courait.

Dexter le regardait avec un sourire autosatisfait. Il hochait lentement la tête, comme s'il soupesait une marchandise du regard et était content de ce qu'il voyait.

— Brandon Wilson..., dit-il, sans cesser d'opiner, de l'examiner, de sourire.

— Lui-même, répondit Brandon en haussant les épaules.

Cette scène n'avait pas fait partie de son plan de carrière. Il n'avait pas prévu d'être assis en face d'un sale mioche à peine pubère dont son destin dépendrait. Un type de dix ans plus jeune que lui. De ce strict point de vue, c'était lui qui aurait dû être à New York avec une ribambelle de secrétaires et de producteurs sous ses ordres. C'était ses bottes que les types comme Dexter devraient lécher.

— T'as de l'ambition, Wilson ? Non, réponds pas... Tu serais pas là si t'en avais pas, hein ? Baston pour sortir du ghetto. De la rue. Baston contre les Blancs. Leur régler leur compte. Assumer sa merde.

Les parents de Brandon étaient enseignants et vivaient confortablement dans une banlieue de St. Louis. Brandon se garda de le préciser à Dexter. Il se contenta de hocher la tête et d'attendre la suite.

— Je suis venu ici au pied levé, sans idées préconçues, t'vois. J'ai maté comment ça se passait dans ç'te boîte de merde en plein milieu de cette putain de toundra, et je me suis dit ; Dexter, c'est pas possible, t'es mort et t'es en enfer. Je suis sur le cul, mec, grave ! Tu me suis ?

Brandon acquiesça.

— Je me dis, bon, pourquoi s'en faire de toute façon, c'est mettre un emplâtre sur... han, on peut même pas parler de jambe de bois. On a affaire à un cul-de-jatte !

Et de-basse-fosse, songea Brandon.

— Vous n'avez pas de matos, pas de budget, la pouffiasse qui présente la météo en est encore à coller des chiffres adhésifs sur une carte à la con. Au premier bulletin auquel je suis allé — ferme la porte, tu veux —, je vois cette Wilma... c'est quoi le nom de Miss Météo, déjà ?

— Siverson.

— Ouais, cette nana. Elle est à l'antenne, et moi je me dis : C'est quoi ce plan ? Elle a quel âge la meuf, cent cinquante ans ? Et elle passe encore à la téloche ? Ses prompteurs sont aussi grands que des panneaux publicitaires.

Mentalement, Brandon commença à dresser une liste de cadeaux possibles pour le départ à la retraite de Wilma.

— Alors, le boss, il commence à déprimer sec. Et le boss, il aime pas la déprime. Je me dis : Je jette l'éponge, je me barre de ce merdier. Et alors, devine ce qui arrive.

— Quoi ? demanda Brandon.

Il ne voyait vraiment pas.

— Je vois ce mec, voilà quoi. Je visionne une pile de vieilles cassettes et je vois ce gus. Tu vois pas de qui je veux parler, Wilson ? Tu vois vraiment pas ?

Brandon secoua la tête.

En un geste plein d'emphase, Dexter tendit un doigt dans sa direction.

— Moi ?

— Celui que je cherchais !

Brandon se montra du doigt, juste pour être sûr.

— Mon sauveur, je te dis ! Je vois ce cousin, et j'ai l'impression de... de... d'avoir retourné un tas de fumier et d'avoir fini par trouver une... perle. Une sublime perle noire.

Va pour la perle, songea Brandon. Ça pourrait être pire. Brandon était assis le plus « correctement » possible : le dos droit, les bras posés avec décontraction sur les accoudoirs, et les mains à l'avenant. Il lui avait fallu vingt ans de métier pour peaufiner cette pose. Brandon sentit une certaine rigidité s'installer, mais estima qu'il était encore trop tôt pour baisser sa garde.

Dexter se leva et se mit à tourner autour de son bureau.

— Mon problème, alors, c'est... quoi ? lança-t-il à Brandon.

— C'est, heu... vous...

— Exactement. J'ai trouvé une perle qui vaut une fortune, mais elle est enrobée de fumier. Gerbant.

— Absolument, commenta Brandon, faisant oui de la tête, alors qu'il ne suivait pas du tout.

Dexter se prit le menton d'un air méditatif.

— Quand il y a une perle dans un tas de fumier, il faut bien que quelqu'un se salisse les mains pour l'en sortir. C'est un boulot de mec, ça, Brad... Je peux t'appeler Brad ?

— Brandon.

— Brad. Je me suis dit, c'est le top, là. Ils t'ont envoyé ici, à Saint-Plouc, pour voir si t'as les couilles de faire un boulot de vrai mec. Et tu sais quoi, Brad ? Côté couilles, le Dex est bien pourvu. Depuis qu'il est haut comme ça.

Il joignit le geste à la parole.

— Ils m'ont envoyé ici pour distribuer des coups de pied au cul, Brad, et tu sais quel jour on est ?
— Brandon. Brannnndon. Comme Brando, avec un *n* au bout.
— Le jour des coups de pied au cul, Brad. T'es prêt à me voir botter quelques culs ?

Brandon acquiesça vigoureusement. Voir botter des culs, c'était toujours jouissif, surtout quand le sien n'était pas concerné.

— Super ! Mais avant tout, un homme a besoin de deux autres choses à part des couilles, dans mon boulot. Tu vois quoi ?
— Heu... attendez que je réfléchisse... heu... ?

Putain, songea-t-il, il se croyait à un de ces quiz-surprise en cours de sciences sociales. Réponse : le lac Ontario. Déjà, à l'époque, il avait tout faux.

— Heu... être intelligent ?
— Être visionnaire, dit Dexter. Faut l'être, et je me pose la question : Est-ce que Dexter Rayburn est un visionnaire ?
— Oui ? risqua Brandon.

Il pensait que c'était la bonne réponse mais avait perdu le fil de la conversation.

— Jusqu'à présent, à tous les coups, je mets dans le mille, approuva Dexter.

Il se campa devant la fenêtre et regarda au-dehors comme s'il avait à ses pieds tout Manhattan, ou Camelot, ou Oz, et non le dos de l'hôtel de ville de St. Paul. Il jeta son bras en arrière et caressa ses cheveux bruns mi-longs, parfaitement égalisés, et retenus sur sa nuque par un catogan argenté. Brandon se dit qu'il y avait de fortes chances que ce soit un postiche.

— Imagine, reprit-il, faisant volte-face et cadrant le visage de Brandon avec ses doigts.

Aux yeux de Brandon, c'était Dexter qui se trouvait dans un cadre : visage fin, regard perçant derrière des lunettes rondes.

— Plan général, poursuivit-il, reculant ses mains. Un em-pi-re mé-dia-ti-que. Télé. Radio. Journaux. Boîtes d'édition.

Il les comptait sur les doigts de sa main droite.

— Et le joyau de cet empire : KCKK. Plan rapproché : grandes parts de marché. Bons taux d'écoute. Qui est numéro un à cinq, six et dix heures ?

— KCKK ? suggéra Brandon.

Dexter se pencha vers lui :

— Gros plan. Le plateau d'un journal télévisé. Le top. Le monde à portée de main. Des écrans de contrôle à perte de vue pour montrer... toutes les conneries possibles et imaginables. Des habillages numériques qui foutent la honte aux milliers d'illustrateurs de chez Disney. Des scénaristes qui ont pigé ce contre quoi vous vous battez, nuit après nuit, quand vous vous bastonnez avec les jeunes fachos. Ces grands gaillards qui ne veulent qu'une chose : vous mettre le cul par terre. Des présentateurs qui ont une image aussi solide et forte que ces gueules sculptées dans... ah, ces monts, là, tu sais bien... bref, aucune importance, c'est ça ma vision. Et tu sais qui je vois assis dans ce fauteuil ?

Brandon ressentait maintenant la même chose que le jour où, en troisième, sa prof, Miss Dahl, avait demandé des volontaires pour rester debout derrière John Glenn quand il viendrait dans leur école faire un discours. Il avait levé la main timidement, car il ne croyait pas que quelqu'un comme lui — parmi la bande de bûcheurs méritants tirés à quatre épingles qu'étaient ses camarades — puisse être choisi.

— Moi ? dit-il, du bout des lèvres.

— Celui que je cherchais !

Alors, Brandon se détendit un peu dans son fauteuil. Ce n'était pas le grand adios, salut et bonne chance. Ce pouvait être encore beaucoup de choses, mais au moins pas ça.

Dexter se frotta les mains, les yeux fixés sur Brandon qui soutint son regard, malgré ses crampes d'estomac. Oui, bien sûr, il se montrait tous les soirs à des milliers de téléspectateurs depuis des années. Mais c'était une chose que d'avoir un œil sur le voyant rouge, et une autre que de regarder en face un de ces milliers d'anonymes. Les yeux dans les yeux.

— Je te rends nerveux, Brad ?
— Pas du tout, mentit-il.
— C'est bien, parce que... tu sais quelle est la troisième chose ?

Ne pas être nerveux ? se demanda-t-il. Non ! Trop fastoche.

— La confiance. À qui tu fais confiance, Brad ?
— À quelques personnes, je dirais.
— La liste, je t'écoute.

Il lui faisait signe comme s'il l'invitait à le suivre.

— Mes parents, pour commencer. Ils m'ont toujours soutenu.
— Papa et maman, d'accord. D'accord ! Mon père, c'est l'Homme invisible, et ma mère, la Kapo infernale, mais bon, les parents, je peux comprendre. Continue. Tu m'intéresses.
— Sandra, ma petite amie.

Elle lui semblait digne de confiance, montant sans arrêt au créneau pour défendre l'honnêteté, la fidélité, la franchise.

— Ne jamais, l'interrompit Dexter, et je tiens à insister sur ce point, ne *jamais* faire confiance à une femme.

Brandon réprima une grimace. Apparemment, il avait mal répondu. Il avait envie de demander à Dexter qui était la fille de la photo sur son bureau. Sa petite amie ? Sa femme ? Non, il ne portait pas d'alliance. Évidemment, ce n'était pas le genre de type à la porter. Le bruit courait qu'il tournait autour de la petite nouvelle sexy que draguait Ron Anderson.

Dexter surprit son regard. Il prit la photo, fit mine de lui rouler une pelle, puis articula muettement les mots : « Super coup. » Il plaqua la photo contre son entrejambe et dit :

— Grouille, on n'a pas toute la journée.

— Heu..., fit Brandon, qui réfléchissait toujours à qui l'on devait accorder sa confiance.

Ce boulot jetait l'anathème sur l'amitié. Il fallait évoluer tous les trois ans — voire plus souvent. Tout le monde se piétinait pour arriver au sommet.

— Parlons peu, parlons bien, dit Dexter. Est-ce que t'as confiance en *moi*, Brad ?

Il ne fallut qu'un millième de seconde à Brandon pour prendre la mesure de la situation : tu réponds trop vite et tu passes pour un lèche-cul ; tu ne réponds pas assez vite, et tu passes pour un faux cul.

Il pouvait ne pas répondre du tout et aller pointer au chômage.

Il attendit juste ce qu'il fallait, lui sembla-t-il — tout était une question de timing dans ce boulot —, c'est-à-dire trois bonnes secondes, et il se lança.

— Oui, répondit-il, lentement, opinant simultanément et terminant par le plus réservé de ses sourires.

Dans les temps et dans les formes.

Dexter ôta ses lunettes et les posa sur son bureau parmi un fouillis de paperasses et de brimborions.

— Un peu tiédasse, tu trouves pas ?

Et, sans laisser à Brandon le temps de répliquer, il ajouta :

— Moi, en tout cas, je n'ai même pas confiance en ma bite, et même si je m'en tire plutôt bien dans ce domaine... (Il détacha hyper lentement le cadre de son entrejambe.)... je suis loin d'être à votre niveau. Non, ce qui est important, c'est que je me fasse confiance à moi. *À moi.* On m'a envoyé ici dans ce coin paumé comme pas deux. Tu sais pourquoi ? Parce que c'est dans ce genre d'endroits qu'ils envoient les connards dont ils veulent se débarrasser. Ils se disent que, si on se plante ici, personne en a rien à foutre. Karuthers refourguerait tout de suite ce dépotoir s'il trouvait un pigeon prêt à payer la moitié de la dette qu'il s'est foutue sur le dos pour acheter ce méga tas de merde !

D'un revers de bras, il balaya la moitié du foutoir qui régnait sur son bureau.

— Vous avez baisé qui ? lui demanda Brandon, en riant.

— La fille de Karuthers.

Brandon se mordit la joue, la langue, tout ce qu'il pouvait se mordre pour se retenir, mais sans succès. Il se remit à rire. Dexter l'imita.

Puis le rire de Dexter se mua en un crachotement de voiture tombant en panne d'essence. Il récupéra ses lunettes par terre.

— J'étais bien parti pour devenir vice-président — le plus jeune à ce jour. Ils me soutenaient tous, ces enfoirés. Et puis cette... pétasse... m'a coincé au réveillon de Noël.

— Ça valait le coup au moins ?

— Est-ce que ça le vaut jamais ? Non, écoute, je vais te dire. Demande-moi ça quand on en aura fini ici, toi et moi.

Il jaillit de son fauteuil comme s'il allait sauter à la gorge de Brandon.

— Revenons-en à la confiance, Brad.

— Mon nom s'écrit B.R.A.N...

— Tu fais chier, Brad. Qu'est-ce que c'est que ce nom de bouffon pour un Black ? Tu crois vraiment que les gens ont envie d'allumer leur téloche pour voir un négro qui s'appelle Brandon ?

Brandon se leva d'un bond.

— Tu parles ! Et repose ton cul. À partir de maintenant, tu t'appelles Brad. Reçu ? Brad. Court, simple, comme *ils* aiment.

Il désignait la fenêtre dans son dos.

Brandon se rassit, lentement, ne sachant trop s'il

devait s'asseoir, lui foutre sur la gueule, ou prendre la porte.

— Qu'est-ce que tu veux faire ? Me filer une mandale ? Vas-y ! Fais-le !

Il écarta les bras, s'offrant au coup.

— Vas-y, suicide ta carrière, putain ! Si on peut parler de carrière.

— J'ai un contrat et je ne tolérerai pas...

— Tu peux te le foutre au cul, ton contrat, avec ce que tu tolères et ce que tu tolères pas. Karuthers a tant d'avocats que le jour où il vous jettera un dollar, à toi et à ton contrat, ce sera dans ton cercueil. Tu veux qu'on parle de remplacements ? OK. Y'a tant de candidats que, si, toi et moi, on commençait à sauter les gonzesses qui attendent au portillon, notre queue tomberait avant qu'on arrive au bout. Des nanas canons, des Blanches, des Noires, qui seraient toutes ravies d'être embauchées ici pour la moitié du salaire qu'on te donne. Alors, la prochaine fois que tu veux péter plus haut que ton cul, repasse-toi le film.

Dexter se rassit et redressa sa cravate, parfaitement nouée à la Windsor aujourd'hui.

— Tu sais ce qui parle en ta faveur, Brad — tu permets que je t'appelle Brad ?

Dexter eut un sourire finaud à sa propre malice.

Brandon ne broncha pas.

— Ce qui parle en ta faveur, Brad, c'est... moi. Je t'ai à la bonne, mon salaud. Pourquoi ? Parce que tu es *ma* porte de sortie de cette voie de garage.

— Comment ça ?

Brandon se demandait si les tremblements qu'il réprimait transparaissaient dans sa voix.

— Comme je te l'ai dit, je t'ai vu sur ce petit écran, là, derrière toi, et je me suis dit : Putain, ce négro...

— Ne-prononcez-pas-ce-mot-devant-moi.

— Oh, d'accord, ça va. On devient susceptible tout d'un coup ? Mais écoute bien ce que je vais te dire. T'as le truc, toi. Ici, dans cette chaîne minable, merdique, derrière le packaging à chier, il y a *toi* qui as ce truc qui fait que les gens allument leur poste pour regarder quelqu'un.

— La chaîne ne manque pas de gens intelligents et qui ont une belle gueule.

— Aux chiottes l'intelligence ! Aux chiottes les belles gueules ! fit Dexter en renversant la tête en arrière d'exaspération. Tu t'en rends même pas compte, hein ?

Il fit le tour du bureau et se planta devant Brandon. Un endroit dangereux car Brandon n'était plus très sûr de vouloir le job.

— T'as le truc. *Le* truc. Il existe pas de mot pour ça. Et je sais même pas comment te le décrire, putain de merde. Mais ce que je peux te dire, c'est que je le reconnais quand je le vois, et tu l'as, mec. Ronald Reagan l'avait. Brokaw, Rather, tous les grands. Merde, Diane Sawyer l'a tellement qu'elle en dégouline de partout. Les types qui ont ça, ils te disent « Achète », t'achètes ; ils te disent « Saute par la fenêtre », tu sautes. Tout le monde saute. Si ça se vendait en bouteille, demain, je suis milliardaire.

Dexter ricana :

— Et toi, là, t'as ça, et tu le sais même pas, putain !

— Je dois être à l'antenne dans une heure, fit remarquer Brandon, se levant.

— Tu sais que t'es un glandeur de première, Brad ?

— Je ne suis pas arrivé ici en flemmardant.

— T'as le cul sur une mine d'or et tu restes vissé à ce bureau en carton-pâte à côté d'une blondasse à lire un ramassis de conneries à faire pleurer dans les chaumières. Je me trompe ?

Brandon ouvrit la porte pour sortir.

Dexter pêcha un bloc de feuilles jaunes quadrillées sur son bureau.

— Ici, demain matin, toi et moi, dit-il. Neuf heures

et demie... non, disons dix heures. Minute. Je te donne des devoirs à la maison.

Brandon se retourna, tout ouïe.

— Tu vois ce bloc ? J'ai cinq pages d'idées — des idées du tonnerre —, à tomber raide.

— Du genre ?

Dexter eut un sourire faussemement fleur bleue.

— Tu me montres d'abord les tiennes et je te montrerai les miennes. Mais peut-être que je me gourre sur ton compte, Brad. Peut-être que tu t'éclates à lire ces niaiseries sur un gosse dont le chat est resté coincé en haut d'un arbre ? Demain matin. Dix heures.

Brandon considéra pendant une petite minute le dos que Dexter lui présentait. Sûr qu'il frimait sec pour un minus. Un gringalet. Le genre qui devait passer tout son temps libre à faire du jogging.

— Pourquoi je viendrais ? demanda Brandon, regrettant immédiatement et profondément ses paroles.

Dexter fit volte-face, sourit avec un air de mépris.

— Comme tu voudras... Et, ah, Brad, éclate-toi dans ton émission de ce soir.

Brandon referma la porte derrière lui. Il traversa la salle de rédaction jusqu'à son bureau et celui de Mindy. Ils avaient aussi de vrais bureaux, Dieu merci, derrière les panneaux de contreplaqué du plateau. Mindy, assise au sien, examinait son reflet dans le miroir de son poudrier. Il se dit qu'elle essayait sans doute de se souvenir à quoi elle ressemblait en rousse. Elle lui tendit une pile de feuillets. Le conducteur de ce soir. Le gros titre : la collecte des écoliers au profit de la paix dans le monde.

— Comment ça s'est passé, Brandon ?

— Brad. Tu peux m'appeler Brad.

Trois pièces, aucune vue

Nita fit une liasse des tickets de caisse en prenant bien soin de vérifier que toutes ses annulations figuraient sur la bande. Encore une de ces journées où ils changeaient tous d'avis à la dernière minute, une fois qu'elle avait enregistré. Elle avait tapé un total de quatre-vingt-neuf dollars pour une Asiatique qui s'était aperçue, après coup, qu'elle avait oublié son chéquier chez elle. Elle avait dû rester une demi-heure de plus pour tout remettre en ordre, et elle avait peur d'arriver trop tard pour la parution des petites annonces du lendemain. Skjoreski lui avait donné une semaine pour louer l'appartement du sous-sol en lui précisant qu'il pouvait trouver quelqu'un avant qu'elle ait eu « le temps de dire ouf », et qu'elle avait donc intérêt à ne pas gâcher sa chance. Même si son annonce paraissait le lendemain, il ne lui resterait plus que cinq jours avant qu'il soit trop tard. Et laisser Skjoreski choisir le locataire était hors de question, vu les vauriens à qui il avait loué au-dessus. Faut dire qu'il avait pas eu la main heureuse jusqu'à présent. Miss Jenkins était partie habiter chez sa fille depuis plus d'un mois, et personne n'avait voulu de cet endroit miteux. Qui voudrait vivre là, en bas ? Avec toutes les fenêtres au-dessus de la tête et tout le monde qui pouvait regarder chez vous. Et où ça sentait l'humidité dès qu'on ouvrait la porte ; où, quand il faisait froid, on voyait le salpêtre se détacher des murs. Pauvre vieille Miss Jenkins, toute seule dans ce cachot. Même ses violettes tenaient pas le choc. Le seul avantage de cet appart, c'est qu'il y faisait frais en été. Mais l'hiver, même avec la chaudière à côté, il gardait pas la chaleur. C'est que ce genre de froid humide pouvait vous tuer quelqu'un, en plus.

Elle avait rédigé l'annonce dans sa tête, puis avait griffonné le texte sur une page d'un cahier de Marco. Il n'y avait pas grand-chose à dire sur l'appart. Trois pièces. Rez-de-jardin. Pas d'animaux. Deux cents dollars par mois. Elle n'en revenait pas que Skjoreski ait le culot d'en demander autant. Il devait pas avoir envie de le louer, c'est pas possible. Ça devait être son petit nid d'amour secret — elle se rappelait l'avoir entendu plusieurs fois ouvrir la porte avec son jeu de clés. Un jour, il avait oublié d'éteindre la lumière dans la pièce du fond — le mois dernier, c'était, alors que personne n'était plus venu visiter depuis une semaine. Et à part elle, Skjoreski était le seul à pouvoir y entrer, et elle, elle oubliait jamais d'éteindre la lumière.

Elle espérait avoir le temps d'aller afficher l'annonce dans plusieurs universités. Y'avait toujours des étudiants qui cherchaient à se loger, et peut-être que des jeunes Blancs seraient assez audacieux pour venir s'installer par ici. Évidemment, avec la veine qu'elle avait, ils amèneraient une de ces stéréos maousses et casseraient les oreilles à tout l'immeuble. À ce prix-là, elle ne risquait pas de trouver quelqu'un de bien, ne serait-ce qu'un minimum, qui soit prêt à venir habiter là. Elle espérait que c'était vraiment le nid d'amour de Skjoreski, qu'il serait longtemps amoureux et qu'il le garderait pour sa nana et lui, un endroit rien qu'à eux, tranquille comme tout, qu'ils étaient les seuls à connaître.

La ligne des annonces « Offres de location » était occupée, aussi elle téléphona vite fait à la maison.

— Les petits sont bien rentrés, madame Carter ?

— Je ne peux pas rester tard, ce soir. J'ai une réunion.

Réponds à ma question, grognasse, songea Nita.

— J'aurai qu'un petit quart d'heure de retard, madame Carter. Je vous assure. Je serai à la porte à cinq heures et quart. La demie au plus tard.

— On avait dit cinq heures, si j'ai bonne mémoire.

Mesquine, la vioque, en plus. Nita essaya de l'amadouer.

— Allons, vous savez bien que je vous gâte, hein, madame Carter ? Vous savez bien que Miss Nita met toujours une petite rallonge à votre paie.

Et une mignonnette de bourbon une semaine sur deux.

— Votre garçon s'est ramassé un œil au beurre noir. Brillant comme un sou neuf.

— Qu'est-ce qui lui est arrivé ? Passez-le-moi.

— Vous verrez ça quand vous serez là.

Et elle raccrocha.

Crève, pouffiasse. Elle devrait dépenser vingt-cinq *cents* supplémentaires pour lui dire ses quatre vérités ! Seulement, si elle faisait ça, l'autre se vexerait, et elle se retrouverait le bec dans l'eau sans personne pour garder les enfants jusqu'à ce qu'elle rentre du travail. Elle ne voulait pas que ses gosses traînent dans la rue comme tant d'autres. Ni qu'ils restent seuls dans l'appartement où on ne savait jamais ce qui pouvait arriver. Y'avait tant de dingues en liberté, aussi. Des gens assez barjes pour entrer carrément chez vous et enlever vos gosses. On n'est jamais trop prudent de nos jours. Les petits descendaient du bus au coin de la rue à quatre heures dix. Mme Carter les attendait à la porte et leur donnait leur goûter. Après, ils regardaient des dessins animés ou lisaient. Nita arrivait habituellement vers cinq heures. Elle donnait à Mme Carter les cinq dollars qu'elle lui devait. Nita savait bien que c'était pas cher ; elle connaissait des nanas qui payaient jusqu'à cent dollars par semaine, mais déjà, vingt dollars ! Et même plus quand elle travaillait le vendredi pour avoir son dimanche de libre. Nita gagnait à peine ses deux cents dollars par semaine avec toutes ces retenues à la con. Pas étonnant que les autres bonnes femmes restent assises sur le cul toute la journée à regarder leurs séries télé. Elles pouvaient pas se permettre de travailler parce qu'elles n'avaient pas les moyens de faire garder leurs mômes. Sa mère la dépannait quand elle pouvait, mais elle bossait en équipe de jour en ce moment. Elle s'occupait des gosses les soirs où Nita avait cours, et le week-end, des fois, quand l'envie la prenait. Mme Carter était une chieuse, mais Nita avait quand même de la chance de l'avoir. Elle était patiente avec les enfants, et elle prenait pas cher, Nita le savait, parce qu'elle les aimait bien et que ça l'intéressait de les garder. Elle était toujours en train de râler, mais Nita n'était pas d'humeur à entrer dans son jeu, aujourd'hui.

Elle réussit à joindre le service des petites annonces à sa seconde tentative. Elle lut le texte qu'elle voulait passer, et la femme lui demanda le numéro de sa carte bancaire. Le sentiment de honte que Nita ressentait chaque fois qu'on lui posait cette question l'étonnait toujours — après tout, elle n'avait rien à se reprocher. C'était juste que les cartes de crédit, on n'en donnait pas aux gens comme elle.

— Vous acceptez celle de chez Wards ? demanda-t-elle.

— Visa ? Master ?

— Je peux pas payer autrement ?

— Vous pouvez nous envoyer votre annonce avec un chèque, ou nous régler en espèces ici, à nos bureaux.

— Faut absolument qu'elle passe aujourd'hui. Vous pourriez pas m'arranger ?

Ça valait le coup d'essayer. Des fois, on tombait sur quelqu'un de sympa.

— On est ouvert jusqu'à cinq heures si vous voulez

venir. Vous voyez où on se trouve, dans Minnesota Street ?

Nita raccrocha en négligeant le merci et l'au-revoir d'usage. Le temps ! Elle en manquait toujours. Avec tout ce qu'elle avait à faire : les gosses et le gardiennage et ses cours et son boulot et ceci et cela. Oublie tes rêves de nouvelle vie. De bon temps. Et d'amour.

En se dépêchant, elle y arriverait à temps. Que pouvait faire Mme Carter, au pire ? Tuer les gosses ? Elle était peau de vache, mais pas à ce point-là.

Une basse pulsait rythmiquement dans le couloir. « Merde, marmonna Nita. Ils ont remis ça au-dessus. » Mme Carter était plantée dans l'entrée, devant la porte de la loge, bras croisés sur sa poitrine étroite.

— Oui, je sais, lui dit Nita, prenant les devants.

— Il va être six heures.

— J'ai eu un problème à régler au moment de partir. Je suis désolée.

— Vous m'aviez dit cinq heures et quart, la demie au plus tard, vous vous souvenez ?

Nita la poussa de côté et entra.

— J'ai fait le maximum. Holà, tout le monde ! criat-elle à la cantonade. Tout va bien ?

La télévision était allumée mais inaudible. Didi déboula en courant et passa les bras autour des jambes de sa mère.

— Comment tu vas, mon cœur ?

— Hé, c'est pas parce qu'on est vieux qu'on n'a pas de vie privée, s'insurgea Mme Carter. De mon temps, il y avait ce qu'on appelait la considération. Mais je suppose que ces...

Pendant que Nita se faisait sermonner par Mme Carter, Didi lui racontait la promenade au zoo qu'elle avait faite avec son centre aéré, et le plafond réso — réso — résonnait comme sous les pas de la fanfare du Bon Dieu.

— Oh, laissez tomber, madame Carter. Je vous ai

dit que je m'excusais ! Et qu'est-ce que c'est que ce boucan au-dessus ? Ça dure depuis combien de temps ?

— Depuis que les gosses sont rentrés.

— Aussi fort que ça ? Et vous avez rien dit ?

— Je suis une vieille dame. J'vais pas aller au-devant des ennuis.

— Même que j'ai vu un ours, m'man.

— Tu vas tout me raconter sur cet ours dans quelques minutes, bébé.

Nita se tourna vers Mme Carter.

— Il faut que ça s'arrête, ça !

Elle sortit, monta au premier, et cogna sur la porte quatre fois de suite, de toutes ses forces pour être sûre qu'ils l'entendraient malgré la musique. Elle sentit une odeur de marijuana, douceâtre, presque écœurante, un peu comme du géranium brûlé.

— Qu'est-ce-qu'y'a ? demanda celui qui vint ouvrir.

C'était le dénommé Sipp. À son accent, on devinait que ça faisait pas longtemps qu'il était arrivé de Tupelo ou d'une autre ville du Mississippi.

— Entre, cousine. Hé, les mecs, on a de la visite !

Elle faillit lui dire que primo, ils étaient pas parents, et que, deuzio, ils étaient pas le genre de voisins à qui elle rendrait visite. Jamais de la vie.

— Non, merci, dit-elle.

— T'as l'air en forme ce soir, Nita. Hein, tu la trouves pas en forme, Cecil ?

— À croquer, approuva le Cecil en question.

Sipp se mit à rire — bonjour l'haleine. La fumée, le vacarme étourdissaient Nita. Elle devait se retenir pour ne pas lui voler dans les plumes, à ce nègre. Il était torse nu, bâti comme une statue, chaque muscle super bien dessiné. Une fine ligne rosâtre rehaussait sa bouche charnue, ses lèvres rouges, protubérantes, qui contrastaient, royales, avec sa peau d'ébène. Il la dégoûtait et l'attirait à la fois.

— Je vais passer à table avec mes gosses. Faudrait que vous baissiez votre musique.
— Hé, Claudell ! Baisse, tu veux, mec.
Le silence soudain créa un grand vide.
— Merci, dit Nita.
Elle se retourna et s'engagea dans l'escalier.
— C'est où tu veux, quand tu veux. Houuuuuuu làààààà ! Vise-moi un peu ça.

Elle s'attabla avec les petits. Macaronis, fromage, pêches au sirop. Il n'y eut pratiquement plus de bruit, sauf de temps à autre un accord bref mais assourdissant. Ils la narguaient, elle le savait. *Monte nous voir, baby. Reviens nous faire ton numéro de femme à poigne. Qu'on te voie marcher un peu, baby. Allez viens, joue-la-nous sauvage.* Elle se sentait humiliée par eux, comme si elle était faite pour assouvir leurs fantasmes malsains.

Ils l'attiraient aussi. Pas leur musique ni leur came ni leurs propos graveleux. Mais ils lui donnaient envie d'exercer son pouvoir. Elle leur avait fait baisser leur chaîne stéréo ; que pourrait-elle leur faire faire d'autre ? Sauter à travers un cerceau ? Danser ? Baiser toute la nuit, comme ils prétendaient en être capables.

Une bouffée de musique, puis une autre. *Monte nous voir, monte nous voir.*

Elle piqua sa fourchette dans les macaronis, en quête des plus croquants, et s'efforça de se concentrer sur la visite au zoo de Didi. Il y avait un serpent. Et puis un singe. Et puis un tigre avec des rayures.

— Le gros poisson bleu habite là-bas, expliqua Didi.

Rae Anne était d'humeur coquine. Frivole, silencieuse, indépendante, irrécupérable. Elle regarda Nita, puis détourna les yeux, puis pouffa de rire. Nita lui caressa la tête.

Monte nous voir, monte nous voir.

— Qu'est-ce qui est arrivé à ton œil ? demanda-t-elle à Marco.

Elle devait se concentrer sur ce qu'il y avait ici, en bas. Sur la réalité.

— Rien, répondit-il, la bouche pleine de pâtes, empêché d'articuler.

— Tu vas t'étouffer si tu continues. Rien, hmm ? C'est arrivé comme ça, tout seul ?

— Ouais.

Il sourit comme s'il était fier de sa réponse, fier de son œil. Une boursouflure violacée dessinait un arc de cercle sous sa paupière gauche, une ombre sur sa couleur café.

— Tu ne t'es pas bagarré par hasard ?

— Un peu, peut-être.

Il baissa le nez dans son assiette.

— Un peu, hmm. Je sais une chose. Je sais qu'il vaut mieux que je demande pas à voir tes notes de conduite. Hein, mon garçon ?

— Oui.

— Oui qui ?

— Oui, m'man.

— Finis tes pêches...

Elle n'était jamais sûre de savoir s'y prendre avec ses enfants. Elle faisait de son mieux, mais, bon, personne ne vous apprenait ces trucs-là. Elle essayait d'élever ses gosses comme sa mère avait élevé les siens. Avec un peu plus de patience, peut-être. Elle tâchait de la jouer un peu Bill Cosby aussi, et elle ne s'en sortait pas trop mal. Mais elle n'était pas un père comme Bill, et elle se demandait toujours si les pères s'y prenaient autrement pour certaines choses. Quand leur fils s'était bagarré, par exemple.

Monte nous voir, monte nous voir.

— Pourquoi ils font ça, m'man ? demanda Rae Anne.

— Parce que c'est des imbéciles, bébé. Ignore-les.

— Va leur dire d'arrêter.

— T'inquiète pas, bébé. Je vais m'en occuper.

Sa mère arriva à sept heures pour garder les gosses. Nita ne s'était même pas encore changée depuis qu'elle était rentrée. Elle n'avait plus le temps. En se dépêchant, elle déboulerait en cours juste avant le prof. C'était encore comptabilité ce soir. Elle ne voyait pas pourquoi on en faisait tout un plat. Le premier imbécile venu pouvait comprendre que l'argent qu'on dépensait allait dans une colonne, celui qu'on gagnait dans l'autre, et qu'il suffisait d'apprendre les différents comptes, un point c'est tout. Elle avait déjà fini le manuel, et le livre d'exercices aussi — quand elle commençait, elle pouvait pas s'arrêter. Elle aimait tous ces trucs. Ça l'amusait de jouer avec le fric, de faire comme si c'était elle qui touchait ces intérêts composés. Elle était douée pour les chiffres, rapide au clavier, et avait déjà mémorisé tous les noms bizarroïdes qui voulaient tout simplement dire des choses comme « C'est pas à vous, c'est à la banque » ou « Ça s'est usé, ça a moins de valeur cette année que l'année dernière », comme sa voiture, quoi, qui était plus cotée à l'argus. Mais on vous obligeait à venir jusqu'à la fin, et il restait encore cinq semaines de cours. Elle fit une bise aux gosses en leur souhaitant une bonne nuit, et rassembla ses affaires pour l'école. Dieu merci, m'man avait bien voulu s'occuper de la vaisselle.

La musique jouait en sourdine, mais les basses étaient quand même audibles depuis la porte de l'immeuble. *Monte nous voir.*

Nita était assise à sa place sur le côté de la salle de classe, au deuxième rang, et son cœur battait en rythme : *Monte nous voir. Monte nous voir.*

Facile de monter là-haut. De s'emplir les poumons de fumée, de s'allonger, de se laisser porter par la musique. Pas de tranches d'imposition là-haut. Pas de déficits, pas de débits, pas de dettes. Ils n'avaient rien : pas de gosses, pas de soucis — rien que du bon temps. Pas de meubles, rien que les échos de cette stéréo. Et qu'est-ce que ça pouvait faire qu'ils n'aient rien ? Qu'est-ce qu'elle avait, elle ? Un boulot où elle restait debout toute la journée, trois bouches à nourrir, un immeuble à s'occuper qui n'était même pas à elle, ce cours-ci, ce cours-là, et, et, et...

Elle posa la tête sur la table et les larmes lui vinrent aux yeux. Le sommeil la gagnait, et elle se dit qu'il ne fallait pas y succomber si elle voulait réussir... Refoulant ses larmes, elle se redressa et tâcha de se concentrer sur la leçon du jour.

Des mots par milliers

> Tout à fait ce qu'il me faut quand je rentre l'après-midi du boulot : un Nègre qui se donne des grands airs dans votre genre. Du Dane Stephens, j'en redemande !
>
> Shirley Anne Simms
> Minneapolis

Vu de la chambre de Sandra, le centre de Minneapolis scintillait dans le lointain telle une pierre précieuse dans le chaton d'une bague. Elle habitait sur les hauteurs de Bloomington, un appartement au dernier étage. De là, la ville semblait tranquille, lointaine ; une carte postale sur un tourniquet.
    Sandra se retourna dans le lit et marmonna quelque chose. Il craignit de l'avoir réveillée. Il n'arrivait pas à dormir. Le vin et l'amour n'aidaient pas.
    Ni Dexter. La vision de son sourire carnassier était tatouée à l'intérieur de ses paupières. Il revoyait son corps mince, mais qui en imposait, carré dans son fauteuil pivotant, pieds sur le bureau. Quelque chose ne collait pas dans cette image de Dexter. Trop vulnérable. Sans défense. Dexter se devait d'être debout, campé sur ses jambes comme sur deux colonnes, bras croisés sur

la poitrine. Ou bien lové derrière son bureau, prêt à vous bondir dessus. Sans prévenir. Sans pitié.

Les types comme Dexter, c'était ceux qu'on voyait foncer sur l'autoroute à cent cinquante kilomètres à l'heure, zigzaguant d'une file à l'autre, faisant des queues de poisson. Et tant pis s'ils emplafonnaient quelqu'un : les assurances n'étaient pas faites pour les chiens. Ce genre de gars avaient des loisirs à hauts risques. Ils sautaient en parachute. Ils faisaient de la spéléo. De la plongée sous-marine dans des coins infestés de requins. Ils menaient leur carrière professionnelle de la même manière : gros risques, grands frissons — en se foutant pas mal des conséquences.

D'où venaient ces monstres ? De quelle étoffe étaient-ils faits ? Était-ce génétique ? Ou bien était-ce un traumatisme d'enfance qui les avait rendus ainsi ? Comment savoir ? Pour Brandon, c'était un mystère ; un mystère aussi grand que le fait que Kirby Puckett puisse frapper avec autant de perfection et de régularité un petit objet rond fonçant droit sur lui à cent cinquante kilomètres à l'heure, ou le fait que le ciel du matin soit toujours aussi beau, même quand la température a chuté à moins dix.

Il se percha sur le bras d'un fauteuil en cuir à oreillettes. Moi aussi, j'en veux, songea-t-il. Moi aussi, j'ai de l'ambition. Mais rien à voir avec Dexter. Il ne pouvait s'empêcher de penser qu'il lui avait fait passer une sorte de baptême du feu, l'avait mis sur des charbons ardents pour voir comment il réagirait. Et qu'est-ce qu'il avait fait ? Il était resté assis passivement, il avait subi. S'il avait été comme Dexter, il aurait plaqué cet enfoiré contre la fenêtre et lui aurait pété la gueule. Il lui aurait exposé les règles de l'émission telle qu'elle serait. Il l'aurait fait trembler dans ses bottes à mille cinq cents dollars et chier dans son costume Armani.

Au-dehors, les rues étaient mortes. Les seuls bruits de la nuit étaient le souffle du vent et la plainte d'un chien dans le lointain. Il aimait ce calme, cet anonymat.

Apparemment, personne à Bloomington ne regardait Newscenter 13. Au marché, sur le court de tennis, au club sportif, personne ne faisait attention à lui, alors que tout le monde, semblait-il, dans le centre de St. Paul — où se trouvait son appartement en terrasse —, le reconnaissait. Surtout les vieilles dames. Brandon avait mis au point une tactique quand il voulait les éviter. Ces fois-là, il mettait ses lunettes noires, prenait l'air méchant, s'efforçait de dégager une mauvaise impression. En général, ça marchait. On le montrait du doigt, on se retournait sur son passage, mais les vieilles ne le suivaient que du regard et se gardaient bien de l'aborder pour lui demander un autographe ou papoter.

C'était plus sympa ici, chez Sandra. Il aimait son intérieur, les papiers à fleurs, féminins, dans les tons roses et beiges, qu'elle affectionnait. Il aimait se raconter que c'était chez eux, mais Sandra déclarait qu'elle n'était pas encore prête pour ça. Lui non plus, d'ailleurs.

— Reviens au lit, dit-elle. (Couchée sur le flanc, elle tapotait son oreiller.) Tu n'arrives pas à dormir ?

— Ça passera, répondit-il, espérant dire vrai.

— Aucun boulot ne mérite qu'on perde le sommeil.

Il s'assit sur le bord du lit.

— C'est toute ma vie, ce boulot. Tout ce pour quoi j'ai bossé.

— Tu es un type de premier ordre, Brandon Wilson.

— Qu'est-ce que c'est que ça ? s'exclama-t-il en riant. Un discours de remise de diplôme ? C'est moi qui suis censé les faire.

— Alors, à mon tour, ce soir.

Elle se pelotonna contre lui, passant un bras autour de ses épaules.

— On arrive à l'an 2000. Plus personne ne fait le même travail toute sa vie. Creuse-toi la cervelle. Tu peux faire des tas d'autres choses.

— Tu m'as déjà entendu dire que j'avais envie de changer ? J'aime les infos. Écrire. Les délais serrés, la pression. J'aime penser que ce que je dis peut faire une différence. J'aime le pouvoir, je suppose.

— Produis une émission, alors. Ou fais de la radio. Ou écris pour un journal.

— Ce que j'aime, c'est la té-lé-vi-sion. Quand ça tourne, ça me retourne. Tu ne connais pas, tu ne peux pas comprendre.

Il se laissa glisser sur le ventre, Sandra toujours blottie contre lui. C'était une grande dormeuse. Elle dormait comme un loir, s'assoupissait déjà.

— On n'a pas le droit de te parler comme ça, ajouta-t-elle en bâillant.

— Parce que je suis Brandon Wilson, c'est ça ?

— Parce que tu es un être humain. Pose-toi la question : as-tu vraiment envie de travailler là où le comportement lambda est celui que tu me décris ?

Il ne répondit pas. Les Dexter ne manquaient pas dans le monde du travail. Peut-être pas aussi gueulards, mais le journalisme attirait autant les connards que la dépouille d'un écureuil les mouches.

— Tu devrais peut-être bouger, suggéra Sandra. Il y a combien de chaînes dans cette ville — cinq, six ? Et dans le pays ? Un millier ?

— Il n'y a que deux manières de bouger dans ce milieu. Vers le haut ou vers le bas.

— Tu t'en sortiras. J'en suis sûre, chéri. Tu le sais.

— Mais... ?

— Mais rien.

Il connaissait ses injonctions. Mais reste toi-même ; mais pas de compromis ; mais méfie-toi des Dexter Rayburn comme de la peste.

Dans son dos, elle s'abandonnait au sommeil. Sa respiration se faisait plus régulière, plus calme. Il la recouvrit de la couette.

— Bonne nuit, mon amour, murmura-t-il.

Il savait que la seule façon de rester dans le jeu, c'était de respecter les règles de Dexter. Jouer mieux, jouer plus intelligemment que lui, mais jouer. Ou sa carrière était fichue. Il prit le couloir jusqu'au bureau de Sandra, trouva un bloc-notes et commença à y jeter quelques idées.

Le matin suivant, deux ouvriers fixaient un nouveau caisson au bureau du studio. Sa surface bleu pâle, barrée de deux baguettes chromées, ressemblait à du marbre. Le numéro d'appel de la chaîne, soigneusement peint au pochoir entre les baguettes, paraissait être en relief. Brandon fut moins impressionné quand, passant derrière, il s'aperçut que ce n'était qu'un autre morceau de contreplaqué retapé pour la caméra.

Il vit que le bureau n'était pas le seul à être retapé.
— Tu aimes ? demanda Mindy.

Ses cheveux étaient redescendus de leur cime platine — ils étaient dans les beiges ce matin.

— Dex dit qu'il faut y aller par étapes, expliqua-t-elle. Pour que les gens s'habituent, tu vois.

— Dex ?

— Il m'a demandé de l'appeler comme ça, dit-elle, avec un haussement d'épaules. Tu veux que je te fasse rire ? Hier, pendant notre réunion, je crois bien qu'il m'a fait du rentre-dedans.

— Il est assez jeune pour être ton fils.

— Mon *beau*-fils. Et encore à condition que j'aie épousé son père très riche et très vieux. Ou mieux encore, mon gendre. Il est plein aux as, non ? Il serait un bon parti pour une des sœurs sangsues.

Les filles de Mindy lui donnaient du fil à retordre ces derniers temps, se livrant à une espèce de concours longue distance pour voir laquelle des deux réussirait à obtenir le plus de cadeaux de maman.

C'était plus fort que lui. Brandon avait toujours éprouvé une attirance profonde, durable, fortement érotique pour les Blanches comme Mindy, même si elles étaient plutôt superficielles. Mais il devait reconnaître que, sous le fond de teint et les chichis, Mindy était une chic fille. Rien à voir avec le genre enfermée-dans-sa-tour-d'ivoire. Un agent croisé sur sa route l'avait convaincue que les « bonnes œuvres », comme elle disait — sans sarcasme aucun —, étaient la clé d'un succès à long terme à la télévision. On pouvait la retrouver tous les soirs de la semaine à telle vente de charité ou tel banquet en l'honneur de ceci ou de cela, chantant de toute son âme *Comme d'habitude* ou *America the Beautiful*. Elle avait distribué des « mon chéri » et des baisers du bout de ses lèvres cramoisies dans toutes les maisons de retraite de l'État. Bien sûr, toutes les vedettes du petit écran avaient ce genre d'activités. C'était stipulé dans leur contrat : montrez-vous et faites plaisir au public ! Brandon s'arrangeait pour en faire le moins possible, toujours partant pour des trucs genre défilés et concours de beauté — là où des cordons de sécurité tenaient les gens à distance. Mindy, elle, aimait bien payer de sa personne. Elle adorait « être au coude à coude avec l'Amérique », comme elle disait — là encore, sans ironie aucune. C'était en partie ce qui l'attirait chez elle : leurs différences. L'extraversion de Mindy opposée à sa taciturnité ; son effervescence à sa circonspection ; jusqu'à la blancheur de sa peau à la noirceur de la sienne. Ils avaient été amants très peu de temps, juste après son arrivée sur la chaîne. Elle avait rompu parce que ses filles — quatorze et seize ans à l'époque — étaient déjà assez en rébellion comme ça, et qu'elle pensait que la seule façon de leur faire dépasser leur crise d'adolescence était d'assumer le rôle de la mère chaste, même à la fin des années quatre-vingt, même divorcée, même indépendante sur le plan financier et donc libre de faire ce qu'elle voulait. Pourtant, tout le monde voyait que le courant passait entre eux, même Jack Pruitt, le directeur de la chaîne viré depuis, et bientôt, on les mit en équipe pour présenter le journal de dix-sept heures. Et même si, à ses yeux, Mindy n'était pas exactement une vraie journaliste — il n'était pas très sûr qu'elle comprenait ce qu'elle lisait —, ils formaient un tandem plutôt bon, à son avis. Le meilleur qu'il ait connu. Mindy avait ce truc dont Dexter n'arrêtait pas de parler, et tous deux avaient le sens du rythme, comme les deux amants qu'ils avaient été. Chacun connaissait celui de l'autre, savait quand céder du terrain, ou quand son partenaire n'était plus dans le coup. Il se demandait souvent si dans une chaîne plus en vue, avec des moyens de production plus importants, ils ne seraient pas au top. Même si c'était loin d'être le but de Mindy. Elle se fichait pas mal des infos, évidemment. Elle aimait l'argent, la notoriété, le glamour. Son sens de l'actualité lui soufflait que c'était une bonne idée de se servir du journal pour faire la promo de toute œuvre caritative qui le lui demandait, et elle y consacrerait toute la demi-heure s'il la laissait faire, et tant pis pour les titres. Ça pourrait être pire. Elle lisait le prompteur comme pas deux, avait fini par apprendre à adapter ses inflexions de voix au sujet et, le plus important de tout, elle prononçait tous les noms propres correctement, sans même écorcher ceux des despotes du Moyen-Orient.

Brandon prit une mèche de cheveux entre ses doigts.

— Glamoureux, hein ? fit Mindy.
— Tu vas le laisser te faire ça ?
Elle haussa les épaules.
— Il faut bien que les sœurs sangsues puissent aller à l'université. La fac, tu sais, là où il te faut tant de tenues et tant de billets d'avion pour Daytona.

Elle prit la photo de ses filles et sourit béatement. Elles posaient côte à côte, blondes toutes les deux, ressemblant comme deux gouttes d'eau à leur mère.

— Cette petite princesse, raconta Mindy, désignant celle de gauche, mon adorable Jennifer Anne, m'a téléphoné hier soir, et elle m'a dit : « J'ai vu un super ensemble aujourd'hui. À mourir. Dans Michigan Avenue. Il faut que je me l'achète. Il va bientôt y avoir la soiréerencontre de printemps. Je n'ai rien de sympa à me mettre. Il faut que je me l'achète. Je vais en mourir. Oh, maman, je t'en supplie. »

— Et tu lui as envoyé l'argent, bien sûr ?
— En exprès, mon chou. Bien sûr. Le choix est le suivant : envoyer l'argent à cette petite sorcière ou l'entendre geindre au téléphone pendant trois jours comme quoi elle est la seule à ne pas avoir de nouvelles boots et qu'elle ne se souvient même pas à quand remonte la dernière fois où je lui ai acheté quelque chose, et que je dépense bien plus pour Jessica que pour elle. Ou pire : elles appellent leur père — M. Plein aux As — et ce qui lui tient lieu de femme me téléphone pour me dire que mes filles ôtent le pain de la bouche de ses enfants. La robe que je lui paie coûte environ la moitié de ce que prend le cher papa pour jouer de son anuscope — et il l'enfonce dans une cinquantaine de culs par jour.

— Par exprès, tu dis ?
— Ça arrive le lendemain matin. Et tu sais quoi ? Ils respectent vraiment leurs délais.

— Et côté cheveux ?
— Blond, violet, vert, rose — dans ce boulot, j'ai eu des couleurs de cheveux qui n'existent même pas. Mais tu sais quoi, Brandon ? Je vais leur demander de m'envoyer en cure dans un endroit sympa, genre Horst. Je me ferai manucurer, pédicurer, et revisager. Et il faut absolument que je me fasse une nouvelle garde-robe assortie à ma nouvelle couleur, tu ne trouves pas ?

Elle battit des paupières en minaudant.

— Tu es terrible, dit Brandon.
— Non : je suis une femme de quarante et quelques années qui fait un boulot d'adolescente. Les sœurs sangsues sont dans les universités les plus chères du monde, et j'en ai encore pour dix ans à rembourser le crédit pour la maison du lac. Moi, je dis que j'ai le sens pratique.

— Il est arrivé ? demanda Brandon, avec un signe de tête en direction du bureau de Dexter.

— Quand on parle du loup, chuchota Mindy, décrochant son téléphone pour paraître occupée.

Dexter entra dans la salle de rédaction de son pas nonchalant. Son sac de sport en cuir grand ouvert laissait voir un short, une chaussure de tennis et la poignée d'une raquette. Il passa comme une flèche sans saluer âme qui vive.

— Mauvais jour sur le court, je suppose, commenta Mindy.

— Juste à temps pour le dix heures.

— Bonne chance. Et, ami, tu pourrais lui faire préciser un point pour moi ?

— Bien sûr.

— Est-ce que je dois être *complètement* rousse ?
Elle fit la moue.

Brandon frappa sur le chambranle de la porte.
— Putain d'enfoiré de salaud de trouduc de merde !
— Bon match ?
— Fais pas chier, Brad.
— Je demandais, c'est tout, répondit Brandon, levant une main apaisante.

Il n'aurait su dire si Dexter était mouillé de sueur ou s'il sortait de la douche. Sa chemise était froissée. On aurait juré qu'il s'était habillé à la hâte.

— Squash ? insista Brandon.

— J'ai parié cent dollars avec cette lopette de la promo que je pouvais le battre. Cet enculé s'est révélé un sacré adversaire. Je lui ai même donné de l'avance, à ce salaud. Je suis parti avec un handicap. Qu'il s'amuse encore à ça et je me servirai de son cul comme serpillière.

Il se pencha et essora sa queue de cheval sur la moquette.

— Vous vouliez qu'on se voie ? demanda Brandon.
— Ouais, ouais, vas-y, je t'écoute. T'as pensé à quoi ?

Brandon ouvrit son bloc pour reparcourir ses notes, mais avant qu'il ait pu répondre...

— Tu vois, Brad, tout est là. C'est quoi, la téloche ?

Merde, un autre quiz. Il ouvrit la bouche pour répondre.

— Naaan, arrête tes conneries. De l'image. Tout ce bazar, c'est de l'image. Point final. Une image égale une histoire. Prends le président. Tu le fous devant tout un tas de drapeaux sur le pont d'un cuirassé. C'est quoi l'histoire, là ?

— Le président fait un discours militaire ? hasarda Brandon.

— Non, putain, non ! s'écria Dexter, faisant le tour du bureau. Oublie le discours, oublie pourquoi il est là. Oublie l'info, bordel de merde !

Dexter refit un cadre de ses mains.

— L'image, Brad !

Brandon regarda à travers le cadre et vit Dexter encore congestionné après sa partie de squash. Ou bien surexcité par son numéro.

— Et ce que tu vois, reprit-il, c'est... (Il commença à énumérer avec ses doigts.)... le cuirassé, à savoir la force — assez de force de frappe pour rayer de la planète la plupart des républiques bananières ; le drapeau, à savoir : on est tous prêts à mourir pour l'amour de la patrie et toutes ces conneries ; et l'homme, au centre de l'image, droit comme un I. Tu connais la musique. Ce fumier n'aura même pas à l'ouvrir ! Autre image : une petite fille coincée dans un puits. Les minutes passent. Elle n'a pas bu depuis très longtemps, Brad. On a la mère qui est dans tous ses états. Les sœurs, les tantes sont autour, en larmes et tout le tintouin. Le père : on ne le laisse pas descendre, mais il est là, tenant les cordes et remontant toute la boue. Il y a les sauveteurs, les équipes médicales. Tu piges l'histoire, là ? Oublie toutes les conneries d'écoles de journalisme sur les garderies sauvages, l'insuffisance des infrastructures et des équipes d'intervention d'urgence. Il est question de cette pauvre andouille vissée devant son poste au royaume de la téloche. Il bosse toute la journée à la fabrique de gadgets à attacher le bout d'un truc à l'extrémité d'un machin, il voit une pisseuse tirée d'un puits dans un bled paumé, et il se dit : « Hé, mais c'est moi, là. C'est grâce à moi qu'elle y laisse pas la peau du cul. » Et il va chercher son chéquier et envoie vingt-cinq dollars à Fifi Brindacier en lui souhaitant un prompt rétablissement. L'image, Brad... Bon, revenons à nos moutons. Il est cinq heures. Disons qu'on est ici, à Minneapolis. La télé est branchée sur Canal 13. On est chez une éclopée, une vioque avec une jambe artificielle — après tout, qui d'autre écoute les conneries que vous racontez ? Quelques gus à la télécommande déglinguée qui ont la flemme de se lever pour changer de chaîne après le feuilleton ? Début des infos. Ils en ont deux devant eux. Le mec, il est black. Pas mal, la trentaine, bien sapé, bonne élocution. Personnellement, il n'aime peut-être pas les bronzés, mais à l'évidence celui-ci est pas du genre à vous arracher votre sac à main. La nana, elle, est blanche. Elle a pas mal d'heures de vol, ça se voit tout de suite, mais elle tient encore la route. Ils commencent à lire les nouvelles — à tour de rôle. C'est quoi l'histoire, là, Brad ?

— Oh, Dexter. Il s'agit du journal télévisé. Les infos, c'est les infos, point.

Dexter se mit à rire.

— Me dis pas que tu crois à ces foutaises ? demanda-t-il en riant de plus belle.

Une fesse sur le bord du bureau, il hochait la tête avec dérision.

— Toi et Mindy, c'est ça l'histoire. Souviens-toi, Brad... (Il leva alternativement les mains.) Image. Histoire. Image. Histoire. Y'a pas à sortir de là, merde.

Incroyable, ce type, pensa Brandon.

— Mon travail consiste à donner des informations, dit-il. Vous savez, quand j'étais à l'université de Columbia...

— Tu sais ce que les gens veulent savoir quand ils allument leur poste, Brad ? Ils voient ce beau Black et cette Blanche. Ce qu'ils veulent savoir, c'est : il la saute ou il la saute pas ? Tu la sautes, Brad ? Elle est encore baisable.
— Ma vie privée...
— Est complètement secondaire. L'important, c'est : image, histoire. C'est marrant, tu sais. (Dexter passa derrière son bureau et s'assit.) Quand je pense à tout ce temps et tout ce fric que t'as investi dans une grande université. Ils te parlent de... (il prit un ton professoral)... d'objectivité, de déontologie, d'intégrité, de vérification des informations. Toutes ces vieilleries ont disparu avec Walter Cronkite. Image, histoire. Tu crois que je déconne ? Y'a des grosses boîtes qui ont pour des centaines de millions de dollars d'ordinateurs qui ne font qu'étudier qui regarde quoi et pourquoi. Tu bosses pour une chaîne merdique qui se croit encore dans ces putains d'années soixante. Exemple. Si on était dans les années soixante, tu te doutes bien que tu serais même pas assis à ce pupitre à côté d'une Blanche. Le bureau d'études dit que c'est OK maintenant, à condition que — devine ? À condition qu'elle ne soit pas blonde.
— Alors on change la couleur des cheveux de la dame ? Illico ?
— Problème. Solution. Illico. Et passons, je suis certain que tu connais notre autre problème.
— Au hasard : on n'a pas d'histoire.
— Tu apprends vite, Brad. Donc...
Dexter se carra dans son fauteuil pivotant, pieds sur le bureau, mains derrière la nuque — posture qui indisposait Brandon et qu'il exécrait.
— ... côté devoirs à la maison, qu'est-ce qu'on a ?
Brandon rouvrit gauchement son bloc.
— J'ai pris quelques notes. Oh... heu... j'ai pensé à une chose, je me suis dit que ce serait bien si on lançait une série pour les consommateurs. Une rubrique régu-

lière. Enquêtes sur les ventes à des prix prohibitifs, informations sur les ventes discount et tous les trucs pour dépenser moins.

Dexter agita la main, encourageant Brandon à continuer.

— On pourrait aussi concevoir un nouveau générique. On a le même depuis que je suis ici. Il commence à dater.

Dexter retroussa les lèvres d'un air de dédain.

— Oh, et ce qui serait super, ce serait d'avoir une rubrique ciné. On prend un jeune d'une revue branchée. Après les critiques, Mindy et...

— T'as écouté ce que je te disais, Brad ? l'interrompit Dexter

— J'en ai eu l'impression.

Dexter ôta ses lunettes et regarda au loin en plissant les yeux.

— Bon, fit-il. Je suppose que je devrais te serrer la main. Super, tes idées, mec. Qu'est-ce qu'on gagne ? Quinze, vingt gus de plus ? Dans ces eaux-là, hein ? Formidable. Hé, tu sais quoi ? Vas-y. Fonce. Tu as ma bénédiction. Tiens.

Il griffonna quelques mots sur son bloc et déchira la feuille en direction de Brandon :

— Note pour la prod. Carte blanche. Fais toutes ces conneries. J'en ai rien à branler. Tiens, prends.

Brandon tendit la main vers la feuille de papier, mais Dexter la lui retira de sous le nez.

— Minute. Qu'est-ce que j'y gagne ?

— Le meilleur J.T. de la ville, répliqua Brandon.

Dexter balaya cette idée de la main.

— Écoute, mec. Je te donne beaucoup sur ce coup. Je suis en train de te dire que tu peux te procurer ce que tu veux, et faire ce que tu dois faire. Tu veux un nouvel habillage ? Va pour l'habillage ! Tu veux un reporter branchouille de l'extérieur ? Vas-y, engage-le ! Il te faut de la tune ? Claque ! Disons... jusqu'à cinq cent mille, je marche ! Tu t'imagines que Karuthers est prêt à mettre un sou de plus dans ce gouffre ? Mon cul, oui ! Je vais prendre un gros risque pour toi, mon pote. Et tout ce que je veux savoir, c'est : qu'est-ce que j'y gagne ?

— Vous voulez quoi ? demanda Brandon, fatigué de ce petit jeu.

— Rien qu'une petite chose. Une histoire.

— Une histoire ?

— Canal 7. Leur bulletin *Action News*, ou quoi ou qu'est-ce. Tu connais ?

Brandon acquiesça.

Et Dexter de refaire un cadrage avec les doigts.

— T'es une jeune nana. Dactylo. Tu viens de rentrer après une dure journée de frappe. T'es célibataire. Tu fourres un de ces plats de régime au micro-ondes et tu te prépares à passer une autre soirée devant ta téloche. Sur l'écran, la tronche de ce... Don ? Dean ?

Dexter claqua des doigts.

— Dane Stephens.

— Ouais, cet enculé. On dirait qu'il a treize ans, ce petit con. Ce type, il balance les infos et, de temps en temps, il ferme à moitié les paupières, comme ça... Il se tourne vers la pétasse à côté de lui et pendant qu'elle lui sort des vannes, il se marre en se passant un doigt sur les lèvres. Tu saisis l'histoire, là. Les gonzesses devant leur petit écran, elles te gobent ça aussi sec.

— Navré de vous décevoir, Dexter, mais ce n'est pas mon genre. Ce genre de cirque, ce n'est pas pour moi.

Dexter cracha comme un chat.

— Fais-moi confiance, dit-il.

Il sortit quelque chose de son sac de sport.

— Réfléchis, mec. Essaie de me suivre sur ce coup.

Il fourra un miroir de poche sous le nez de Brandon.

— Voici la personne dont il faut qu'on raconte l'histoire.

Brandon se vit dans le miroir. Il avait les yeux écarquillés, et il semblait calme, un peu perplexe.

— Qui est Brad Wilson ? Dis-le-moi, parce que c'est ce qu'il faut qu'on dise aux gens qui sont devant leur poste.

Brandon baissa les yeux et réfléchit à la question. Il repensa à la vie qu'il avait toujours voulu mener, une existence pleine d'aventures, de courage, dans laquelle, fils d'espions internationaux, il aurait grandi dans des capitales étrangères, connu des guerres, passé des années dans des tranchées à couvrir les carnages pour l'United Press International. Une vie à l'opposé de la sienne. S'il n'avait jamais cherché consciemment à mener la belle vie, il avait toujours espéré qu'elle viendrait à lui. Et alors que ses amis qui approchaient eux aussi de la quarantaine sacrifiaient au rituel des lamentations sur la vie à côté de laquelle ils étaient passés, Brandon, depuis quelques années déjà, avait réussi à s'accommoder d'une existence qui, d'une façon qu'il avait du mal à expliquer, l'enchantait souvent malgré sa prévisibilité et son manque de stimulus.

— Je suis un type ordinaire, expliqua-t-il. Je suis allé à l'école, j'ai fait du sport. Je suis allé en fac et j'ai commencé à travailler à la télé.

— Tout le monde zappe, là, Brad. Clic — et ça continue. Clic.

— Écoutez, Dexter, je suis un mec banal, ennuyeux, moyen...

— Clic ! Clic ! Clic ! Rien à branler de ces conneries ! Je te demande pas ta bio, bordel ! Personne te la demande. Regarde dans ce miroir. Ce visage, là. C'est quoi ?

— Moi.

— Oublie-toi. Regarde le visage. C'est quoi, cette gueule ?

— C'est le visage de quelqu'un.

— Quel genre de visage ?

— Un visage oblong, un beau visage, un visage d'homme, un...

— Dis-le, putain ! Mais dis-le !

— Le visage d'un Noir ! cria Brandon, repoussant violemment le miroir qui alla se fracasser par terre. Voilà ! Satisfait ?

Dexter regagna son fauteuil pivotant.

— Image, histoire. Et c'est quoi l'histoire, là ?

— Vous me faites chier avec vos conneries. Racontez-la-moi, l'histoire.

— Hé, mais c'est qu'il a du cran finalement, fit Dexter, avec un sourire narquois. Histoire : voilà un type qui a commencé au bas de l'échelle. Il habitait dans un quartier pourri. Il devait ramer tous les jours pour aller à l'école et en revenir. Une mère quasiment illettrée, mais le genre mère Courage, Dieu ait son âme. Elle allait faire tout son possible pour qu'au moins un de ses gosses s'en sorte. Putain, le gamin a même participé à des viols collectifs à l'occasion. Il est devenu accro à l'héro — mais le môme et la môman avaient de la suite dans les idées. Il se tire d'affaire. Il obtient une bourse d'études. Il joue le jeu de l'université — ouais ! Deux années de travail et de lutte acharnée, puis il arrive au sommet. Mais il a jamais oublié les copains de la dèche ni sa môman. Il sait à quel point il faut se battre. Mais on est en Amérique, bordel, et il a réussi. Et si lui a réussi, tout le monde peut réussir.

Brandon applaudit des deux mains.

— Belle histoire, Dex. Je peux vous appeler Dex ? Mais qui n'a rien à voir avec ma vie.

— Mais qui te parle de *ta* vie, bordel ? Je te parle d'une histoire. D'une histoire qui corresponde à une image.

— C'est du pur fantasme, protesta Brandon en hochant la tête. Les chances d'un tel gamin d'échapper à la rue avoisinent le zéro pour cent. Les gens croient à ces foutaises parce que ça les arrange.

— Bingo ! Belle gueule et pas con. J'ai le cul bordé de nouilles !

— Je n'ai pas l'intention de m'inventer une vie

bidon pour apporter de l'eau au moulin de votre mythe raciste.

— Qui te demande ça ? Écoute, tu commences à m'emmerder, là. Juste au moment où je crois que tu me suis, il faut que tu me sortes ce genre de conneries.

Il se leva et prit la pose dans laquelle Brandon l'imaginait toujours : bien campé sur ses jambes.

— Pour la dernière fois, Brad. Image, histoire. T'as bossé à la téloche toute ta vie, bordel. T'as bien une petite idée. On n'invente pas ces foutaises. Tu connais les images. Tu connais les histoires. Une nana sexy tient une canette de bière. Si je bois cette marque de bière, je saute la fille. Image, histoire. Ces histoires à la con, y'a qu'à se baisser, mec. Tu le disais toi-même. Tu racontes des histoires qui arrangent les gens. Qui confirment ce qu'ils croient. Non, attends. Tu finis par m'embrouiller. Toi, tu leur racontes rien. C'est l'image qui raconte. Et l'image, c'est toi, Brandonnnnn. Et tant que les gens devant leur écran ne voient pas ce à quoi ils croient ou ne croient pas ce qu'ils voient, ils continuent de zapper jusqu'à ce qu'ils le trouvent. Pigé ?

— Ouais. J'ai pigé. Je n'aime pas, mais j'ai pigé.

— Tu me suis ? fit Dexter, agitant le papier qui lui donnait carte blanche.

Brandon en saliva. Il déglutit.

— Tout dépend dans quelle direction.

— Tu me suis ou tu me suis pas.

— Je viens de dire que ça dépendait.

— Intègre. Encore ces conneries d'école de journalisme. Il ne te manque plus que vingt-cinq *cents* pour téléphoner à papa et maman que tu aimes tant, et leur dire que tu rentres à la maison.

— Dites-moi précisément ce que vous attendez de moi, Dexter. Venons-en au fait, qu'on en finisse dans un sens ou dans un autre.

Dexter se rassit, fit rouler son fauteuil jusqu'à son bureau et se frotta les mains comme pour les réchauffer.

— C'est simple. On a notre histoire. Le type qui sort du ghetto, c'est bon. Mais, quelque part, les gens marchent pas. Pourquoi ? Parce qu'ils n'ont pas connu — en tout cas, pas avec ce gars-là. Et il a quelque chose qui fait que l'histoire n'a pas l'air aussi vraie qu'elle le serait avec, disons, un Richard Pryor. Faut voir les choses en face, Brad, t'es trop blanc quand on y songe.

— J'ai été noir toute ma vie, putain !

— Merde, tu parles mieux que moi, mieux que tous les connards devant leur poste. Et tu t'appelles pas Roscoe, ni Washington, ni Rufus. Tu t'appelles Brandon, bordel de merde ! Te vexe pas. J'y peux rien, hé, j'ai grandi avec des types comme toi toute ma vie. Intelligents, des petits enculés de Blacks bourrés de fric. Les types comme vous, ils collent jamais avec l'histoire. Vous êtes nés avec une cuillère d'argent dans la bouche, y'a pas à chier. Le problème, c'est que les gens voient pas que vous l'avez méritée. Ils te voient assis, là, et c'est comme si tu venais de nulle part, que tu n'avais pas mérité d'être là. Et cette gonzesse blanche... heu... c'est quoi son nom, déjà... Mandy ?

— *Mindy*.

— Bref, les gens aiment pas l'idée que tu sois assis à côté de cette Blanche, sauf s'ils pensent que tu l'as mérité.

Il anticipa la protestation de Brandon, la balayant d'un geste :

— Donc, on va leur faire un *revival* de cette expérience rien que pour eux, tous les soirs, au J.T. de cinq heures. Les braves gens de St. Paul et de Minneapolis assisteront en direct aux débuts de leur Brad Wilson dans les quartiers pauvres et le verront se hisser jusqu'au fauteuil de présentateur. La question est : comment ? Et ça, c'est tes putains de devoirs à la maison.

Brandon ferma les yeux. Comment savoir ?

— Que peut-on faire ? Un docudrame ?

Tout ça lui paraissait si ridicule qu'il ne pouvait pas répondre sérieusement. Ce type était tombé sur la tête.
— Ça pourrait marcher ! Un spot, c'est ça ? Au début de chaque J.T. Vas-y. Aide-moi. Qu'est-ce qu'on a d'autre ?
— C'est vous qui avez les réponses.
— Oh, fais pas chier, putain ! Réfléchis. Comment nous y prendre pour que les gens partagent ton ascension jusqu'à notre bonne vieille classe moyenne américaine ? Tu pourrais suivre un pauvre gus. Un sujet larmoyant, un vécu sur une pédale qui vit de l'aide sociale. Tu fonces, Brad. Qu'est-ce qui se passe dans ce putain de ghetto ?
— Je n'en ai pas la moindre idée, Dexter. Je n'ai jamais mis les pieds dans le ghetto, pas un seul jour de ma vie.
Dexter se leva, applaudit, serra les poings et les brandit.
— Génial. Super génial. Écoute ça. On te fout dans le ghetto. On te dégote un appart minable quelque part — dans une cité ou une autre. Et on présente le journal en direct, de là. Non ! Encore mieux ! *Tu* présentes le journal de là. En liaison avec Mindy au studio. Ouais ! Putain, putain, on est bons, là !
— C'est le truc le plus bizarroïde, le plus crétin...
— J'ai grandi à Chicago. Cette nana... heu... celle qui était maire, c'est quoi son nom... Byrne ! Truc électoral : elle emménage dans une cité. En plein milieu des poubelles et des rats. Son score a crevé le plafond, à la nénette !
Brandon se souvenait de cette histoire, de l'avoir lue à l'antenne. D'un côté, il s'était dit que c'était une bonne idée. Les maires devraient vivre dans les mêmes conditions que leurs administrés ; ils devraient descendre de leurs limousines, quitter leurs luxueux appartements et voir comment le gouvernement traite les petites gens. D'un autre côté, il était horrifié.

Dexter refit le tour de son bureau et s'accroupit devant la chaise de Brandon.

— T'es un journaliste, mec. On sait ça tous les deux, et je t'ai déjà dit, les infos, j'en ai rien à battre. C'est pas mon boulot. Je suis en train de t'offrir la chance de ta vie. Tout le fric qu'il te faut. L'équipe. Je t'offre l'histoire de ta vie. Tu retournes dans ta communauté. Parmi les tiens. Tu nous racontes leur histoire. Tu nous racontes ce que c'est que vivre dans ce merdier — la came, les gangs, les putes. Le gros titre. Tous les soirs. Du bon journalisme.

— Je devrai y vivre ?

— En tout cas, les téléspectateurs doivent le croire. Hé, cinq semaines. On commence juste avant le sweepstake de mai. Tu y restes à plein temps au départ, puis petit à petit, tu reviens sur le plateau.

Brandon, silencieux, réfléchissait. Il baissa les yeux vers Dexter qui, toujours accroupi devant lui, le regardait.

— C'est un coup encore plus facile qu'une vieille pute ! Tu te trouves un endroit peinard dans un immeuble OK. Un peu pourri, mais vivable. Anonyme, avec une porte côté cour pour que tu puisses entrer et sortir sans te faire remarquer. Personne au courant. Que toi et moi. Si ça se sait, on est réduits à de la chair à pâté, tous les deux.

Brandon détourna les yeux vers la fenêtre puis les reporta sur Dexter. Fenêtre. Dexter. Sans savoir pourquoi, il n'arrivait pas à soutenir son regard.

— Je joue mon va-tout sur ce coup, Brandon. Je suis prêt à parier la tête de mon fils aîné. Allez. Ça marche ?

Dexter se redressa et posa le papier sur les genoux de Brandon.

— Allez, mec.

Brandon plia le papier, le glissa dans sa poche, serra la main de Dexter. Et il se mit en quête de l'endroit où il pourrait mettre sur pied ce plan à la noix.

Aventures dans la littérature américaine

Personne en voulait de ce putain d'appart ! Le vieux n'avait jeté qu'un coup d'œil par la porte.
— Deux cents dollars ? Ben merde alors.
Il ne s'était même pas donné la peine d'entrer.
Nita avait disposé les quatre meubles abandonnés par les locataires précédents, histoire de donner à ce taudis un air un peu plus habitable. Elle avait dégoté de vieilles étagères et posé dessus quelques bricoles — petits chiens et petites poupées en porcelaine, un coquillage, un vase ébréché. Rien n'y avait fait.
Un type venu visiter le jour même de la parution de l'annonce avait dit qu'il reviendrait, mais y'avait déjà trois jours de ça. Il avait sans doute trouvé mieux. Les appart à louer, c'est pas ce qui manquait dans le journal, et il fallait vraiment pas avoir le choix pour prendre celui-là. Nita n'aurait pas voulu de lui, de toute façon. Trop jeune. Ç'aurait été le même topo qu'avec ceux du dessus.
Elle verrouilla la porte. Le vieux s'éloignait déjà au volant de sa bagnole.
En remontant, elle tomba sur le fameux Sipp du dessus.
— S'lut, bibiche, fit-il, souriant de toutes ses dents, ouvrant les bras comme s'il s'attendait à ce qu'elle lui saute au cou.

— J'suis pas ta bibiche. Surveille tes...
— 'scuse-moi, baby, mais c'est que t'as l'air si câââââânon, là, devant ç'te porte.
— Et j'suis la baby de personne. Surtout pas la tienne. Maintenant, tu me laisses passer, j'ai du boulot.
— Sussssceptible, aujourd'hui. Tu veux pas faire mumuse avec un cousin ?

Il se tenait d'un côté de l'escalier. Nita avait tout juste la place de passer.

Lourd, le Black, songea-t-elle. Elle croisa les bras, lui laissant le loisir de continuer à faire ce qu'il avait à faire, quoi que ce soit. Avec son sourire finaud, là. Qu'est-ce qu'il avait à la regarder comme ça ? Elle allait le lui faire ravaler, son sourire !

— Puisque t'es là, tu seras pas venu pour rien. Je vais t'occuper.
— Oooh, moi bien vouloir toi t'occuper de moi.

Il grimaça avec un air de convoitise. Elle ne put s'empêcher de pouffer.

— Pour commencer, faut me mettre des noms sur la boîte. Le facteur distribuera pas le courrier tant qu'il y aura pas marqué clairement les noms de tous ceux qui vivent là-haut.
— On reçoit jamais de courrier, chérie. À moins que t'aies l'intention de nous envoyer une carte postale.
— Vous aurez bien une note d'électricité, merde.
— Pas s'ils savent pas où on crèche.

Il gloussa comme si tout ça était très drôle. Il avait un rire marrant, un rire un peu plouc qui remua quelque chose en elle, qui la poussa à minauder. Elle mit les mains sur les hanches et inclina la tête.

— Attends un peu que je trouve une note d'électricité dans ta boîte, tu riras pas autant quand je monterai te la jeter à la figure.
— Ahhhhh. Mais c'est qu'elle serait méchante. Tu me fais froid dans le dos, tu sais.

— T'auras encore plus froid quand ils te couperont le jus.

— OK, je fonce là-haut chercher du Scotch et je vais t'en coller des noms sur la boîte, et tout de suite encore. Je suis plus le même homme. Tu m'as... métamorphosé.

Il se détourna pour partir.

— Minute ! C'est pas fini.

— Décharge-toi sur moi, cousine.

Il écarta de nouveau les bras. Il n'est pas mal aujourd'hui, songea-t-elle, en tee-shirt noir moulant et jean assez neuf au pli qui tombait impec. Elle en revenait pas qu'il lui aille si bien. Comme elle ne voulait pas passer pour une fille facile, elle durcit le ton.

— J'ai un avertissement pour toi : ne m'obligez pas à remonter à cause de votre satanée musique. S'il te plaît.

— Tout ce que tu voudras, baby.

— Bon, ben voilà.

Elle sourit, ayant conscience qu'elle en faisait trop, mais il était vraiment mignon, et si ça marchait...

— Je reviens tout de suite avec des noms.

Il monta l'escalier quatre à quatre. Joli cul, en plus. Joli petit cul.

— Madame Carter ? Y'a longtemps que vous êtes là ?

Elle était plantée à l'autre bout du couloir, près de la porte de Nita.

— J'habite dans l'immeuble, je vais où je veux.

Nita ouvrit la porte de son appartement en essayant de lui bloquer le passage, mais la vieille bique réussit à se faufiler à l'intérieur.

— Vous avez pas à rôder dans le couloir et à épier les gens.

— Mais je vous surveillais pas. Je suis descendue prendre l'air.

— Je dois préparer le dîner, dit Nita, espérant se débarrasser d'elle.

— Non, je vous remercie. J'ai mis des haricots de Lima à tremper. Et j'étais là depuis assez longtemps pour vous entendre flirter avec le voyou du dessus.

— Flirter ! Vous feriez mieux de fermer votre clapet.

Nita était indignée. Il y avait des jours où la vieille lui donnait envie de l'étrangler. Non mais, regardez-la. Elle descendait et faisait comme chez elle. Elle lui changeait ses livres de place, et Nita ne reconnaissait plus son chez-soi.

— J'ai des oreilles pour entendre, insista Mme Carter. Je suis peut-être vieille mais je sais encore reconnaître quand on flirte.

Nita laissa tomber le sachet de hamburgers sur le comptoir.

— Qu'est-ce que j'irais fricoter avec ça ?

— Je vous le demande. C'est rien que de la racaille. Moi, je leur adresse même pas la parole.

— Pour tout vous dire, et bien que ça vous regarde pas, je m'occupais d'affaires de gardiennage.

— De *vos* petites affaires à vous, oui ! Je veux juste vous donner un conseil. Une femme n'est jamais trop prudente de nos jours.

— Pfff, fit Nita.

Elle se demandait bien pourquoi les petites vieilles noires de toute la ville pensaient qu'elles étaient là pour s'occuper de ce que faisaient les autres — de gens qu'elles connaissaient même pas. Pas plus tard qu'hier, y'avait une de ces cousines-là qui était venue chez Wards et qui avait commencé à lui dire qu'à sa place elle ne porterait pas de rouge parce que cette couleur donnait un teint terreux aux femmes à la peau sombre. On t'a sonnée, connasse ? avait-elle eu envie de lui balancer, mais c'était le genre de truc qui vous faisait virer illico, et si ça se trouve, cette vieille, c'était peut-être une de ces fausses clientes qu'ils envoyaient pour vérifier que vous étiez aimable.

Flirter. Pff !

— Comme si vous pouviez le savoir, marmonna-t-elle.
— Oh, je connais, hein. J'ai vécu. Vous n'imaginez pas ce que je sais.

Nita morcela la viande hachée et la mit à frire dans la poêle qui commença à grésiller. Elle s'essuya les mains au torchon, puis ouvrit un tiroir et chercha une spatule.

— Ah oui ? Racontez-moi ça, dit-elle en tournant la viande.
— Non, non, non, voyez, je ne suis pas du genre à embêter les gens qui savent déjà tout. Non, m'dame. Pas moi.
— Ah, alors, fit Nita, avec un petit rire.

Elle espérait lui avoir rabattu son caquet, cette fois.

— Les gens s'imaginent qu'ils peuvent se servir de vous. Vous presser comme un citron. Mme Carter sait quand il vaut mieux qu'elle se taise, elle !
— C'est ça, ma chère.

Nita sala et poivra la viande qui dorait déjà. Elle baissa le gaz.

— Oui ! Absolument. Et je sais autre chose aussi. Je sais qu'un voyou comme celui du dessus ne peut que rendre une fille malheureuse.
— Ah bon, vous savez ça ?
— C'est le genre qui assomme les vieilles dames pour leur voler leurs économies. Qui n'a pas travaillé une seule fois dans sa vie. Continuez à fricoter avec lui, et vous verrez ce que je vous dis.
— Nita ! cria Sipp.

Mme Carter eut un sourire narquois.

Il entra de sa démarche nonchalante, un rouleau de papier autocollant à la main.

— Y'a rien pour écrire dans tout l'appart.
— J'ai ce qu'il te faut.

Elle farfouilla parmi les papiers empilés sur la table

et y dénicha un marqueur bleu. Mme Carter souriait toujours.

— Comment ça va cet aprem, m'dame ? lui demanda Sipp.

— Ça va très bien, je vous remercie, répondit-elle en continuant à regarder Nita avec un sourire entendu.

Nita la fusilla du regard.

— Tiens, dit-elle à Sipp, lui tendant le marqueur.

— Je te le rapporte tout de suite.

Il descendit l'escalier quatre à quatre.

— Ben au moins, il sait écrire son nom, ironisa Mme Carter.

— Chut ! fit Nita, refermant la porte. Ce n'est pas gentil.

— Si j'étais vous, je vérifierais que j'ai toujours mon porte-monnaie avant de parler de gentillesse.

Nita ignora sa remarque. Elle ouvrit les sachets de sauce et de condiments, versa le tout sur la viande hachée, la recouvrit et posa la poêle sur le dessus de la cuisinière. Quand il serait l'heure de manger, elle ajouterait les pâtes et mettrait à réchauffer pendant quelques minutes.

Sipp ouvrit la porte et lança le marqueur à Nita.

— Merci beaucoup, dit-il.

— N'hésite pas si tu as besoin.

— C'est sûr qu'il va pas hésiter, chuchota Mme Carter.

— À la prochaine, fit Sipp, en sortant.

Il rouvrit la porte.

— Oh, Nita ! On fait une petite fête vendredi soir. Ça te dirait de venir ?

— Moi, j'ai l'impression que c'est tous les soirs qu'ils font une petite fête, intervint Mme Carter.

Nita lui lança un regard de biais.

— Je sais pas, répondit-elle. La semaine a été longue, et avec les gosses...

— Vous les garderez, non ?

— Vous voulez dire que je ne suis pas invitée à votre « petite fête » ?

Nita leva les yeux au ciel et Sipp posa une main sur son cœur, faussement honteux.

— Je te dirai ça plus tard, d'accord ? proposa Nita.
— À vendredi.

Il adressa un clin d'œil à Mme Carter et partit.

— Pas de commentaires, madame Carter.
— Mmmmm, mmmmm, mmmmmmmm.
— C'est censé vouloir dire quoi ?
— Non, non. Vous m'avez dit de rien dire.
— C'est l'heure de ma sieste, ajouta Nita, ouvrant la porte.
— C'est ça, vaut mieux que vous ayez l'air reposé.

Elle se rengorgea et gagna la porte.

— Écoutez, si vous me cherchez, je vais devoir me fâcher.
— Ouais. Il vous emprunte un stylo. Il vous invite à une soirée. Vous savez ce que j'ai remarqué aussi ?
— Bonsoir, madame Carter.
— Il est entré sans frapper. Comme chez lui.
— Bonsoir, fit Nita, la poussant gentiment dehors. Quelle andouille !

Nita scruta son appartement pour voir ce qui devait être fait. Ravie que tout soit à peu près bien rangé pour une fois, elle décida de faire ses devoirs à la maison.

Elle prit dans la pile la nouvelle qu'elle devait lire pour son cours. Elle avait choisi de le suivre parce qu'il lui fallait une option en littérature, mais finalement, c'était pas si mal. Certaines histoires étaient marrantes. Elle espérait que celle-là ferait partie des ennuyeuses, pourtant ; qu'elle l'endormirait tout de suite. Elle pourrait faire une sieste d'une petite demi-heure, jusqu'à l'arrivée des gosses. Elle s'installa sur le canapé, puis se releva et alla verrouiller la porte. Une femme n'est jamais trop prudente.

Elle s'emmitoufla dans le plaid et ouvrit le livre à la

page 157. Ah ouais, cette histoire-là, songea-t-elle. Elle l'inspirait pas du tout. Jusque-là, c'était deux ou trois profs qui parlaient de toutes les jeunes et gentilles étudiantes qu'ils avaient réussi à inviter chez eux. Ça faisait deux jours qu'elle essayait d'en venir à bout, mais la plupart du temps, elle ne pouvait se raccrocher à rien. En général, c'était juste des mots dénués de sens sur la page. Elle devait lire certaines pages trois fois avant d'y dénicher un fil conducteur, et elle ne voyait vraiment pas ce que tout ça signifiait. Son prof prétendait que c'était les meilleurs écrivains que l'Amérique avait à offrir au monde, et Nita se disait que, si c'était vrai, alors le monde ferait mieux de pas trop perdre de temps avec eux.

« *À mon arrivée à Cornell, j'étais jeune, libre, avec pour seule responsabilité celle de planter les graines de la sagesse dans l'esprit d'un millier de belles étudiantes nubiles, toutes avides d'apprendre les leçons que je devais leur enseigner.* »

Qu'est-ce que c'était que ces conneries ? Ils disaient tous n'importe quoi dans cette histoire, ils se prenaient pas pour de la merde, ils sortaient des mots que personne n'utilisait.

« *— J'aimerais avoir un entretien, dit-elle. Ses seins gonflaient sous l'angora rose, aussi imposants et attrayants qu'une lune d'été se levant à l'orient.*

Oh, oui, on va s'entretenir.

— Votre nom, s'il vous plaît ? demandai-je, sur un ton professionnel masquant des buts bien moins professionnels. »

Ah, c'est ce genre d'histoire, songea Nita. Y'en avait plein les livres. Des histoires où les hommes dirigeaient tout et où les femmes se faisaient avoir ou traiter comme des joujoux. Où étaient celles où les femmes tiraient les ficelles ? Quelqu'un avait lu tous les livres et les avait découpés aux ciseaux ?

J'suis peut-être favorisée, songea-t-elle. J'fais tant de

choses par moi-même que j'en ai peut-être oublié que beaucoup de femmes aiment bien que quelqu'un les fasse à leur place. Mais pourquoi ce serait forcément ceci ou cela ? Y'avait donc pas un coin dans le monde où une femme pouvait faire les choix qu'elle voulait — fonder la famille qu'elle voulait, suivre sa voie dans ce monde — et avoir un compagnon ? Apparemment pas. Au lycée déjà, à l'époque où elle avait décidé de garder Marco, Nita avait compris que la vie, loin d'être un questionnaire à choix multiples, serait plutôt un truc du genre « vrai ou faux ». On choisissait sa réponse, et si on se gourait, on n'avait peut-être pas une mauvaise note, mais on devait passer le restant de ses jours à expliquer son choix. Et Nita n'avait aucune explication à donner à tous ceux qui posaient les questions. Elle avait décidé d'être fille-mère pour la simple raison qu'elle savait qu'elle serait une bonne mère et que c'était ce qu'elle avait envie d'être. Elle ne s'était choisi aucun homme parce qu'elle n'en avait rencontré aucun qui méritait d'être choisi. Comme si ça les regardait, et pourtant récemment à la télévision, il y avait eu plein de mecs — des Blancs, des Noirs, et quelques nanas aussi — qui avaient décrété que c'était de sa faute s'il n'y avait plus de fric, si les rues étaient pleines de loubards, si... Bah, apparemment, ça et tout le reste. Le choix ? Au cas où vous ne seriez pas encore au courant, les copines, le gouvernement ne l'a pas lui non plus.

— M'man !
— Ouvre, m'man !
— T'es là, m'man ?

Nita bondit du canapé, hébétée. Merde, elle s'était endormie au beau milieu de sa lecture. Elle l'avait bien cherché, mais du coup elle irait en cours sans avoir rien préparé.

Elle alla ouvrir, traînant le plaid avec elle.

— Vous m'réveillez, les enfants, dit-elle.

Elle bâilla et se pencha pour recevoir trois bisous sonores.

Skjoreski téléphona au moment où elle versait de la salade de fruits dans des bols pour le dîner. Elle lui dit que non, qu'elle n'avait pas encore loué l'appartement du sous-sol, mais qu'elle s'en occupait. Il lui rappela qu'elle avait jusqu'au lendemain et qu'il avait des candidats « prêts à signer tout de suite ». Bof, songea Nita. S'il pouvait le louer lui-même, tant mieux pour lui. Elle avait fait le maximum. Tout ce qu'elle avait perdu, c'était le temps passé à faire visiter, et les cinq dollars quatre-vingt-quinze de l'annonce. Elle se rembourserait d'une façon ou d'une autre sur le dos de Skjoreski. Et puis, qui sait ? Peut-être qu'il trouverait quelqu'un d'à peu près convenable. Même ceux d'en haut s'étaient calmés. Elle avait tout fait pour. Les basses étaient faiblardes à travers le plafond : on les entendait à peine par-dessus *Drôle de vie*. S'ils pouvaient poser leurs baffles sur des annuaires, ce serait encore mieux. Elle arriverait bien à obtenir ça, facile. C'est pas eux qui commandaient par ici, d'abord. Elle, oui.

Elle appela les enfants à table. Marco accourut, mais les filles se firent tirer l'oreille : elles ne voulaient pas rater la fin de l'épisode.

— Ça va être froid. Tootie et son père se rabibochent, c'est tout. Vous l'avez déjà vu, celui-là.

Elle éteignit la télé. Les filles râlèrent mais allèrent prendre place à table. Nita les servit. Ils dirent les grâces. C'est au moment où Nita versait du jus de fruits à Rae Anne qu'on frappa à la porte.

— J'cherche Sipp, dit l'homme.

Il était baraqué, menaçant, en blouson de cuir.

— Y'a pas de Sipp ici, répondit Nita.

Elle voulut refermer la porte mais il la rouvrit d'une poussée. Elle essaya de lui barrer le passage.

— Il a quelque chose que je cherche.

— Qu'est-ce que vous voulez ?

Elle tenta de le repousser, mais il la bouscula et entra de force dans l'appartement.
— Vous pouvez pas entrer ici ! cria-t-elle.
— Où il est ? fit l'homme, regardant autour de lui.
— Sortez de chez moi ! Tout de suite ! Dehors ! Plus vite que ça. Sortez de chez moi ! Il habite pas ici. Dehors !
Elle hurlait. Elle vit que les gosses n'étaient plus là. Ils avaient filé.
— Tony ! cria quelqu'un de la porte.
Sipp.
— Pas la bonne porte, mec, ajouta-t-il à l'intention de l'homme. Au premier. Excuse, Nita.
— Ouais, fit l'homme, la jaugeant comme si elle lui appartenait.
Elle referma. Tourna le verrou. Et s'aperçut qu'elle serrait sa fourchette si fort que celle-ci avait laissé une empreinte sur sa paume.
Les enfants !
Elle fit volte-face. Ils jaillirent de sous la table et coururent se blottir sous son aile.
Ils mangèrent — essayèrent, du moins —, mais sans appétit. Personne ne souffla mot.
Nita s'assit avec eux devant la télévision. Elle ne voyait même pas les images.
— Non, dit-elle à sa mère quand celle-ci lui téléphona. J'vais pas en cours ce soir.
Il se peut que je sorte plus jamais d'ici, songea-t-elle.
Ils restèrent devant la télévision, blottis les uns contre les autres comme devant la chaleur d'un feu. On refrappa à la porte.
— Ouvre pas, m'man, conseilla Marco.
Son homme. Son petit homme. Sauf qu'il n'était pas encore un homme. Y'avait pas d'homme ici.
On frappa encore.
— J'ai peur, m'man, geignit Didi.
— T'en fais pas, mon cœur. Y'a pas de problème.

Elle s'efforçait de paraître calme, tranquille. Jamais elle ne tolérerait que ses enfants vivent dans la peur sous leur propre toit. Elle devait leur montrer que tout allait bien.

— Y'a pas de quoi s'inquiéter, les rassura-t-elle.

Elle alla à la porte en ravalant sa peur.

— Avant d'ouvrir, il faut toujours vérifier qui c'est, dit-elle.

Et elle faillit se mettre à rire car il n'y en avait pas un qui pouvait atteindre l'œilleton à moins de grimper sur une chaise, et encore avec un ou deux annuaires posés dessus. C'était un homme. À huit heures. Et c'était pas quelqu'un qu'elle connaissait. Elle entrebâilla la porte mais sans ôter la chaîne de sécurité. Elle regrettait de ne pas avoir un couteau ou un poêlon. Sans la déformation de l'œilleton, sa tête lui dit vaguement quelque chose.

— C'est pour quoi ? demanda-t-elle.

— Pour l'annonce, répondit-il. Je viens pour l'appartement à louer.

Un petit coin où prendre du recul

> Vous êtes pas comme tout le monde. Vous avez quelque chose de différent. Je sais pas si ça tient à vos cheveux, ou quoi. En tout cas, je sais d'expérience que ceux qui ont la peau claire se croient supérieurs aux autres.
>
> Mattie Lewis
> Roseville

On aurait dit qu'il lui faisait peur, aussi Brandon lui sourit-il aimablement pour essayer de la mettre à l'aise.
— Je suis M. Wilson. Brandon Wilson. J'aimerais visiter l'appartement à louer.
Elle avait un visage long, ou peut-être cette impression venait-elle de ce qu'il la voyait dans l'entrebâillement de la porte.
— Il est un peu tard, protesta-t-elle.
Il entrevit une bande de gamins derrière elle. Il se demanda à combien ils vivaient là-dedans.
— J'étais au travail, s'excusa Brandon. Je suis venu dès que j'ai pu. Je tombe mal ?
— Attendez une minute.
Elle referma la porte et il entendit du remue-

ménage. Apparemment, elle faisait taire ses gosses et lançait des trucs à droite à gauche. Il longea le couloir. La lumière anémique dissimulait l'état des murs. Une douille sur deux n'avait pas d'ampoule. Là où c'était éclairé, une couche de peinture se révélait nécessaire. Çà et là, le plâtre était d'un jaune pisseux — bon sang, ils forçaient sur cette couleur dans les lieux de ce genre. La peinture, délavée, s'écaillait, laissant apparaître par endroits une ancienne moquette murale orange. Le couloir était silencieux, à part les vibrations lointaines des basses d'un ampli. Pas de quoi vous empêcher de dormir. Les murs avaient absorbé l'odeur de multiples fritures et légumes bouillis — des odeurs de vie de famille, songea-t-il —, qu'il trouva bizarrement rassurantes. Au bout du couloir, au bas de l'escalier, se trouvait l'indispensable porte donnant sur la cour.

— Où vous allez ? lui cria-t-elle.
— Je regardais.
— C'est par-devant.

Il descendit à sa suite les quelques marches qui menaient au hall d'entrée. Ils tournèrent et empruntèrent d'autres marches jusqu'à une porte en angle.

— C'est là, annonça-t-elle sèchement.

Elle paraissait dure, farouche, et elle faisait en sorte de ne jamais le regarder. Elle appuya sur un interrupteur et la pièce fut inondée d'une lumière jaunâtre.

— Voilà, dit-elle.
— Je peux ?

Elle répondit d'un geste, l'air de dire qu'elle se moquait de ce qu'il faisait du moment qu'il lui fichait la paix.

Il entra dans une pièce assez vaste. Deux fenêtres à hauteur de tête trouaient deux murs opposés, et un lustre sans prétention — un globe beige moucheté au bout d'une chaîne argent — signalait ce qui était censé être une salle à manger. Une hideuse moquette verte à longues mèches jurait avec le marron des murs lambrissés. Il régnait une odeur de ciment frais.

Tout était laid dans cet appartement. Le minifrigo était plutôt propre ; la cuisinière à côté avait failli l'être. Quelqu'un avait oublié une étagère et une vieille chaise à l'assise défoncée.

— Ça va avec l'appartement, tout ça ?

— Ça appartient à l'immeuble. Vous apportez vos meubles.

Il acquiesça, soulagé. Il vérifia le bon fonctionnement de la robinetterie. Pression correcte. Il jeta un coup d'œil derrière les appareils ménagers. Rien de suspect.

— Et la salle de bains ? demanda-t-il.

— Par là.

Pas loquace, celle-là, songea-t-il. Elle appuya sur un autre interrupteur, illuminant une pièce deux fois plus petite que l'autre. Sur le côté, se trouvait une penderie minuscule ; et après, une salle de bains au carrelage un peu terni, mais presque propre. Pression correcte ici aussi.

— Des bestioles ? s'inquiéta-t-il.

— Où ça ?

— Ici. Punaises, cafards, araignées, vous savez ?

— Vous en avez vu ?

— C'était juste une question.

Il repassa dans la pièce principale, hocha la tête. Dire que des gens habitaient dans des endroits pareils. Et il avait vu pire. La veille, il était allé dans un immeuble où le gardien devait suspendre ses provisions dans des paniers pour qu'elles soient hors de portée des souris. Un autre donnait l'impression d'avoir été saccagé par un groupe heavy-metal. Cet appartement en sous-sol était loin d'être le pire. En fait, c'était même le mieux. Il avait l'air bien entretenu, propre...

— Vous habitez juste au-dessus, c'est ça ?

— Ouais, fit-elle, avec un air de défi.

— Vos enfants ne sont pas bruyants ?

Elle le regarda comme s'il lui avait demandé s'ils avaient bien l'apparence humaine.

— Hé, il faut se renseigner sur tout, fit-il. J'aime bien être au calme, et il ne faut pas qu'il y ait trop de bruit au-dessus quand on travaille.

— *On* ?

— *Je.* Je voulais dire *je.*

— Vous n'entendrez pas mes gosses, assura-t-elle en regagnant la porte.

— Deux cents dollars, c'est ça ?

Elle acquiesça.

Il ouvrit son portefeuille et commença à trier ses billets, sortant ceux de vingt dollars.

— Je le prends.

— Minute. Pas si vite.

Elle secouait la tête comme s'il venait de lui dire une énormité.

— Il est toujours libre, non ? demanda-t-il.

Merde. C'était l'autre problème. Dans deux ou trois de ces immeubles — ceux en meilleur état —, on lui avait refusé la location. S'il y avait une annonce dans le journal, comme quoi l'appartement était libre, et si on avait des espèces, il n'y avait aucune raison qu'on vous dise non. Quand il enverrait ses reporters, ce serait la première enquête qu'il leur demanderait de faire.

— Ouais, c'est toujours libre. Mais les gens... on ne... personne...

Elle poussa un soupir.

— Montez, je vais vous montrer le bail.

Il la suivit jusqu'au rez-de-chaussée et, cette fois, elle le fit entrer chez elle. Il reconnut une odeur de viande grillée — il misa sur des hamburgers — mêlée à celle, douceâtre et poudreuse, d'enfants.

— Asseyez-vous, lui proposa-t-elle.

Elle farfouilla dans une boîte de rangement posée dans un coin.

Il était sidéré par le désordre. Il y avait des trucs partout où c'était possible : livres, jouets, bibelots bon marché. À côté de lui, une table basse cubique était recouverte d'une couche de poussière — elle était marrante, ses parents en avaient eu une dans le même genre dans les années soixante. Celle-ci avait un motif à pois. Un examen plus attentif lui révéla qu'il s'agissait d'une caisse renversée recouverte de papier vinyle.

De petites têtes apparurent au coin. Yeux ronds. Bouches bées.

— Salut, leur dit-il.

Très joli tableau, songea-t-il. On aurait dit des opossums regardant à travers les branches d'un arbre.

La femme se redressa, tenant la chemise qu'elle avait fini par trouver, et ordonna aux enfants de retourner se coucher.

— L'heure est passée, les gronda-t-elle.

— Hé, tu sais qui c'est, maman ?

— C'est un monsieur qui veut louer un appartement et qui ne veut pas qu'on l'enquiquine.

Elle se tourna vers lui :

— Désolée.

Elle lui tendit un exemplaire du bail et fit déguerpir les gosses.

— l' passe à la télé ! dit l'un d'eux.

— Toi aussi, tu vas pas tarder à passer à la télé si tu continues ! Pour raconter comment je t'ai mis les fesses en compote. Bon, maintenant, filez avant que je vous secoue les puces.

— 'scusez-moi, dit-elle en désignant le papier qu'il avait en main. Ce sera votre bail.

— Dans les règles...

La copie conforme de ceux qu'on trouve dans un guide juridique — du béton ou aussi troué qu'une passoire, tout dépendait de l'avocat qu'on avait. Brandon écrivit quelque chose dans la marge et le parapha.

— J'ai ajouté ici... (il lui montra)... échéances men-

suelles, un mois de préavis, location de trois mois minimum.
— J'sais pas si vous pouvez...
— Écoutez...
Il se leva et s'épousseta le fond du pantalon. Quelques miettes ou autres fragments tombèrent, et il se dit : Merde, un autre costume bon pour le pressing. Il ferait passer ça en note de frais.
— Je dois voir quelqu'un d'autre ? Ce n'est pas vous qui êtes décisionnaire ? Vous ne me semblez pas très sûre.
— Je suis la gardienne. C'est moi qui décide pour l'appartement.
— Alors, c'est parfait. (Il lui tendit le bail et sortit son portefeuille.) Combien vous voulez pour la caution ? Deux mois ?
— Vous avez autant d'argent que ça sur vous ? Qu'est-ce que vous faites dans la vie ?
Autant d'argent ? songea-t-il. Deux malheureux billets de vingt dollars. Il était donc descendu si bas ? Il se dit qu'une explication quelconque s'imposait.
— Votre gamin avait raison. Je travaille à la télé.
— Ah ouais ?
— Je présente le journal de cinq heures. Ça doit faire deux ou trois ans.
— Sans blague ? fit-elle, avec une mimique qui pouvait être un sourire. Comme quoi c'est pas souvent que je suis là à cinq heures. Et, de toute façon, les petits regardent *Drôle de vie*.
— Ils ne sont pas les seuls, admit-il.
Il se promit d'en parler à l'équipe de la promo. Les cartes d'autobus, ce serait pas mal. Une pub que les gens comme elle auraient une chance de voir.
— Alors, combien ? insista-t-il.
La femme secoua la tête et alla s'asseoir sur la chaise.
— Je vais être franche avec vous. Vous m'avez l'air

d'être quelqu'un de bien, mais je dois penser à mes enfants. Je les élève du mieux que je peux. J'peux pas louer à n'importe qui, voyez. Ceux du dessus...

Elle pointa le doigt vers le plafond et hocha encore la tête.

— Un problème avec eux ?
— Naaaaan. Y'a juste que, des fois, ils sont un peu bruyants. Et y'a beaucoup de va-et-vient.
— Quel genre ?
— Bah, avec eux, je m'en tire, pas de problème. Mais j'veux pas en avoir un en dessous en plus... Voyez ce que je veux dire ?
— Vous avez ma parole, lui promit Brandon. Vous n'entendrez pas le moindre petit bruit venant de chez moi. D'accord ? Au moindre problème, je m'en vais.
— Bon... Mais, fit-elle en reprenant le bail, si vous êtes un grand manitou de la télé, pourquoi vous voulez louer dans un endroit pareil ? C'est pas logique.
— Vous êtes fine mouche. Vous devez mener votre petit monde à la baguette. Il y a combien de locataires ?
— Quatorze. Vous n'avez pas répondu à ma question.

Il rit.

— Et tenace avec ça. On va bien s'entendre vous et moi.
— Y'aura pas de « vous et moi » si vous me donnez pas une réponse qui me convienne.
— Je ne sais pas si elle va vous convenir, mais voilà. Ce n'est pas facile d'être quelqu'un de connu. On vous aborde sans arrêt. On n'arrête pas de vous demander des autographes. Les gens veulent que vous les fassiez passer à la télé, eux, leurs gosses ou leur chien. On n'a plus de vie privée. J'ai besoin de prendre du recul par moments. De m'isoler quelque part où personne ne saurait qui je suis.
— Et vous croyez que c'est là ?

— C'est le dernier endroit où on viendrait me chercher.
— Et personne ne saura que vous êtes ici ?
— À moins que vous n'alliez le raconter.
— Et c'est ça votre explication ?
— Je n'en ai pas d'autre.
Il lui décocha son sourire T.V.
Elle tendit la main à plat :
— Deux cents dollars d'avance plus cent de caution.
Il lui mit les billets un à un sur la paume en trouvant l'aspect « marché conclu » plutôt plaisant.

Plus tard, couché au côté de Sandra, lui caressant le dos, il sentit qu'elle se rendormait.
— Il se peut que je m'absente pour un petit moment, lui annonça-t-il. Plusieurs nuits au moins.
Elle marmonna quelques mots mêlés à un soupir.
— Deux ou trois semaines. Un mois, peut-être.
Elle roula sur elle-même et lui fit face.
— Un mois ! Tu vas où ?
Il s'en voulut de l'inquiéter, se sentit honteux et nul d'avoir choisi un moment pareil pour le lui dire. Après une soirée aussi géniale. Après l'amour.
— Dexter m'envoie en mission. Il m'a demandé de n'en parler à personne.
— Pas même à moi ?
Elle s'assit en tirant le drap dans le mouvement.
— C'est compliqué, dit-il.
Il avait répété cette conversation dans sa tête. Elle ne prenait pas le tour escompté.
— Trop compliqué pour une nénette sans instruction dans mon genre, c'est ça ?
— Je savais que tu ne comprendrais pas.
— Qu'est-ce qu'il y a à comprendre ? Oh nooon, je t'en prie, tu ne vas pas me faire le coup de la loyauté professionnelle, Brandon. Pas à moi. Tu débarques chez

moi — tard — tu me fais du rentre-dedans, tu me fais l'amour jusqu'à plus soif et maintenant tu me sors ce genre de conneries. Je ne marche pas.

Elle passa son peignoir, se leva et alla s'asseoir dans le fauteuil.

— Je te l'ai dit, baby. Ne te fâche pas. Dexter a un plan pour améliorer notre audimat. Il va y avoir de grands changements. Ils mettent vachement de fric sur ce coup-là.

— Et... ?

— Je te l'ai dit. Une partie du plan exige que je... que j'aille habiter ailleurs. Provisoirement.

Sandra le regarda. Fixement.

— Mais ça n'a ni queue ni tête.

— Tu as raison. Je sais. Ni queue ni tête.

Elle serra le poing et frappa le bras du fauteuil sur un rythme régulier.

— Continue, négro. J'ai toute la nuit devant moi.

Il allait et venait devant le lit, choisissant ses mots avec soin.

— Ça concerne mon image, tu vois.

— Ton image ? Qu'est-ce qu'elle a qui ne va pas ?

Il renversa la tête en arrière, les yeux au plafond.

— Dexter pense que les gens ne s'identifient pas à mon histoire.

— Ton image. Ton image...

Elle prononçait ces mots pour elle-même comme si elle essayait de les comprendre.

— Continue. Accouche ! reprit-elle.

— Il a un plan pour que les téléspectateurs me voient différemment.

— Qu'ils te voient comment ?

— Plus proche d'eux, je dirais... Écoute, je ne dois pas en parler. À personne.

— Tire-toi, alors.

Elle se leva, cintra son peignoir et gagna la porte.

— Je peux supporter pas mal de choses, mais celle-là n'est pas sur ma liste.

— Ne t'énerve pas, s'il te plaît. Dans mon métier... Sandra, tu ne te rends pas compte, trésor. C'est la guerre. On se sert de n'importe quelle arme contre toi. Le moindre petit bout d'info.

— Je dirige une boîte d'assurances, et personne, au boulot, ne se donne la peine de penser à toi, ni à Mindy St. Michaels ni à Dexter Rayburn ni à aucun autre de tes collègues. Les filles, à supposer qu'elles allument la télé pour voir le journal, c'est Dane Stephens qu'elles regardent, et je peux t'assurer que ce n'est pas pour connaître le prix de la douzaine d'œufs.

— Quand même, on ne sait jamais qui...

— On ne sait jamais mon cul ! Apparemment, tu t'es bercé de l'illusion que je n'ai rien d'autre à faire, au travail, que de parler de toi et de ce qui se passe à Channel 13. Alors, permets-moi de te dire une chose : tu te fourres le doigt dans l'œil !

Il se laissa tomber sur le lit et se frotta la tête à deux mains.

— Peut-être que si j'en étais aussi sûr moi-même...

— Sûr de quoi ? Tu veux te faire refaire le nez ? Il t'installe avec une épouse dans une maison style ranch entourée d'une clôture en piquets blancs ?

Il avait aussi besoin de se faire refaire le nez ? Il en toucha l'arête du bout du doigt. Il lui semblait très bien, son nez.

Comme il l'avait craint, Sandra s'imaginait des choses bien pires que la réalité. Il alla s'agenouiller devant elle.

— Promets-moi que tu ne le répéteras à personne.

— Soit tu me fais confiance, soit tu ne me fais *pas* confiance. Oui (elle lui montra le lit), ou non (elle lui montra la porte).

Il s'assit en tailleur à ses pieds.

— Les téléspectateurs... vous tous, dit-il en la désignant du menton, vous allez suivre en direct ma remontée des profondeurs du ghetto.

Sandra éclata de rire.

— Hé, noirpiaud, le plus loin que tu sois allé dans le ghetto, c'est la fois où tu t'es arrêté dans Page Avenue pour t'acheter un chiche-kebab.

— Ah, mais pour les téléspectateurs...

— « Nous », tu veux dire ? Tu as renoncé à... Vas-y, continue, je ne t'interromps plus.

— Je serai censé habiter dans un quartier sensible. Zone. Je présenterai le journal de là-bas, tout ça.

Elle le regardait, médusée, entre incompréhension et ironie.

— Je ne sais même pas quoi te dire.

Il s'allongea à plat dos sur le lit.

— Tu aurais dû entendre Dexter. C'est un peu schizo son truc, mais il y a du vrai. C'est la première fois que je le dis à haute voix. Que je le dis à quelqu'un. Et maintenant, j'sais plus trop.

— Tu vas accepter ?

— J'ai déjà loué un appart. Ce soir. À St. Paul.

— Donc, tu vas le faire.

Il se frotta le crâne très fort, comme s'il y cherchait l'endroit qui le démangeait.

— Je me dis que je n'ai rien à perdre. Si ça marche, c'est l'apothéose. Sinon, bah, le pire qui puisse arriver, c'est qu'on se retrouve bons derniers.

Elle battit des paupières, sourit.

— Sans vouloir mêler des grands principes à tous ça... que fais-tu des notions d'orgueil, de... dignité ?

— Tu trouves que c'est en manquer ?

— C'est le retour de la revue nègre ?

— À moi d'éviter de tomber là-dedans.

— Oh, et si tu te passais le visage au cirage noir pour chanter *My Mammy* ?

— Pense aux reportages que je vais pouvoir faire :

la criminalité, la drogue, la réforme de l'aide sociale, l'insalubrité de certains logements.

— Rien ne t'empêche de les faire ailleurs.

— Ce n'est pas le marché que j'ai passé avec Dexter.

— Tu as plutôt signé un pacte avec le diable.

— Oh, tu fais chier, Sandra ! Quand je te disais que tu ne comprendrais pas ! Il faut faire des compromis dans mon métier. J'ai pensé à tout ça. On en revient à la même chose que dans tous les boulots : est-ce que ça vaut le coup de payer ce prix-là ? J'ai décidé que oui. Et comme je te l'ai dit : je n'ai rien à perdre.

— Et nous ?

— Quoi, nous ?

— Est-ce que je dois emménager dans « Catfish Row » ? Me mettre un boubou et devenir une grosse mamma dégoulinante de graisse pour la caméra ?

Il détourna la tête.

— Si un homme me disait ça, je lui foutrais mon poing sur la gueule.

— Ne te gêne surtout pas. Mais fais gaffe que je n'aie pas un flingue pour te dégommer la queue.

Il rit, mais s'arrêta net quand il comprit qu'elle ne plaisantait pas.

— Je te promets de faire ça avec le maximum de dignité, dit-il.

— Je n'en doute pas.

— Je te jure. Tu verras. Il faut que tu me fasses confiance.

Il se glissa entre les draps.

— Je t'ai toujours fait confiance. J'espère que j'ai eu raison. Et, Brandon, je ne veux pas me mêler de ça. Tu es seul sur ce coup.

— Comme tu voudras.

Elle revint se coucher et il l'accueillit à bras ouverts.

— Évidemment, tu me regarderas en tant que fan.

— Je regarde *Drôle de vie*, noirpiaud.

Une femme active

Nita avait roulé comme une folle afin d'arriver chez elle à l'heure, et tout ça pour se casser le nez. Il faisait chier, ce nouveau locataire. Non seulement il la traquait jusque chez Wards — elle lui avait même pas dit où c'était ni qu'elle travaillait ailleurs —, mais en plus il avait le culot de lui demander de renoncer à sa pause-déjeuner pour aller attendre des déménageurs.

— Ça marche pas comme ça, lui avait-elle dit. Je veux pas perdre mon travail, moi. On peut pas venir et repartir comme ça nous chante.

— En ce cas, je vais leur demander de venir chercher la clé.

— Je me trimballe pas avec mon trousseau. J'ai une cliente, je vous laisse.

— Retrouvez-les devant la porte à l'heure du déjeuner. Vous avez combien de temps ? Une demi-heure ? Je vous dédommagerai. Cent dollars.

— Ben dites-moi, vous en avez sacrément besoin de ces meubles.

— Je suis très occupé. On est toujours sur la brèche ici. Alors, c'est d'accord ? Cent dollars.

— En espèces ?

— De la main à la main. La prochaine fois qu'on se voit.

Elle avait poussé un gros soupir et, franchement,

elle avait eu envie de dire non. Mais cent dollars, on pouvait pas cracher dessus. Pas quand on avait trois gosses à nourrir et qu'on devait bosser un max. C'était presque une semaine de salaire.

— Bon, d'accord, mais écoutez, j'ai une demi-heure, pas plus — de midi un quart à une heure moins le quart —, et je ne peux pas me permettre d'arriver en retard.

— Soyez-y, dit-il.

Et il avait raccroché.

Et donc, elle était là, il était midi vingt-cinq, et où était le putain de camion de déménagement ?

— Vous avez fini plus tôt aujourd'hui, ma jolie ? lui demanda Mme Carter.

— Non, m'dame. J'attends les déménageurs du nouveau locataire.

— Ah, ça doit être ceux qui sont derrière, dans l'impasse. Je suis montée voir si vous étiez là, pour vous prévenir.

Il faisait vraiment chier, ce Brandon Wilson. Il était sympa pour un clair de peau, mais il se comportait comme si tout le monde était à sa disposition.

— Je vais peut-être devoir vous demander un service, madame Carter.

— Y'a pas marqué « pigeon », là...

Les meubles de Brandon Wilson étaient éparpillés sur le parking de derrière en trois groupes. La camionnette « Rent-A-Center » était ouverte et vide. Deux Blancs vêtus de gris se tenaient à côté. L'un d'eux l'apostropha.

— C'est vous la gardienne ? On est arrivés... à quelle heure, Bob ?... midi quatorze. Comme nous avait demandé M. Wilson.

— Je vous attendais devant, rétorqua Nita. Il m'avait pas dit que vous passeriez par-derrière, j'pouvais pas deviner.

— M. Wilson a insisté pour. Vous nous avez apporté la clé, mademoiselle ?

— Ce serait beaucoup plus facile en passant par-devant. Ici, vous avez trois portes à franchir et tout le sous-sol à traverser.
— M. Wilson a été catégorique. Il nous a dit de...
— Oui, bon, d'accord.
Qu'il aille se faire voir, songea-t-elle. Tout le monde lui obéissait au doigt et à l'œil aujourd'hui. Elle regarda l'heure à sa montre. Elle devait y aller. Tout de suite.
— Madame Carter, je peux vous confier tout ça ? (Elle lui tendit sa clé.) Mais vous devez me jurer : vous ne fouillez pas, hein ?
— C'est le genre de réflexion qui me donne envie de dire non.
— Merci, madame Carter. Je vous revaudrai ça.
— Vous me devez déjà beaucoup.
— Hé, Miss ? cria le livreur. S'il vous plaît, s'il vous plaît, dites bien à M. Wilson qu'on est passés par-derrière.
Son collègue et lui portaient un canapé enveloppé de plastique et suivaient Mme Carter vers le sous-sol.
Nita ne répondit même pas et courut jusqu'à sa voiture.
— Nita, on fait une petite fête ce soir ! lui cria Sipp de sa fenêtre.
Elle lui adressa un signe de la main, démarra et s'éloigna du bord du trottoir, ses pneus lisses laissant des traces sur la chaussée.

Quand elle rentra, à cinq heures, le silence régnait dans la loge. La basse pulsait doucement à travers le plafond.
— J'suis là, tout le monde ! Les enfants ? Madame Carter ?
Les cartables et les blousons des gosses se trouvaient sur le canapé, seuls signes qu'ils étaient rentrés de l'école. À sa connaissance, il n'y avait pas de fête ni d'activité extrascolaire. Et rien qui aurait concerné les

trois, de toute façon. L'un d'eux avait dû être malade, et emmené à l'hôpital. Elle alla voir si Mme Carter n'avait pas laissé un mot à côté du téléphone. Non. Elle appela chez elle et tomba sur son répondeur. Où pouvaient-ils bien être ?

Elle prit son sac, prête à foncer aux urgences de l'hôpital Ramsey, hésita, réfléchit. Comprit. Oh, non ! C'est pas vrai ! Elle était fouinarde, mais pas à ce point-là ! Elle aurait pas fait ça avec les gosses. Nita courut au sous-sol, écouta, entendit la télé derrière la porte... des gloussements... Elle frappa. Ils vont voir ce qu'ils vont voir s'ils sont là, se dit-elle. Ils vont m'entendre.

La porte s'ouvrit sur Mme Carter.

— Salut, ma belle. Entrez donc.

— Vous avez perdu la tête, la vieille ?

— Entrez et faites comme chez vous.

Nita constata que les enfants, vautrés sur le canapé flambant neuf en tissu marron à carreaux, ne s'en étaient pas privés. Ils regardaient leur feuilleton comme s'ils étaient sur un yacht de croisière.

— C'est chouette, hein, m'man ?

— Tous les trois, vous dégagez et vous filez à la maison tout de suite ! Non mais ! Et ne me le faites pas dire deux fois. Madame Carter, pour commencer, vous me rendez mes clés !

— Non, mais écoutez-la ! Elle a dû se disputer avec quelqu'un.

Mme Carter déposa le trousseau de clés dans la paume de Nita comme s'il s'agissait d'un joyau.

— Ferme la porte en sortant, Marco !

Nita suivit Mme Carter jusqu'à la chaise où elle s'apprêtait à se rasseoir.

— Ah, non, pas de ça, gronda-t-elle. Vous aussi vous partez. (Elle la prit par le bras tandis que, de sa main libre, elle attrapait la télécommande et éteignait la télé.) Vous n'avez rien à faire chez ce monsieur.

— Mais c'est qu'elle me coupe un bon épisode en

plus ! C'est celui où Blair et Joe se chamaillent pour le même garçon.
— Allez, venez.
— C'est lui qui m'a dit de faire comme chez moi.
— Qui, « lui » ?
— Ce brave M. Willis qui a loué cet appartement. Et je vous conseille de retirer votre main de mon bras, si vous tenez à la garder.
— Allez, venez. On remonte. Vous avez parlé à aucun M. Willis.
— Bien sûr que si. Il a téléphoné chez vous pendant que je gardais les gosses. Il voulait savoir si ses meubles étaient bien arrivés. Il m'a demandé de descendre pour vérifier et de rappeler sa secrétaire s'il y avait un problème.
— Madame Carter, vous travaillez pas pour ce monsieur, compris ? Quand il aura besoin de vérifier quelque chose, qu'il bouge sa graisse et vienne le faire lui-même.
— Vous avez la langue bien pendue pour quelqu'un qui n'arrête pas de demander des services. Moi, je rechigne jamais à arranger quelqu'un quand je peux.
— C'est pas la même chose. Vous comprenez pas.
— Quand on me dit de faire comme chez moi, je comprends ce que ça veut dire. Et je comprends que vous êtes bien pressée que je me sente pas chez moi trop longtemps.
— Je dois faire manger les enfants.
— Bon, qu'est-ce que je dois faire ? La mendicité ?
Comment Nita avait-elle pu oublier ? Elle prit un billet de vingt dollars craquant neuf dans l'enveloppe qui contenait sa paie et le plaça dans la main tendue de Mme Carter. Celle-ci ne referma pas ses doigts et continua à la fixer. Nita fit la moue et posa un billet de dix dollars sur le premier.
— Pour vos petits extra...
— Mille mercis.

Elle lui fit un rapide bisou sur la joue, puis fourra les billets dans son soutien-gorge.

Soudain, elle bondit derrière Nita.

— Hé, Nita !

C'était Sipp, dans l'escalier, au-dessus d'elles. Nita glissa son enveloppe dans sa poche, un peu à la manière de Mme Carter tout à l'heure. Et elle se sentit mesquine tout d'un coup.

— Tu viens à notre petite fête, ce soir ? lui demanda Sipp.

— J'crois pas, non. J'ai promis un truc à mes gosses.

— Rien qu'une heure. À peu près. Faut t'éclater un peu, de temps en temps.

— Je verrai.

— À huit heures. Sois pas en retard.

Il remonta dans les étages.

— Et si vous marchez pas, il vous fera courir, conclut Mme Carter.

Elle partit de son côté.

— Vous, les enfants, que je vous y reprenne pas, les sermonna Nita.

Elle servit du thon à la cocotte à chacun, en espérant qu'il serait bon. Elle avait acheté une sous-marque en promotion, pas chère du tout.

— Mais... Mme Carter elle a dit...

— Mme Carter elle a dit, Mme Carter elle a dit..., singea Nita.

Elle s'arrêta net. Si ses enfants devaient manquer de respect envers les adultes, ce n'est pas elle qui le leur inculquerait.

— Écoute-moi, Marco. Tu es le plus grand, tu dois montrer l'exemple. Quand vous descendez du bus, vous rentrez directement. Vous ne traînez pas et vous ne jouez pas dans la rue. Et vous n'allez pas chez les autres. C'est compris ? Pas d'exception.

Marco fit oui de la tête.

Elle allait devoir faire le même sermon à Mme Carter, sûr et certain.

Après dîner, les gosses regardèrent les émissions du vendredi soir sur ABC pendant qu'elle faisait la vaisselle. Rae Anne, toujours gentille, debout sur une chaise à côté d'elle, essuyait les assiettes et les empilait sur le buffet.

— Ça sent le poisson ici, dit la petite en faisant la grimace.

— C'est la boîte de thon. Je vais aller jeter les ordures.

Dans le couloir, les pulsations de la basse faisaient vibrer les murs autant qu'un tremblement de terre. *Monte nous voir. Monte nous voir.* S'ils voulaient qu'elle monte, c'était uniquement pour qu'elle ne puisse plus se plaindre, mais il fallait reconnaître que ça s'était pas mal calmé depuis qu'elle avait obligé Sipp à mettre chez lui le vieux tapis qui traînait à la cave et qu'il avait posé ses baffles sur de vieux catalogues récupérés eux aussi au sous-sol. *Monte nous voir.*

Elle souleva le couvercle de la poubelle qui se trouvait dans la cour, juste à côté de la porte. Une voiture beige se gara à côté de la sienne — une Dodge d'un modèle ancien. C'était le fameux Wilson.

— Elle vous plaît ? lui demanda-t-il.

— Pas spécialement.

— J'ai *aussi* une Porsche, dit-il en ricanant. C'est vrai.

Elle ne fit même pas l'effort de sourire.

— Qu'est-ce que vous faites ici ?

— J'y habite.

— Je veux dire, qu'est-ce que vous êtes *vraiment* venu faire ici ? Vous jouez à quoi ?

— Je vous l'ai dit.

— Et je veux la vérité, cette fois.

Il ouvrit le coffre de sa voiture et en sortit deux sacs marqués « Target ».
— Il faut toujours que j'oublie ces trucs-là, dit-il. Papier toilette. Produits d'entretien. Essuie-tout.
— Vous allez me répondre ou quoi ?
— Bon sang, vous êtes en pétard ce soir.
Elle le suivit au sous-sol jusqu'à sa porte. Il posa un sac par terre et chercha ses clés dans ses poches, avant d'ajouter :
— Ce que je peux être bête, parfois. Vous auriez dû le dire.
Il sortit cinq billets de vingt dollars de son portefeuille et les lui tendit.
— C'est pas l'argent.
Il laissa retomber sa main, haussa les épaules et s'apprêta à entrer chez lui.
— L'immeuble est pas à vous, vous savez, reprit Nita. En tout cas, pas encore. Alors, personne travaille pour vous ici.
— Pas de problème, dit-il avec un sourire pincé.
— Je fais le gardiennage le soir, le samedi matin et pendant mon jour de congé en semaine. Si vous avez besoin de quelque chose, vous glissez un mot sous ma porte. Je m'en chargerai dès que je pourrai. Le numéro du propriétaire est marqué à côté des boîtes aux lettres, s'il y a une urgence. À part s'il y a un problème avec mes gosses, vous ne m'appelez plus à mon travail. C'est clair ?
— Oui, m'dame. Autre chose ?
Elle s'engagea dans l'escalier sans répondre.
— Nita ? Je peux vous appeler par votre prénom ?
Elle s'arrêta mais ne se retourna pas :
— Quoi ?
— Vous voulez cet argent, Nita ?
Elle redescendit les quelques marches et prit les billets sans le regarder.

Allongée sur le canapé, c'est tout juste si elle ne voyait pas le plafond battre le rythme. *Monte nous voir. Monte nous voir.* Un éclat de voix féminine rompit le ronron de la rythmique. On marcha en traînant les pieds.

Bientôt neuf heures et elle n'avait pas encore couché les gosses. Ils ne risquaient pas de s'endormir avec ce raffut, même si on n'entendait presque rien de leur chambre. Presque. Ils étaient agglutinés devant la télé, en train de regarder une émission de variétés.

Monte nous voir. Monte nous voir.

Il se prenait pour qui, ce type, à distribuer des ordres et des billets à la ronde ? À se donner de grands airs quand il vous parlait ? Exactement comme les Blancs au magasin. Les Noirs, pareil, quand ils se prenent pour des patrons. C'est peut-être ce que tu devrais faire si tu veux arriver à quelque chose dans la vie, songea Nita. Oublier qui t'es et agir comme lui. Quand même, on n'a pas à traiter les gens de la sorte. On doit pas leur faire sentir ça, comme s'ils n'étaient rien. Que des esclaves. C'est l'impression que ça donnait, pas'que... Qu'est-ce qu'elle pouvait faire ? Lui gueuler dessus ? Le foutre dehors ? Pas de danger. Tant qu'il sortait son portefeuille, c'est lui qui tirait les ficelles. Il pouvait se pavaner et se payer ce qu'il voulait : un autre endroit où habiter, une autre bagnole, des fringues, des bijoux, Mme Carter. Et merde, elle aussi, il l'avait achetée. Pour cent dollars. Comme une des putes qui font le trottoir dans University Avenue.

Les billets étaient posés en éventail sur la caisse qui lui servait de table basse. Quand elle les lui avait pris des mains, ils lui avaient brûlé les doigts. Oh, si elle avait pu se permettre de les déchirer et de lui jeter les morceaux à la figure ! De les rouler en boule et de les lui enfoncer dans la gorge ! De les lui faire bouffer ! Si elle avait pu l'humilier de cette façon... Tout ce papier — ce mois de loyer, ce mois de gardiennage, ces semaines de bouffe, de cours. Tout ce fric qui scintillait sous ses yeux. Tout ce fric qui n'était rien pour lui.

Monte nous voir. Monte nous voir. Monte nous voir.

Elle ferait aussi bien. Elle ferait aussi bien de monter les voir. Les gosses seraient sages. Ils regardaient la télé. Elle pouvait tout à fait les laisser seuls un moment, comme quand elle passait l'aspirateur sur le tapis d'escalier ou qu'elle dégageait le trottoir à la pelle, c'était pareil. Quelques minutes, ça mangeait pas de pain. Elle pourrait s'amuser un peu pour changer. Rencontrer des gens comme elle. Pas comme lui. Il y avait peut-être un mec pour elle au-dessus. Un beau mec. Oh, fais chier. En plus, il était pas mal, avec tout son fric. La peau un peu trop claire à son goût, mais une belle gueule. De grands yeux marron. Un nez mignon comme tout. Si, au moins, il ressemblait à un singe. Ce ne serait que justice. Mais non. Il fallait qu'il ait tout pour lui. Le fric *et* le physique. Un beau mec à la peau claire, de ceux qui se moquaient des filles comme elle à l'école. Qui vous traitaient de Choco BN, de Cramée, de Miss Banania, de négresse à plateau. Qui draguaient les Blanches et les pétasses jaunes aux cheveux en queue de rat. Ils ne sortaient jamais avec des Noires ceux-là. Ça risquait pas.

Monte nous voir. Monte nous voir.

Il s'était sans doute trouvé une Blanche comme femme. Ou comme petite amie. C'est pour ça qu'il avait pris cet appart — pour avoir un endroit où emmener sa petite garce. Un endroit où les gens comme il faut risquaient pas de voir dans quoi il aimait fourrer sa queue. Un endroit où aucun des copains blancs de la dame risquait de voir par qui elle se faisait sauter. Qu'elle le surprenne à ramener ça ici. Ils le regretteraient tous les deux. Elle foutrait tout leur bazar sur le trottoir.

Monte nous voir.

Quelle rigolade ! Qui se souciait de ce qu'il faisait, ce négro ? Elle savait même pas qui il était. Mais enfin, tout de même, l'idée qu'il vienne faire ses saletés dans l'immeuble parce qu'il se fichait pas mal de l'opinion de quiconque ici... Qu'est-ce qu'on est pour lui ? Des animaux ? Nous aussi on est des êtres humains, merde ! Des gens bien, des personnes âgées, des familles. Des gens qui font du mieux qu'ils peuvent pour s'en sortir dans ce monde — ce monde où tout le fric, toute la chance et toutes les bonnes occases sont du côté des gens comme lui. Même les *Monte nous voir* des types du dessus ne faisaient de mal à personne, à part, peut-être, à eux-mêmes. Qui était-il pour nous regarder de haut ?

Et si je montais, après tout ? Juste pour quelques minutes. Qu'est-ce que ça changerait ?

Elle glissa ses pieds dans ses chaussures, une vieille paire de mocassins pour tous les jours. Elle irait comme ça. Si ça leur plaisait pas, ben, tant pis pour eux.

— Marco ?
— Ouais, m'man.
— Faut que je sorte une petite minute, d'accord ? Je serai de retour avant dix heures. Je veux que vous soyez prêts à aller vous coucher quand je rentrerai. Je ne vous mets pas au lit assez tôt, d'ailleurs.
— D'accord, m'man.
— Tu surveilles.
— Ouais, m'dame.
— Et tu n'ouvres à personne à part moi.
— Ouais, m'dame.
— Bon, c'est bien.

Elle lissa son jean, puis tira ses cheveux en arrière. Peut-être qu'elle devrait rentrer son chemisier dans son pantalon ? Elle essaya les deux.

— Tu y vas, m'man ?

Elle rit à la question de son fils.

— Ouais, bébé, j'y vais.

Devant sa porte, elle trouva une grande corbeille de fleurs. Il y avait des œillets, des marguerites et de grosses fleurs orange qu'elle n'avait jamais vues et qui lui faisaient penser à des oisillons.

— Hé, venez voir ça !

Les gosses arrivèrent au pas de course et poussèrent des « Oh ! » et des « Ah ! » en voyant le bouquet. Nita le ramassa et le porta jusqu'au coin-cuisine.

— C'est pour nous ? demanda Didi.

— Si c'est devant chez nous, c'est que c'est pour nous, répondit Marco.

— Y'a une carte, remarqua Nita.

Qui disait :
J'ai dû vous paraître hautain.
Pardonnez-moi.
Brandon Wilson

— Qu'est-ce qu'y'a d'écrit, m'man ? Elles viennent de qui ?

— Y'a rien d'écrit, mon cœur. Et ça vient de personne.

Flexibilité vers le bas

> Pourquoi y'a toujours cette Blanche avec vous à la télé ? Vous aimez pas les Noires ou quoi ? J'ai une nièce que je voudrais bien vous présenter. Elle est jolie. Et pas trop foncée elle non plus. Je vous donnerai son numéro.
>
> Mme Wilona Wiggs
> Cottage Grove

Dexter referma le cabinet et déroula la feuille de papier kraft sur le bureau. Y était dessiné un calendrier des cinq semaines à venir — les jours ouvrables seulement. Une notation figurait en face de chacun d'eux.
— Qu'est-ce que vous regardez ? demanda Brandon.
— T'as sous les yeux la formule magique qui va faire de toi une star, mon salaud.
— Si vous le dites.
— Garde la foi, cousin.
Mon Dieu, songea Brandon.
— Regarde ça, reprit Dexter, désignant le coin supérieur gauche du plan. Ici, t'es installé dans ton appart douillet à faire la chasse aux cafards et aux rats. Ton

indice d'écoute est dans le caniveau et personne a jamais entendu parler de toi. Et là (il désigna le coin inférieur droit), t'es le roi de cette putain de jungle. Retour dans tes pénates de luxe. T'es le numéro un du cinq heures. Tu fais la couv de tous les magazines de la ville, et t'as tous les réseaux qui te courent au cul !

— Et entre-temps ?

Dexter roula le planning.

— Je me charge des détails. Toi, tu commences par concevoir le nouveau plateau.

— Pourquoi moi ? Ce n'est pas le boulot de Paul Erickson, ça ?

— Erickson ? fit Dexter, avec un sourire carnassier. Pour l'heure, son seul boulot, c'est d'aller pointer au chômage. Tu vois, là, le mec qui parle à la gonzesse ? (Il montrait un blond frisé, une fesse posée sur un coin du bureau de Mindy.) C'est ton nouveau directeur de l'info.

— Il n'est pas un peu jeune ?

— Un morveux. Et c'est là que tu entres en scène.

— Moi ?

— Brad Wilson. Félicitations pour ton avancement.

— À savoir ?

— Présentateur *et* rédacteur en chef de KCKK.

— Ce qui signifie... ?

— Ce qui signifie que c'est toi qui dis à Junior ce qu'il doit faire pour que la chaîne soit au top. Pourquoi toi, monsieur l'Inquisiteur ? J'ai qui d'autre sous la main ? Des minets, des top models de l'an dernier, des journalistes lessivés. T'es le seul ici à avoir assez d'expérience, Dieu nous protège ! Tu sais ce qu'il faut faire et comment, t'as vu tout ça en gros plan et dans tout le pays.

— Ça ne va pas être du gâteau.

— Et vous allez pas avoir beaucoup de temps, Junior et toi. Selon mon planning, on te rapatrie au top d'ici cinq semaines.

— Ça fait beaucoup de boulot pour ce gamin.

— Hé, lui, il a la jeunesse et les dents longues. Toi, tu connais toutes les ficelles. T'as plus qu'à les tirer. Bon, maintenant, dégage et va faire ami-ami avec la grosse tête.
— Vous parliez d'autres boulots.
Dexter balaya la question d'un revers de main.
— T'as trouvé un lieu ? demanda-t-il.
— J'emménage vendredi.
— Un trou à rats merdique, paumé à souhait ?
— À peu près.
— Écoute, je te demande un service en notre nom à tous : n'attrape pas de maladie là-bas. Et si tu chopes un truc, tu nous le ramènes pas ici.
— C'est tout ?
— Tout ce que t'as à faire c'est de rester assis sur ton cul bordé de nouilles dans Black City et d'attendre que les caméras débarquent.
— Rien d'autre ?
— Prrr ! T'es un reporter. Enfin, t'en étais un. Furète un peu partout. Trouve des angles d'attaque, repère ce qui se passe. Le jour J, c'est lundi prochain. Alors, tu nous balances un sujet d'enfer — de l'actu.

À son bureau, Mindy se pencha en avant sur sa chaise et pouffa de rire.
— Je n'inventerais jamais un truc pareil, assura le gars.
Il était assis sur le bureau de Brandon, dominant Mindy. Le dos de sa chemise bleue était froissé. Brandon se dit que c'était peut-être sa seule chemise habillée. Étant donné qu'il venait de terminer ses études, c'était possible.
— Brandon Wilson, dit-il en tendant la main.
Le type se leva. Il était grand — plus d'un mètre quatre-vingts —, et mince.
— Ah oui, fit-il. M. Rayburn m'a tout expliqué. Je suis Ted McCarron.

— Ted était en train de me raconter des histoires sur la jet-set, expliqua Mindy.

Ses cheveux étaient maintenant d'une couleur que Brandon ne pouvait qualifier que de blond-roux foncé, à savoir ni blonds, ni roux, en fait, mais d'une teinte qu'il ne se souvenait pas d'avoir vue sur un être vivant, à part, peut-être, un orang-outan au zoo.

— Je ne veux pas vous déranger, s'excusa-t-il. (Puis, se tournant vers Ted :) On déjeune ?

— Super! répondit Mindy qui, remarquant le regard que Brandon lui décochait, ajouta : Mais... jeeee... oh, zut, je suis déjà prise !

— Un déjeuner de travail, précisa Ted.

Il regarda Brandon droit dans les yeux : une manière de lui faire savoir que Dexter lui avait dit clairement qui était le patron.

— Dans le hall. Dans dix minutes.

Brandon tapota le jeunot dans le dos, et lui fit un clin d'œil en lorgnant Mindy à la façon de tous les connards de la boîte.

Brandon se regardait dans le miroir des toilettes. Je n'ai pas le temps de rester ici, songea-t-il. Mais il resta. À se regarder. Ses cheveux tenaient le coup aujourd'hui. Pour une fois. Ironie du sort : il ne passait pas à l'antenne. Depuis quelques jours déjà, Mindy annonçait qu'il était « absent ce soir ». L'idée était qu'il demeure invisible pendant une semaine (selon Dexter, le public avait autant de mémoire qu'un pain de viande), puis resurgisse en présentant le journal depuis Marshall Avenue en tant qu'animateur de la série de reportages *Le Quart-monde du Minnesota*.

Le quart-monde du Minnesota. Oui, il y avait là un sujet — un sujet qui n'avait pas encore été traité. Et pour cause. Les pauvres, ça n'intéressait personne. Ni ici ni sur aucune des autres chaînes pour lesquelles il avait travaillé. Les seules fois où on parlait des pauvres aux infos, c'est quand un crime atroce avait eu lieu : une fusillade en voiture, ou mieux encore, un de ces horribles incendies le soir de Noël où une mère et ses gosses mouraient brûlés vifs suite à une explosion de gaz. Le reste du temps, on les oubliait. Brandon ne proposait jamais un sujet lié de près ou de loin aux pauvres. C'était inutile. Les directeurs de l'info ne se donnaient même pas la peine de lui répondre. On avait plus vite fait d'aller en avion à Hawaii pour faire un reportage sur l'industrie du tourisme ou de se rendre dans les forêts du Brésil, que d'essayer de vendre un sujet tout aussi important qui se passait à deux pas.

Il se dit que ça valait donc le coup de monter ce canular publicitaire. Que ça valait le coup de se plier à ce stratagème de Dexter pour faire remonter l'audimat si ça pouvait servir à couvrir des sujets graves et négligés. Ça n'irait pas chercher loin, de toute façon. Pas comme Mindy qui devait changer d'apparence. Il en connaissait qui étaient prêts à subir toutes les humiliations pour ne pas perdre leur boulot. Il avait travaillé pour une chaîne, dans l'Est, où ceux de la promo avaient obligé les présentateurs à tourner une vidéo ridicule dans laquelle on les voyait jouer au *touch football*[1] lors d'un pique-nique. Il avait fallu toute une journée pour filmer cette connerie. Ils s'étaient retrouvés dans un parc en tenue de sport, maquillés, en sueur, à se courir après en se forçant à rigoler pour les caméras. En dessous de tout ! Il avait connu des femmes qu'on avait obligées à porter des tenues provocantes et à regarder leur coprésentateur en battant des paupières d'une certaine façon. Il connaissait un type qui s'asseyait sur une chaise spécialement conçue de façon qu'il soit un peu plus grand que sa coprésentatrice. Et une fille qui, la pauvre, incapable de perdre les kilos qu'elle avait pris

---
1. Football américain édulcoré où les plaquages sont remplacés par une tape au porteur du ballon. (*N.d.T.*)

suite à sa grossesse, avait été chassée du petit écran — non par sa direction, mais par les téléspectateurs qui lui envoyaient des lettres d'insultes et l'agressaient verbalement dans la rue.

Dexter n'avait pas tort : dans ce métier, tout n'était qu'une question d'apparence. La vie ne faisait pas de cadeaux. Les gens travaillaient dur et avalaient pas mal de couleuvres juste pour avoir de quoi manger sur leur table et un toit au-dessus de leur tête. Quand ils rentraient chez eux, ils voulaient être divertis, voir un monde merveilleux habité par plein de gens merveilleux. Et s'il y avait des problèmes en ce monde, ils voulaient s'entendre dire qu'on allait les régler et qu'un jour, bientôt, tout finirait par s'arranger. Ils ne voulaient pas entendre parler de ghetto — ne voulaient même pas savoir qu'un endroit pareil pouvait exister. Brandon ne se souvenait pas d'avoir jamais vu aux infos un reportage sur des logements sociaux. Même quand il y avait un meurtre dans ce genre de cité, on ne filmait que le cadavre et l'ambulance. Jamais les alentours, jamais la misère, jamais la désespérance — des éléments qui avaient peut-être compté pour beaucoup dans la mort d'un jeune.

Quand il était gosse, ses parents n'allaient jamais en ville. St. Louis était un endroit mystérieux, dangereux. C'était les autres qui habitaient là-bas : ceux qui avaient des armes, de la drogue, qui rentraient chez les gens par effraction, les assommaient et volaient tout ce qu'ils possédaient. Ses parents connaissaient plein de gens à qui il était arrivé une histoire épouvantable. Une telle s'était arrêtée à un feu, dans les quartiers nord, et on lui avait volé son sac à main posé sur le siège ; la tatie d'Untel, qui habitait toujours là-bas, en avait vu deux débouler chez elle, la rouer de coups et partir avec son argenterie et ses bijoux.

Il avait même de la famille, des gens bien sous tous rapports, pratiquants, qui habitaient quelque part par là-bas. « Par là-bas. » C'en était au point qu'on ne faisait plus de distinction. Son oncle et sa tante vivaient au-dessus de Vandeventer, et peu importait qu'ils aient un jardin sympa, des voisins sympa et solidaires, et qu'il n'y ait pas plus de criminalité qu'à Olivette. L'important, c'est qu'ils habitaient *par là-bas* ; comme si ça vous donnait une maladie qu'on avait toutes les chances d'attraper si on s'en approchait de trop près, si on y restait un tant soit peu. Brandon se dit que la maladie en question avait plus de rapport avec le mérite personnel et les idées préconçues qu'avec l'argent. Parfois, c'était les habitants de ces quartiers eux-mêmes qui clamaient à quel point c'était soi-disant horrible, qui voyaient tous les défauts et le malaise qui y régnaient et qui partaient à la première occasion. Et ceux-là mêmes qui gueulaient parce qu'il y avait des poubelles sur les trottoirs *par là-bas* pouvaient tout aussi bien ignorer la puanteur des égouts dans une banlieue minable à la périphérie de la ville. Quelle que soit la réalité de telle maison, de tel immeuble, de telle cité ou de tel quartier, ce qui importait, c'était l'opinion générale. Si les gens *pensaient* que l'endroit était moche, dangereux ou miteux, eh bien, il finissait par le devenir.

Enfant, Brandon avait appris ces leçons et ne les avait jamais oubliées. Et il avait pris la ferme résolution de ne pas se faire contaminer — en tout cas, de tout faire pour l'éviter. Il avait quitté la banlieue pour aller à l'université, et enchaîné avec une série de petits boulots, en s'arrangeant pour habiter dans un quartier joli, propret, tranquille, et surtout pas *par là-bas*. Et voilà qu'aujourd'hui, à trente-huit ans, il était *obligé* d'aller y habiter. Provisoirement, en tout cas. Il ne savait trop qu'en penser. Pour l'instant. Il n'y avait dormi que trois nuits et devait encore se faire une opinion. Le premier week-end avait été tranquille. Pas beaucoup de bruit — en tout cas, moins que dans nombre de ces immeubles de banlieue où il avait habité et où les murs étaient aussi épais que du papier à cigarette. L'humidité posait problème, mais avec un bon déshumidificateur, ça devrait s'arranger. À vrai dire, il ne voyait absolument aucune différence entre cet appartement et le sien, même si ses affaires — et Sandra — lui manquaient. Mais il s'était déjà débrouillé avec moins que ça par le passé, quand il avait couvert les Jeux olympiques ou la convention d'un parti politique. Et, d'une certaine façon, pour l'instant, habiter dans Marshall Avenue lui donnait l'impression d'être à l'hôtel. Pas un hôtel terrible, c'est sûr — même si les meubles de location étaient plutôt confortables —, mais un hôtel tout de même.

Cet état de grâce, il le savait bien, venait du fait que c'était provisoire. Il ne serait sûrement pas dans les mêmes dispositions s'il devait vivre là *ad vitam œternam*.

Et cette fille au-dessus, avec ses gosses, cette Nita. Ce qu'elle était cliché, tout de même ! Grande gueule, air teigne, des lardons plein la maison. Il n'y avait que ça dans les Twin Cities. À croire qu'il y avait une usine quelque part — dans un lycée, peut-être — qui fabriquait ces jeunes cousines. Mignonne, celle-là, même si ça ne lui ferait pas de mal de se passer un démêloir dans les cheveux de temps en temps. En fait, elle serait même jolie si elle s'arrangeait un peu et arrêtait de se donner un air méchant, comme pour dire que c'était de leur faute à lui et au monde entier si elle devait vivre dans un taudis avec sa marmaille. Tout le monde pouvait tenter sa chance, et Brandon n'arrivait pas à comprendre comment cette fille avait pu tomber si bas, dans cet appartement miteux avec un boulot à la noix pour gagner son pain et celui de quelques pique-assiette. Où était le père ? Où étaient les pères, en fait ? C'était tout un immeuble, tout un quartier, et parfois toute une ville, semblait-il, pleins de mères célibataires. Et cette Nita, elle lui paraissait assez dégourdie, dans son genre un peu zone. Elle avait bien dû avoir des propositions depuis le temps. Pourquoi n'avait-elle pas choisi de se caser ?

Il tenait peut-être son sujet : comment des filles comme cette Nita se retrouvaient coincées dans une vie minable — peut-être que les gens auraient envie d'entendre ça. Peut-être pas. Sûrement pas. Ils voulaient des scènes de violence, de fusillades d'une nuit, des images de tueries et de chaos. Ils voulaient voir la confirmation des raisons qu'ils avaient de ne pas aller *par là-bas*, de façon à être sûrs d'avoir fait le bon choix. Et si cette Nita et les autres Nita et tous leurs gosses étaient son sujet ? Eh bien, il ne lui restait plus qu'à trouver le moyen de le rendre intéressant. C'est de ça qu'il parlerait à Ted McCarron au déjeuner.

Ils demandèrent une table à l'écart dans un coin du restaurant vietnamien à côté de Channel 13. Il était toujours loin d'être plein, même à l'heure du déjeuner.

— Parle-moi de toi, demanda Brandon à Ted.

— Pas grand-chose à dire. Je viens du Midwest.

Il en a le physique, songea Brandon, avec ses yeux bleus et ses boucles blondes. Un mec banal, le genre — vu sa taille — qui devait jouer au basket. Il avait sans doute été un rat de « Fraternité[1] ». Tout comme Brandon.

— Ça fait combien de temps que tu as fini tes études ?

— J'ai eu ma maîtrise en mai dernier.

— Expérience ?

— Rédacteur en chef du *Daily* pendant deux trimestres. J'ai été correspondant local pour une des chaînes du câble. En freelance.

— Et côté programmation ?

La serveuse leur apporta leurs rouleaux de printemps.

— J'ai produit les infos sur le campus pendant un an. Et j'ai fait un stage d'un an à CCO, la radio.

---

1. Association d'étudiants réservée aux garçons.

— Et à la télé ? La té-lé-vi-sion ?
— Un mois. À la chaîne d'une fac. Pas dans cet État.

Il dit cela sans ciller et sans détourner la tête. Ce type avait du cran, c'était sûr. Brandon était impressionné.

— Super. Vraiment super. Ce que je veux, c'est que tu me dises pourquoi, à ton avis, un type comme Dexter Rayburn engage un type comme toi pour ce boulot.

Ted fit descendre sa bouchée de rouleau de printemps à l'aide d'une gorgée de Coca.

— À mon avis, soit il a senti le potentiel profondément enfoui en moi, soit il est décidé à te baiser la gueule dans les grandes largeurs.

Brandon éclata de rire — s'étouffant presque.

— On va bien s'entendre, toi et moi, dit-il.
— Tu le prends plutôt bien.
— Je suis dans le métier depuis que j'ai dix-sept ans, j'ai débuté comme stagiaire dans une filiale de NBC à St. Louis. Ta première leçon sera gratuite : si tu te laisses bouffer la tête par toutes ces conneries, tu ne tiendras pas une année. Dis-moi...

La serveuse posa un plat de poulet sauce piquante devant eux.

— T'as le sens de l'organisation ? Tu sais travailler ?
— Un peu, ouais.
— T'es prêt à te défoncer ? On a deux semaines devant nous. Faudra bosser jusqu'à dix-huit heures par jour des fois.
— J'ai rien d'autre à faire.

D'une chiquenaude, Ted ouvrit un calepin et sortit un stylo de sa poche.

— Allons-y.
— On commence par le plateau, décida Brandon.

Ils travaillèrent en mangeant. Firent des listes. Des budgets. Se donnèrent des dates limites.

Ça y est, songea Brandon. On tient le bon bout.

Vers trois heures, Brandon se gara derrière l'immeuble. S'il se trouvait de bons sujets dans le coin, il avait tout intérêt à commencer à les chercher tout de suite.

Au sous-sol, il tomba sur elle. Nita. Elle sortait des vêtements de la machine à laver et les fourrait dans le sèche-linge. Elle sursauta.

— Excusez-moi. Je ne voulais pas vous effrayer.
— Y'a pas de mal.

Elle lui tourna le dos et vaqua à ses occupations.

— Alors, comme ça... vous faites votre lessive ici.
— Arrêtez, répliqua-t-elle, sans se retourner vers lui.
— Que j'arrête quoi ? De vous parler ?

Elle jeta des vêtements légers dans sa corbeille à linge et se redressa.

— Laissez tomber.
— Écoutez, si j'ai fait quelque chose qui ne vous a pas plu, j'aimerais bien savoir quoi.

Elle enfonça deux pièces de vingt-cinq *cents* dans la fente du sèche-linge, ramassa sa corbeille et se retourna vers lui. Elle secoua lentement la tête, l'air plus triste que hargneux.

— C'est ma vie, dit-elle.

Et, corbeille sous le bras, elle partit.

Entre voisins

Mme Carter fouilla dans la corbeille à linge et en sortit les chaussettes et les sous-vêtements de la petite. À la télé passait un feuilleton qu'elle suivait mais que Nita n'avait jamais trouvé bien — un de ceux que CBS diffusait depuis la nuit des temps. Nita en était restée à *All my Children* et *on ne vit qu'une fois*.

— Alors, à votre avis, pourquoi un Négro riche comme lui vient manger de la vache enragée ici ? interrogea Mme Carter.

— Descendez et aller lui demander vous-même. Vous avez fait ami-ami, i'm'semble.

— Je trouve ça curieux, c'est tout. Quelqu'un comme lui, emménager ici. Vous trouvez pas, vous ? Il est pas mal, remarquez.

— Ah, faites attention à ce que vous allez dire, madame Carter.

Elle avait autre chose à faire qu'à penser à ce Black. Elle devait ranger le linge propre avant que les gosses rentrent de l'école, et lire pour le cours de ce soir.

— T'as une minute, Nita ? fit Sipp, passant la tête par l'entrebâillement de la porte.

— Il m'a pas semblé entendre frapper, et vous, Nita ?

— Qu'est-ce que tu veux ?

— Bon, je crois bien que c'est le signal du départ, moi, dit Mme Carter.

Elle se leva et, du pied, poussa la corbeille de côté.

— Alors, comment on se sent cet après-midi, m'dame ? questionna Sipp.

— Vieille et fatiguée. (Et, à Nita :) Faites attention, vous.

— Bon, fit Sipp, souriant de toutes ses dents. Laissez-moi donc vous tenir la porte.

Elle le regarda de la tête aux pieds plusieurs fois de suite et sortit en faisant un large demi-cercle autour de lui.

— 'faut s'la faire, celle-là, fit Nita en riant.

Sipp prit un air malheureux et frissonna.

— J'ai été rudement content que tu viennes vendredi soir, dit-il.

Il lui demanda si elle s'était amusée.

— Ouais, fit-elle.

Et elle se rendit compte qu'elle souriait comme une idiote. Oui, ça avait été super d'être avec tous ces gens en nage entassés là-haut, bougeant avec la musique, riant, se laissant emporter par la fumée, le rythme, le tempo, l'ambiance. Elle s'était laissé griser. Jusqu'à plus de onze heures. Elle était redescendue et avait mis les gosses au lit en se disant que ça lui avait fait du bien de sortir, même si peu de temps. Elle avait eu l'impression d'être partie en vacances. Plus tard, elle s'était couchée sur le canapé et endormie en se laissant bercer par le souvenir du rythme syncopé des basses.

— Sûr que tu bouges bien, ajouta Sipp.

Elle se mordit la lèvre inférieure et se concentra sur sa corbeille de linge.

— Oh, regarde-toi, timide et tout. Faut pas avoir honte.

— T'avais besoin de quelque chose ?

— Oh, ouais. Tu me fais tant d'effet que j'oublie tout. Voyons voir. Heu... tu aurais du... papier à lettres ? Ouais. C'est ça qu'il me fallait.

— Du papier à lettres ! Oui, j'en ai, là, avec mes affaires d'école. Attends.
Pendant qu'elle cherchait, il s'assit sur le canapé. Elle croisa les bras et le regarda de haut. Quel culot, ces nègres, songea-t-elle. Ils débarquent chez vous et ils font comme chez eux.
— Avec du papier Zig-Zag, ça marche encore mieux à ce qu'il paraît !
— Qu'est-ce qui te fait dire que j'ai pas une lettre importante à faire ?
— Tu sais écrire, toi ?
— Oh, merde, cousine, pour faire du mal à un homme, tu te poses là !
— Tu veux autre chose ?
Si agréable que ce soit de le mettre en boîte, elle avait son contrôle en littérature ce soir. Il fallait qu'elle lise encore une fois les nouvelles, et elle n'avait pas envie de faire baisser sa moyenne à cause de ces enfantillages. Même s'il était hyper craquant aujourd'hui avec son pantalon de treillis et son grand sourire. Elle alla lui ouvrir la porte et attendit.
— Un verre d'eau, j'dirais pas non, répondit-il, mettant les mains derrière la nuque.
Elle emplit une tasse d'eau du robinet et la lui tendit.
— Tu me la rapporteras plus tard, lui dit-elle, allant rouvrir la porte.
— Tu veux même pas t'asseoir un moment pour parler avec un cousin ? Dur !
— J'ai à faire.
— Cinq minutes ! implora-t-il.
Elle referma la porte et alla s'asseoir sur la chaise en face du canapé.
— Je t'écoute.
Ils restèrent silencieux, à se regarder les yeux dans les yeux.
— Belle journée, fit-il.

Elle rit, et il rit avec elle.
Elle se leva et se dirigea vers la porte en lui faisant signe de la suivre :
— Faut que t'y ailles.
— Attends ! Attends ! OK. Dis-moi : tu as toujours vécu ici ?
— À St. Paul ? Ouais, j'y suis née. Et toi ?
— Moi ? À Itta Bena, Mississippi. Juste après Greenwood. Au bas de la rue de la fac où mon papa et ma maman travaillaient.
— Ils étaient profs ?
— Cuisine. Entretien des terrains de sport.
— Tu joues franc-jeu, toi, au moins.
— Amen.
— Et comment tu as atterri ici ?
— J'ai un cousin. À Minneapolis. Je suis venu lui rendre visite. Je m'y suis plu. Et me voilà.
— Tu suis des cours ?
— Avant. Plus maintenant.
— Alors, qu'est-ce que tu fous ? À part tes petites fêtes ?
— Des trucs, des machins. Je me débrouille.
— C'est-à-dire ?
— Oh, je bricole.
Elle le regarda dans les yeux, le visage dur. Il lui souriait toujours, mais d'un air plus matois.
— Ouais, je vois ce que c'est. Et je vais te dire une chose. Y'a des enfants ici. Des enfants et des personnes âgées, alors...
— Vous bilez pas, Miss Nita. Je comprends. Je sais ce que je fais.
Il essayait de l'avoir au charme avec son sourire ravageur à un million de dollars. Elle rouvrit la porte.
— Faut que je travaille maintenant.
— Je te laisse.
Il se leva, y alla encore de son sourire et passa devant elle sans se presser, pliant le genou à chaque

pas, la frôlant de si près qu'elle sentit l'odeur musquée du *Jovan Night* qu'il s'était pschitt-pschitté dans le cou.

— J'te jure que personne ici n'a rien à...

— T'as intérêt, dit-elle, le poussant dehors avec le battant de la porte.

— À plus ! entendit-elle à travers le bois.

Le papier qu'il était venu chercher était toujours posé sur la caisse où il l'avait mis.

Après dîner, elle ouvrit l'anthologie pour y jeter un autre coup d'œil. Son prof avait donné à lire une dizaine de nouvelles pour ce contrôle ; elle les avait lues chacune deux fois. Elle aimait bien celle sur le Loto écrite par une certaine Shirley Jackson. Elle croyait à l'idée que le gagnant était tiré à la courte paille. Les gens étaient comme ça. Tout prêts à s'en remettre au hasard du moment qu'il ne se retournait pas contre eux. Elle aimait bien aussi l'histoire du type qui faisait le tour de la ville à la nage de piscine en piscine, même si elle trouvait ça un peu tiré par les cheveux. Elle regrettait de ne pas avoir à lire plus de nouvelles écrites par des gens comme elle, mais faut croire qu'y'avait pas beaucoup de Noirs qui faisaient ce genre de trucs. Elle avait confiance, pour le contrôle. Elle avait noté toutes les idées du prof, elle les avait apprises par cœur, il lui suffirait de les recopier. C'est ce qu'il voulait. Une fois, elle avait pris le risque de lever la main et de dire tout haut ce qu'elle pensait d'une nouvelle de Flannery O'Connor, que, si on regardait les choses en face, ça racontait que tout le monde ou presque était barje et que les gens s'inquiétaient trop de savoir ce qui était normal. Le professeur King avait dit à elle et aux autres que ça racontait que Flannery O'Connor était catholique et qu'elle pensait qu'à sa foi. Il avait bien fait comprendre que, même si l'idée de Nita était intéressante, c'était la sienne qui comptait pour le contrôle. Pas de problème. Encore mieux, en fait. C'était beaucoup plus facile d'écrire ce qu'il avait dit que d'inventer des idées à soi. Tout ce qu'il y avait à faire pour réussir ces contrôles, c'était de se pointer et de rester éveillée assez longtemps pour repasser dans sa tête ce qu'il avait dit en cours et le marquer sur sa feuille. Et ça, c'était dans ses cordes.

Après dîner, on frappa encore à la porte. Toc toc toc toc toc. Elle détestait ce genre de petits coups polis, mais au moins ce nègre apprenait les bonnes manières.

— J'arrive... Oh, c'est vous !

Celui du sous-sol.

— Vous avez une minute ?

Tout le monde lui demandait une minute aujourd'hui.

— Ben, en fait, je dois partir.

Et elle avait pas de temps à perdre avec un zozo pareil, de toute façon.

— Je vous accompagne jusqu'à votre voiture ? Je veux juste vous demander une chose. Je vous les porte ? proposa-t-il.

Il tendit les mains comme pour recevoir un cadeau.

— Non, merci.

Personne lui avait porté ses livres depuis André au lycée. Elle ferma sa porte à clé et s'engagea dans le couloir vers la porte de derrière.

— Je vous écoute, dit-elle.

— Vous êtes directe. J'aime bien les gens qui vont droit au but.

— Vous êtes monté pour me dire ça ? C'est gentil.

— Vous comptez vous payer ma tête, Nita ? Moi qui étais venu vous demander si vous vouliez bien qu'on reprenne au début.

Elle posa ses livres sur le toit de sa voiture et sélectionna la bonne clé parmi celles du trousseau.

— J'essaie de garder mes distances avec les locataires, répliqua-t-elle.

— Bon, très bien. (Il prit ses livres et les lui tendit

par la vitre baissée.) En tout cas, sachez que, si vous avez besoin de quoi que ce soit, je suis là. N'hésitez pas.

— Merci, monsieur Wilson.

Elle regardait droit devant elle pour ne pas voir son air snobinard qui lui donnait envie de le baffer. Quel con ! Comme s'il pouvait faire plus pour elle que ce qu'elle faisait elle-même — depuis des années.

Elle tourna la clé de contact. Rien.

Merde.

Elle réessaya. Toujours rien.

Elle avait envie de donner des coups de poing sur le volant, de hurler, de s'arracher les cheveux. Mais il était là qui l'observait. Peut-être que, si elle attendait assez longtemps, il finirait par partir.

Il tapa contre le pare-brise.

— Votre batterie est morte, constata-t-il.

Ils faisaient chier, ces gosses, à toujours allumer la veilleuse pour écouter la radio pendant qu'elle était à la boutique ! Et l'autre con, là, qui attend que je lui demande de m'aider. S'il n'y avait pas ce foutu contrôle...

— Vous croyez que vous pourriez... ? commença-t-elle.

Elle ne pouvait ni le regarder dans les yeux ni lui sourire. Ni même aller jusqu'au bout de sa phrase.

— Oh, je n'ai rien à faire. Autant profiter de ma nouvelle caisse.

— Non. Je voulais juste savoir si vous aviez des câbles de démarrage pour recharger la batterie.

— Il faut demander ça à A.A.A. Je vous emmène. Vous allez où ?

Elle le laissa lui tenir la portière. Sa gorge picotait et elle se sentait soulagée à la fois.

— Metro State. Dans la Septième Rue.

La Dodge démarra au quart de tour, comme de bien entendu. Brandon sortit de l'impasse et s'engagea dans Oxford Street.

— Elle est chouette, cette vieille bagnole, dit-il. Ce sera une voiture de collection dans quelques années. Si elle tient le coup.

— 'chier ! fit-elle, tapant sur son calepin.

— J'ai dit quelque chose qui n'allait pas ?

— J'ai *besoin* de ma bagnole. Pour le boulot, demain.

— Je m'en occupe, ne vous en faites pas.

— Je ne peux pas vous...

— Je m'en occupe.

Il tapota un coin du siège passager en rythme avec une musique qu'il devait avoir dans la tête. Elle regarda par la vitre. D'un certain côté, elle avait envie de lui sauter au cou ; et d'un autre, de ne rien lui devoir.

— Je vous rembourserai, dit-elle.

— Si vous voulez, mais ce n'est pas nécessaire.

— Si. J'insiste.

— Dans ce cas...

— Ouais.

— Entre voisins, il faut s'entraider, vous ne croyez pas ?

— J'sais pas quel genre de voisin vous êtes, monsieur Wilson. J'voudrais pas vous vexer, mais...

— Je suis votre voisin du dessous.

— Vous savez bien ce que je veux dire.

Il ricana :

— Je suppose, oui. Tout ce que je peux vous dire, c'est que je suis quelqu'un d'honnête, si c'est ce à quoi vous pensez. Non, je n'ai pas crié mon métier sur les toits parce que ça ne regarde personne. C'est vous qui vous imaginez que c'est quelque chose de louche.

— On n'est jamais trop prudent de nos jours, monsieur Wilson.

— On peut quand même accepter l'aide de son prochain quand il vous la propose.

— Elle a un prix. Toujours. Rien n'est gratuit.

Elle se mordit l'intérieur de la joue. Elle lui en disait

trop, à ce type. C'était le genre à vous faire parler même si vous en aviez pas envie. Il avait tant d'assurance, il en imposait tellement. Il était raide comme un piquet, comme s'il avait la grosse tête.

— Où voulez-vous que je vous dépose ? demanda-t-il.

— Devant la porte, là. Celle du milieu.

— Vous finissez à quelle heure ?

— Je demanderai qu'on me ramène.

— Ça ne me dérange pas. Ce n'est pas grand-chose.

Elle lui lança un regard noir, par en dessous.

— Je me débrouillerai pour rentrer. Merci quand même, monsieur Wilson.

— Comme vous voulez. Vous avez mon numéro.

Il lui décocha un de ces sourires à faire fondre l'acier.

— Bonsoir, monsieur Wilson.

Pendant toute la durée du contrôle, elle vit ce sourire. Ce sourire hein-que-je-suis-le-mec-le-plus-mignon-que-t'aies-vu-depuis-longtemps, ce sourire craignos de déconneur à la Eddie Murphy, ce sourire que les mecs lui faisaient depuis le lycée, que les hommes adressaient aux femmes depuis la nuit des temps. André lui avait fait ce sourire, et elle avait même vu son Marco s'entraîner à le faire à ses sœurs, et à elle. Ça devait être un truc inné, être dans les gènes des mecs — une queue, des couilles, et on avait un de ces sourires à utiliser à volonté.

Bon, pourquoi ça lui prenait la tête ? Ce type lui avait rendu service, lui avait épargné de devoir poireauter sur Selby Avenue à attendre le 21A qui mettait toujours un sacré bout de temps à arriver, puis de faire le trajet jusqu'au centre-ville au milieu de bandes de voyous — et alors ? C'était pas un crime ! Qu'est-ce qu'il aurait dû faire ? La laisser se dépatouiller avec sa batterie morte ? Voilà qu'elle faisait la tête parce qu'un cousin avait fait ce qu'il fallait, pour une fois.

Et il avait raison. C'est *elle* qui s'imaginait qu'il faisait des trucs pas catholiques là en dessous. D'où elle sortait ça ? C'était peut-être sans arrière-pensées qu'un homme comme lui avait loué un appartement dans un immeuble comme celui-là...

Nnnoonn, là, ça collait pas. Pourquoi quelqu'un comme lui — qui pourrait acheter tout l'immeuble, carrément, s'il en avait envie — louerait ce taudis ? Si c'était pas pour faire quelque chose d'illégal, c'était pas pour faire quelque chose de tout à fait légal non plus. S'il avait pas des idées derrière la tête, il en ferait pas un secret. Bon, ça regardait personne. Comme il l'avait dit lui-même.

Merde, pourquoi elle perdait son temps à penser à ce zozo, de toute façon, hein ? Elle avait jamais aimé les mecs à la peau trop claire. Ils se croyaient spéciaux. Mignons. Et ils n'avaient jamais l'heure pour une fille foncée comme elle. Beaucoup d'entre eux n'hésitaient pas à le dire — à dire qu'ils voulaient pas être avec une fille foncée pas'qu'ils voulaient pas avoir des bébés couleur chocolat. Ça faisait mal, ces conneries. Elle avait entendu ça toute sa vie. Bon, pas de celui-là, mais pourquoi il serait pas comme les autres ?

Il fallait qu'il la lui joue au charme, en bon café au lait.

Elle réussit à se concentrer sur la fin du contrôle. Elle avait cartonné, elle le savait — elle aurait pu écrire ces fichues questions elle-même. Ah, ce prof, ce King, quel cossard. Elle était une des dernières à finir. La plupart des autres étaient partis tout de suite après avoir rendu leur copie. Donc, ils ne seraient pas trop nombreux, ceux qui pourraient la déposer. Elle ne connaissait personne parmi ceux qui, comme elle, jouaient les prolongations. Elle fouilla dans son sac pour voir si elle avait des pièces de vingt-cinq *cents* pour le bus. Elle noua la ceinture de son manteau, et juste au moment où elle sortait dans la Septième... Oh, non, c'est pas vrai. Il y avait plein de vieilles Celebrity bleues encore en circulation. Elle essaya de lire la plaque à l'arrière. Il aurait quand même pas... c'était pas possible... Pas même pour quelqu'un comme lui. Elle ne lui avait pas donné la clé.

Elle se dit qu'elle pourrait rester là pour voir s'il faisait le tour.

Et si c'était pas lui ? Elle était là, immobile, à attendre qu'un nègre vienne la chercher, et tout ça, c'était dans sa tête.

Et si *c'était* lui ?

Elle s'éloigna vers Robert Street. S'il avait fait ça, ce nègre, elle le ferait arrêter pour utilisation illégale de véhicule. Ou alors, elle lui sauterait au cou... Oh, merde !

Juste au moment où elle traversait pour aller à l'arrêt de bus de la Sixième Avenue, il s'arrêta et klaxonna. Il se pencha, déverrouilla la portière côté passager et lui fit un signe de la main genre « Salut, toi ». Le tout avec son fichu sourire.

Elle hocha la tête, lui fit signe en retour et monta.

In the ghetto

> Mon amie Xenobia et moi, on se demandait si vous aviez un fan club et on se disait que sinon on pourrait en créer un. Vous voulez bien nous envoyer cent dollars pour qu'on commence ?
>
> Une fan, Doretha Welters
> Minneapolis

Ted McCarron se révéla un peu plus malin et beaucoup plus coriace que son physique « minet du Minnesota » ne le laissait supposer. Brandon l'avait classé dans la catégorie « gnangnan qui s'assume », mais voilà qu'il s'était mis à donner des ordres et à raccrocher le téléphone avec rage en type qui venait de débarquer d'un avion en provenance de New York et non d'un autocar de Roseville. Brandon lui avait confié les questions de maquillage et des trucs basiques, comme concevoir un plateau qui ressemble à quelque chose et obtenir du matériel dernier cri (et des gens capables de s'en servir). Les choses prenaient tournure. Si ça se trouve, ils y arriveraient.

Dexter s'était fait discret, se consacrant, ou faisant semblant, à la mise sur pied de la programmation des autres tranches horaires. Il avait testé trois ou quatre talk-shows différents dans le genre « Désordres psycho-alimentaires chez les travestis » et avait réussi à concocter une sorte de « Jeopardy » underground pour l'*access prime time*. Ces derniers temps, il n'avait pas dit un mot à Brandon, ne lui faisant que des clins d'œil et le visant du doigt comme d'un revolver. Le tic maison. Brandon se disait qu'il devrait se réjouir que Dexter garde ses distances, de n'avoir personne qui regardait par-dessus son épaule pour lui dicter ce qu'il devait faire et comment. D'un autre côté, il savait que, si ça ne marchait pas, il serait le seul à payer les pots cassés.

Dans l'ensemble, tout était au point. Enfin, tout sauf la partie « infos ». Il n'avait pas encore la plus petite idée des reportages qu'il allait bien pouvoir faire depuis ses nouvelles pénates. Il y avait tous les sujets autour des lois sur le logement : dératisation, désinsectisation, insalubrité (les grands classiques), mais ça n'avait d'intérêt que si on tombait sur un inspecteur du bâtiment ripou qui prenait des dessous-de-table, ou bien un « propriescroc » éhonté. Pour ce genre de sujets, il lui fallait une équipe de journalistes d'investigation, et KCKK n'en avait pas. De plus, il devait reconnaître qu'avec Nita, l'immeuble était plutôt bien entretenu, malgré tout ce qu'elle avait à faire.

Il y avait toujours les sujets sur les gangs, mais c'était usé jusqu'à la corde, et tout ce qu'il avait vu dans le quartier jusqu'à présent, c'était des ados gueulards qui roulaient à fond la caisse autour des immeubles dans des voitures sans silencieux. Il y avait aussi les sempiternels lycéens qui avaient abandonné les études, les filles-mères de quatorze ans, etc.

Il lui fallait quelque chose d'inédit, ou de choquant au moins.

Où étaient les maisons du crack, les putes et les accros à l'aide sociale dont on parlait tant ? Les gens n'inventaient pas ces conneries. Où étaient les gangs venus de L.A. ? Où était le désespoir de ces gens ? Il devait bien y avoir un sujet dans ce goût-là dans le coin. Il était temps qu'il mette sa casquette de reporter et qu'il aille le dénicher.

Il attrapa le bouquet qu'il avait acheté chez Bachman et monta au premier. Autant commencer par un petit tour d'horizon.

— Bonjour, madame Carter.

— Monsieur Willis... Comme c'est gentil à vous de monter me voir. Entrez donc.

— Wilson, rectifia-t-il. Et voilà pour vous. (Il lui tendit les fleurs.) Ce n'est pas grand-chose, mais je tenais à vous remercier de m'avoir aidé à emménager.

— Oh, merci beaucoup. En général, j'aime pas les œillets, mais ceux-là sont vraiment très beaux. Je vais les mettre dans de l'eau tout de suite.

Il se laissa tomber sur la vieille causeuse au dossier canné, un peu comme celle qu'avait sa tante Telma. La pièce était petite mais chaleureuse, on s'y sentait bien ; tout y était à portée de main : la télécommande pour le minitéléviseur, des bocaux de bonbons, un joli repose-pieds.

— Ça y est, vous êtes installé, dans ce sous-sol ? lui cria-t-elle de sa petite cuisine.

— Oui, m'dame. Tout y est.

— I'fait un peu humide quand même là en bas, non ?

Elle apporta les fleurs dans une grande chope en plastique « Saveurs du Minnesota ». Elle les posa sur une table roulante encombrée de magazines et de dessous de verre.

— En général, je préfère les jonquilles ou une rose, dit-elle. Mais celles-là sont très bien aussi.

— Vous permettez que je vous pose une question ? Ça fait longtemps que vous habitez dans cet immeuble ?

— Ça va faire dix-sept ans. Depuis que j'ai perdu mon mari. On avait une grande maison, pas loin, dans

Dayton Street, mais je ne pouvais l'entretenir, avec le jardin et tout ça... J'ai trouvé cet appartement.
— Vous connaissez bien le quartier ?
— Pour ce qu'il vaut la peine d'être connu ! Pourquoi ? Vous êtes venu ici pour surveiller quelqu'un ?
— Je peux vous faire confiance, madame Carter ?
— Comme à votre mère. J'ai raison, hein ? Vous êtes venu ici pour un gros coup. Vous pouvez tout me dire.
— C'est un peu ça.
Il sourit et se pencha vers elle comme pour lui confier un secret.
— Vous savez pourquoi vous n'avez jamais rien vu aux infos sur *nous* ?
— Sur vous et moi, vous voulez dire ?
— Sur les gens comme nous. Les gens qui vivent ici, en ville. On ne parle jamais de nous, aux infos. De tout ce qu'on endure pour survivre.
— Pas de quoi en faire un plat, je suppose.
— Vous devez me promettre de ne pas souffler mot de ce que je m'apprête à vous révéler. Je suis dans une branche où la concurrence est rude, et je ne veux surtout pas que quelqu'un me vole le scoop.
— Dane Stephens, par exemple ?
— Oui, m'dame.
— Il est trognon !
— Oui, je sais.
— Je le rate jamais. Il est si mignon qu'il donne envie de le prendre dans ses bras et de le serrer très fort.
— Nous faisons un excellent journal télévisé nous aussi, vous savez.
— À quelle heure vous passez ?
— À cinq heures. *Live at Five.*
— En même temps que *Drôle de vie*, alors ?
Il déglutit. La gorge nouée.
— Bref, madame Carter, j'ai besoin de votre

confiance sur un point. À partir du mois prochain, je vais présenter le journal d'ici même, depuis Marshall Avenue.

— Allons donc !
— Du sous-sol. Et même de la rue, parfois. J'ai besoin de votre aide pour la mise au point de l'émission.
— Vous voulez que je présente la météo ? Je suis autant capable que ces filles de montrer du doigt sur une carte. New York ici, la Floride là...
— J'ai besoin que vous m'aidiez à trouver des sujets.
— Des sujets ?
— Oui, des sujets. Ce qui se trame. Qui a tué qui ? Tout ce que les gens pourraient avoir envie de savoir.
— Je n'ai pas l'habitude de cancaner. Je pense que les gens devraient se mêler de ce qui les regarde.
— Personne ne vous demande de cancaner.

Il se carra dans son siège et se couvrit la bouche d'une main pendant qu'il cogitait.

— Écoutez, reprit-il, les infos, ça concerne les gens. Des gens comme vous et moi à qui il arrive des choses. Tout ce que je vous demande, c'est de me dire ce qui se passe dans le quartier. Ce à quoi les gens pensent. Comment ils vivent. C'est tout.
— Donnez-moi un exemple.
— D'accord, dit-il en fermant les yeux pour mieux se concentrer. Par exemple, quelqu'un se fait cambrioler, et se fait voler sa stéréo par un drogué. Voyez ?
— Continuez.
— Ou... une mère apprend que son fils fait partie d'un gang. Comment elle réagit ?
— C'est le lot quotidien par ici.
— C'est ça que je cherche.
— Et ce que vous attendez de moi, c'est quoi ?
— Que vous me présentiez à ces gens-là. Que vous les persuadiez de me parler.

Elle se laissa aller en arrière dans son fauteuil, et le

scruta à travers un œil à demi fermé. Leurs regards se croisèrent. Il se pencha un peu plus vers elle, se faisant plus insistant :

— Qu'en dites-vous ?

— Nita pense que vous nous mijotez quelque chose.

— C'est vrai. Je viens de vous dire quoi.

Elle leva un doigt.

— Bon, fit-elle. Je vais vous sortir, vous présenter à des gens. Mais vous devez me promettre une chose.

— Tout ce que vous voulez.

— Il faudra pas les humilier. Je veux pas de ça.

— Vous avez ma parole d'honneur. Tout ce que je cherche, c'est que les choses s'améliorent par ici.

— Parce que je vais vous dire : si vous faites du tort à quelqu'un, j'ai l'air vieille, comme ça, mais je peux encore vous régler votre compte.

— J'en suis sûr, madame Carter. J'en suis sûr.

Et il le pensait. Dures, ces vieilles cousines ; il valait mieux ne pas se les mettre à dos. Elle lui rappelait sa grand-tante Sarah, de St. Louis. Un sacré numéro celle-là, qui pour survivre avait enseigné la dactylo à l'école commerciale pendant quarante ans et qui tendait plus facilement la main pour vous fiche une torgnole que pour vous dire bonjour si vous la regardiez de travers.

Quand Mme Carter ressortit de sa chambre, elle avait mis sa perruque « beatnik » à la Julie Christie dans *Shampoo*. Elle lui dit qu'elle l'emmenait faire le tour du quartier.

Même s'il y avait quelques coins qui ne payaient pas de mine, Marshall Avenue ne parut pas particulièrement sordide à Brandon, comparé à d'autres endroits qu'il connaissait. À St. Louis, dans des rues équivalentes, la moitié des maisons seraient condamnées ou calcinées, voire volatilisées, démolies, créant des trouées aussi larges que celles laissées par des dents manquantes dans la bouche d'un enfant de six ans. Ici, la plupart semblaient plutôt en bon état ; la seule chose, c'est qu'il fallait leur donner un coup de peinture fraîche et leur reclouer quelques planches. Et comment se faisait-il que les Noirs n'arrivaient pas à avoir une pelouse ? Ce n'était pourtant pas très compliqué de semer du gazon, de le tondre et de ne pas laisser les ordures s'accumuler ? Peut-être qu'on en avait trop bavé autrefois — à trimer dans les champs de « missié », à s'échiner dans les plantations. Mais ces temps étaient révolus depuis belle lurette et Brandon se faisait fort de deviner à coup sûr où un cousin habitait au vu de l'état du jardin.

— C'est plutôt calme, par ici, constata-t-il.
— En général, oui.

Mme Carter s'accrocha à son bras, se pavanant, lui semblait-il, surveillant les alentours. Il se dit qu'elle regardait si quelqu'un remarquait avec qui elle se promenait. Il avait mis sa panoplie « incognito » — lunettes noires, vêtements de ville. Il n'y avait pas beaucoup de gens pour les voir, de toute façon.

Ils firent le tour du pâté de maisons et débouchèrent dans Dayton Street, où c'était du pareil au même : d'autres maisons presque aussi convenables, d'autres pelouses en piteux état. Puis ils revinrent vers l'immeuble.

— J'ai pas vu des masses de sujets possibles, se lamenta-t-il.

Ils s'attardèrent devant l'entrée.

— Des histoires, il en manque pas dans la rue, pourtant, rétorqua-t-elle.

— J'ai rien vu.

— Juste là, cette maison où la véranda s'est effondrée. La femme qui vit là, elle a eu dix-neuf gosses. Dieu sait combien de fois elle est grand-mère. Elle a sa place réservée au tribunal pour enfants. Elle y est régulièrement, à tirer d'affaire l'un ou l'autre de ces petits voyous. Et la jolie maison dans Dayton Street avec le bassin sur la pelouse ? Tenez, le saligaud qui habite là, ben, il fait ça avec ses deux filles depuis qu'elles sont hautes comme ça. Et il se fiche complètement que ça se sache.

Brandon dévisagea la vieille dame. Elle croisa les bras, pressa ses doigts contre sa bouche et zieuta la rue de haut en bas, une lueur dans le regard, cherchant, supposa-t-il, ce qu'elle allait lui dire et sur qui.

— Vous les connaissez, tous, hein, madame Carter ?

— Rentrons, il commence à faire frisquet avec ce vent.

Il descendit à sa suite les marches qui menaient chez lui.

— Je veux juste voir comment vous avez arrangé, lui dit-elle.

Elle entra et s'installa sur son canapé.

— Je vous offre quelque chose ?

— Non merci, mon chou. Il faut que j'aille attendre les enfants de Nita.

Son regard fit le tour de la pièce.

— J'ai jamais trop aimé ç't'endroit, mais c'est sûr que vous l'avez rendu vivable. Beaucoup plus que les autres.

— Merci.

— Vous avez vu quelque chose que vous pourrez utiliser aujourd'hui ?

Il s'assit en face d'elle et baissa la tête.

— Je vous remercie de m'avoir consacré du temps, dit-il. Vraiment. C'est juste que... je m'attendais à... je cherchais quelque chose de plus...

— Vous vouliez voir des nègres faire leur cinéma.

Il commença à protester.

— C'est difficile de dire quand ça va chauffer, reprit-elle. On peut jamais savoir.

— Madame Carter, qu'est-ce qui vous frustre ? Y'a pas des trucs qui vous font peur, des fois ?

Elle le regarda dans les yeux :

— La vie est frustration.
Et elle gagna la porte.
— Tiens, voilà les gosses. Attendez-moi au-dessus, vous autres ! leur lança-t-elle.
Il entendit les vibrations des basses au premier.
— C'est quoi l'histoire, là-haut ? demanda-t-il.
— Ça, ça fiche la frousse, dit-elle.
Et elle rejoignit les gosses devant chez Nita.

— « *On a cold and gray Chicago mornin', a poor little baby child is born, in the ghet-t-o-o-o* », chantonnait Sandra, allant et venant à califourchon sur lui.
— Me fais pas rire, femme, protesta Brandon d'une voix rauque.
— « *And his mama cries...* »
Et Sandra cria.
Il l'attrapa par la taille en riant, la fit rouler sur le côté et la pénétra de nouveau.
— Je t'avais prévenue !
Elle poussa un cri perçant.
Plus tard, lorsqu'ils furent apaisés, alors qu'elle était blottie contre lui, il l'entendit chantonner encore ce vieux tube.
— C'est idiot, murmura-t-il.
— Mon mec, répliqua-t-elle, bientôt, tu seras le Elvis de la télévision du coin.
Elle fit courir ses doigts le long de son dos.
— J'ai toujours pas de sujet, dit-il.
— Rien ?
— Que couic. Des pauvres qui triment. Des gens bien qui font ce qu'ils peuvent pour s'en sortir. Peut-être des petits emmerdes de temps en temps.
— Tu t'attendais à quoi ? Au far-west ? À la Somalie ?
— J'sais pas. Tu connais les taux de criminalité. Tu sais ce qu'on raconte. Je me disais...
— Réfléchis, Brandon. Tous les habitants de cette

ville ne peuvent pas être des criminels. Sinon, toutes les prisons de la terre n'y suffiraient pas.

— Certains d'entre eux sont tout bonnement coincés là.

— Beaucoup d'entre eux ont *envie* d'y rester. Toi et moi, on a été élevés autrement. On se sent bien ici, dans notre banlieue chic. Et les gens d'ici font exactement les mêmes choses que ceux de là-bas : came, vols, tout ce qui s'ensuit. La toile de fond est un peu plus belle à regarder, c'est tout.

— D'où me viennent... ce dégoût, cette peur, tu peux me le dire ?

Elle lui passa les bras autour du torse et rit dans son dos.

— Tu n'es pas sérieux ?

Il ravala sa honte.

— Je suis le roi des idiots, hein ?

— C'est l'arnaqueur arnaqué.

— Et qu'est-ce que je fais maintenant que je me suis fourré dans ce pétrin ?

— Tu racontes la vérité, un point c'est tout.

— La vie dans la grande ville. Là où les gens font de leur mieux, dit-il de la voix de stentor d'un speaker de pub.

— Comme si tu ne le savais pas... Brandon, quand tu m'as annoncé que tu allais faire ça, je t'ai dit que c'était complètement con. Mais peut-être que non. Peut-être que tu peux en faire quelque chose de bien après tout.

— Un mois d'infos à vous remonter le moral ?

— Pourquoi pas ?

Elle lui passa de nouveau les bras autour du torse, nichant sa tête contre son flanc.

— Pourquoi ne pas montrer aux gens pendant un mois qu'il n'y a pas que des voyous et des toxicos ? On a droit au revers de la médaille tout le reste de l'année. Alors, pourquoi pas, bon sang ?

— Parce que ce n'est pas médiatique. Je vois d'ici la gueule de Dexter...
— Je croyais que c'était ton job.
— Ça l'est.
— Alors, tu vas le trouver et tu lui dis ce que tu comptes faire et pourquoi. Et après, tu le fais.
— Comme ça ?
— Comme ça.

Le lendemain, juste avant le déjeuner, Brandon frappa à la porte du bureau de Dexter.
— Brad ! Ça fait un bail ! Quoi de neuf ?
Dexter avait une pile de cassettes vidéo sur son bureau qu'il n'arrêtait pas d'entrer et de sortir d'un magnétoscope.
— Tu t'imagines pas les merdes qui sont produites. Je cherche un truc pour exploser le cul d'Oprah.
Brandon s'assit dans son fauteuil habituel et attendit une occasion.
— Celle-là, par exemple, dit Dexter en brandissant une cassette. C'est un de ces concepts « rencontre amoureuse », sauf que les participants ont droit à une grande soirée, puis retour au studio où ils font une demi-heure de sexe-thérapie et de plaisanteries cul.
Il balança la bande à la poubelle.
— On est prêts à démarrer, embraya Brandon. La nouvelle formule de *Live at Five*. On est tous parés pour la première depuis le quartier de Summit/University.
— Sûr sûr ? Ben dis donc, pas trop tôt. Cette vieille Mindy nous brade les parts de marché aussi facilement qu'une étudiante soûle brade sa chatte.
— Charmante comparaison.
— Merci. Ton gus, au fait... comment déjà ?
— Ted. Ted McCarron.
— Ouais. Il est super. Un petit enfoiré de première. Il me fait penser à moi à son âge.
Brandon espérait que c'était bon signe.

— Je voulais vous parler de notre série de reportages, dit-il.
— De *ta* série, tu veux dire.
— De ma série. Ça va s'appeler *Vivre en ville*. La promo démarre demain.

Dexter ne pipa mot. Il piochait au hasard dans la pile de cassettes, les examinant comme s'il cherchait à comprendre comment ça marchait.

— On met l'accent sur le facteur humain, poursuivit Brandon. J'ai sondé certains de mes voisins. Je les ai fait parler de leurs hauts et de leurs bas.

Dexter bâilla à s'en décrocher la mâchoire et farfouilla d'un air absent sur son bureau en quête de Dieu sait quoi.

— Évidemment, on intégrera aussi l'actu, quelle qu'elle soit.

Dexter regarda un point derrière lui :
— Passe-moi cette disquette.

Brandon la lui tendit et se leva pour partir.
— Je vous tiens au courant, dit-il en s'éloignant vers la porte.
— C'est ça, c'est ça, c'est ça, merci, cousin. Ferme la porte en sortant.

Dexter lui fit signe de dégager.
— Oh, autre chose, Brad. Ce qu'il y a de craignos avec ton *Vivre en ville* de mes deux, c'est que tu peux faire mieux. Et tu le sais. (Il le regarda droit dans les yeux.) Pas vrai, Brad ?

Brandon ne répondit pas.

Rêves de glaces

Merci mon Dieu pour tous Vos bienfaits, songea Nita. Comme c'était bientôt l'anniversaire de Didi, sa mère était allée chercher les petits à l'école et les avait emmenés faire les boutiques à Rosedale. Et, en plus, ça tombait son jour de repos, ce qui faisait qu'elle avait bien trois heures de liberté devant elle. Il lui semblait qu'elle avait jamais de temps rien que pour elle. Entre les gosses, les cours, le boulot chez Wards et l'immeuble, y'avait toujours quelque chose. Ben, là, pendant au moins trois heures, elle avait l'intention de rester vautrée sur le canapé à ne rien faire du tout. Sauf une petite sieste. Un petit rêve éveillé.

Elle se rejoua son fantasme préféré : elle avait gagné la super cagnotte du Loto et s'était retirée dans un paradis terrestre sous les Tropiques. La grosse veinarde pleine aux as qu'elle était passait toutes ses journées sur la plage, à l'ombre d'un parasol, et un nègre bien balancé dans un de ces slips de bain riquiqui lui servait des Margaritas et des chips. Les gosses... ben, dans ce fantasme-là, ils étaient déjà grands, ils avaient quitté la ville et entamé leurs fabuleuses carrières. Côté hommes, le problème, c'était de trouver comment s'y prendre pour que Wesley quitte la ville avant que Denzel n'arrive et les surprenne. Oui, oui, il faudrait bien qu'elle choisisse, elle le savait, mais elle ne supportait pas l'idée de briser le cœur de quelqu'un, et puis c'était des grands garçons tous les deux, c'est pas parce qu'elle mettait du temps à se décider qu'elle les faisait souffrir, non ?

Étendue sur le canapé, elle s'intimait de ne pas bouger. Sa rêverie rendait sa respiration plus régulière, plus calme. Elle se sentait plus légère. Son esprit flottait, nageait dans son corps. C'était un peu comme si elle planait. Je suis ici, songea-t-elle, complètement ici et ailleurs en même temps. C'est ça, être maître de son corps. Elle flotta ainsi pendant, lui sembla-t-il, une éternité.

Nita fut tirée de cet état par un coup frappé à la porte.

Elle alla ouvrir et se trouva nez à nez avec Sipp, qui se cachait le visage derrière un cahier d'écolier.

— Je me suis trouvé du papier, lui dit-il en rabaissant le cahier pour révéler son grand sourire. Et... (il déchira une des premières pages)... j'ai su quoi en faire.

Il lui tendit la feuille. Dessus était écrit un genre de poème :

Pour Nita

J'voulais dire
Que j'avais encore jamais rencontré de nana comme toi
Spéciale, douce, pas con
Ma chérie, t'es la femme de ma vie
Quand je te vois
J'ai un truc qui s'éclaire en moi
Le soleil brille, le ciel est tout bleu
Et les larmes que j'ai versées ont séché sous mes yeux

Elle tenait la feuille de papier devant son visage pour, à son tour, dissimuler son expression — le petit sourire qu'elle avait voulu réprimer, la rougeur que Sipp devait avoir vu monter à ses joues. Il se mit à danser devant elle, puis se laissa tomber sur le canapé.

— Je suis rouillé, avoua-t-il. Mais je compte bien retrouver la forme.

— Tu essaies de me mettre mal à l'aise ?
— Noooon, Miss Nita. Fais sissite, là.
Il tapota le coussin à côté de lui et se renversa en arrière dans *son* canapé. Elle avait envie de dire à ce négro de retirer sa casquette, mais la façon dont il la portait, devant-derrière, avec le grand X sur le dessus, lui donnait un air plutôt mignon. Elle s'assit, mais pas sur le canapé.
— Tu écris tout le temps des poèmes ? lui demanda-t-elle.
— Au lycée, je faisais ça. J'étais pas mal doué, en plus. Ils me publiaient dans le journal et tout. Je manque d'entraînement, mais bon... Faut y travailler tout le temps si on veut être un bon.
— Il est bien. C'est vachement gentil. Ça faisait un bail qu'on m'avait plus écrit des trucs pareils.
En fait, on ne lui en avait jamais écrit.
Elle lut et relut les phrases en hochant la tête. Elle sentait qu'il ne la quittait pas des yeux. Elle crut lui voir un air concupiscent.
— Tu me dévores des yeux, dit-elle.
— T'es super belle. Tu sais que t'es belle, toi ?
Elle se leva et s'approcha de la fenêtre.
— Je déconne pas, insista-t-il. T'es une super nana. Tous mes potes pensent comme moi.
Il lui effleura le bras du bout des doigts. Une partie d'elle-même était ravie de ne pas s'être assise près de lui ; et l'autre partie aurait aimé sentir ces longs doigts dans son cou, son dos, ses...
— Je suis sûre que tu fais ce numéro dans toute la ville.
— Belle, belle Nita. C'est le diminutif de quoi ? D'Anita ?
— De Bonita. C'est mon arrière-grand-mère qui a choisi mon prénom. Ça veut dire « jolie » en espagnol.
— Tout à fait toi.

Beau parleur, ce nègre. Elle décida de le mettre à la porte avant que ça n'aille trop loin.
— J'ai des trucs à faire, dit-elle.
Elle rajusta son jean.
— C'est ce que j'aime chez toi, entre autres.
— Quoi ?
— T'es pas une de ces minettes qui se bougent pas le cul. J'supporterais pas que ma femme reste assise à perdre son temps.
— Comme toi, tu veux dire ?
— Wouah ! Encore ta langue de vipère !
Elle tendit la main vers la poignée de la porte, puis se ravisa.
— Faut que je prépare le dîner, expliqua-t-elle.
S'il voulait partir, pas de problème. Sinon, ça ne mangerait pas de pain d'écouter son baratin pendant un moment.
Elle prit un poêlon sous la cuisinière où elle rangeait ses casseroles.
— Qu'est-ce qu'on a au menu ce soir ?
— Moi et mes gosses, des côtes de porc. Vous autres, j'sais pas.
— Je sais ce qui me ferait plaisir.
Elle le regarda de travers. Elle prit un gros oignon, en coupa les extrémités et l'éminça.
— Parle-moi du Mississippi, dit-elle vivement.
— Le pays ? T'y es déjà allée, au pays ?
— Le plus près que j'y sois allée, c'est le sud de St. Paul.
Il pouffa.
— Tu aimerais, là-bas. C'est sûr. Je t'y emmènerai un de ces quatre.
— Y'a des collines, des montagnes ? Ça ressemble à quoi ?
— C'est le delta. T'as entendu parler du delta, j'suis sûr. Plus plat, on peut pas. Ni plus chaud. L'été, t'as pas envie de sortir, par là-bas. Ce qui est sympa, là-bas, c'est

les gens. Tout le monde se connaît, tout le monde est cool.
— Ça se passe comme on dit, là-bas ?
— Qu'est-ce qu'on dit ?
— Sur les Blancs, tout ça.
— Nos pauv' Blancs ? Vous avez les mêmes par ici, non ? J'vais te dire un truc, je préfère là-bas, au pays. Y'a moins de bordel que par ici. Mais c'est la même merde partout, tu sais.
— Pourquoi t'es parti alors ?
Elle fit revenir les oignons et des lardons, mit du riz à bouillir et se baissa pour attraper un pot de compote de pommes.
— J'avais envie de voir du pays, je dirais. De vivre des trucs avant de m'établir.
— Alors, tu comptes repartir là-bas ?
— Une fois que je me serai fait un peu de fric, oui.
— Du fric ?
— Y'a pas de boulot là-bas. Pas un. Mais si on arrive à se faire un petit pécule, on peut s'en sortir. Y'a plein de choses à faire.
— Comme ?
— S'acheter une camionnette et faire du dépannage. Monter un petit centre de pisciculture. Élever des poissons, tu sais ? Te marre pas, femme. J'déconne pas.
Elle vit dans son regard quelque chose qu'elle n'y avait encore jamais vu : une espèce d'honnêteté inaltérable.
— Dis donc, t'es bien grave quand tu parles de rentrer chez toi.
— Aussi grave qu'un arrêt du cœur. J'comprends pas les règles du jeu ici. On peut pas y arriver — pas en restant dans la légalité en tout cas. On trouve même pas une porte où frapper. Là-bas, comme je t'ai dit, si t'as un petit pécule, si tu te bouges, tu t'en sors.
— Ici, c'est par l'école que tu t'en sors, dit-elle, surprise de s'être laissé prendre à la conversation. Si tu

veux que les portes s'ouvrent, faut que t'aies un diplôme.
— J'ai vu que t'avais des bouquins de compta. Il te reste à faire combien d'années encore ?
— Une ou deux, ça dépend du nombre de cours que je pourrai suivre. J'arrive au bout. C'est tuant, mais j'irai jusqu'au bout.
— T'as raison.

Elle prit conscience qu'ils se regardaient dans les yeux. Pas croyable ce que c'était agréable. Ce que c'était bon. Sécurisant. Toutes les trois secondes, il entrouvrait les lèvres et révélait ses jolies quenottes si bien alignées. Elle ne disait rien parce qu'il n'y avait rien à dire.

— Ça te plairait de partir avec moi, Nita ?

Elle baissa les yeux.

— T'approuves pas ce que je fais, hein ? fit-il.
— J'sais pas ce que tu fais.
— Mais si, tu sais.
— C'est pas mes affaires.
— Faut voir.
— J'ai pas envie de parler de ça. J'veux pas savoir.

Elle se leva pour retourner les côtes de porc et ajouter de la sauce tomate. Il vint se placer derrière elle et posa les mains sur ses épaules.

— Tu sais déjà. Et je veux que tu me dises ce que t'en penses.

Elle reposa le couvercle sur la poêle avec bruit.

— Bon, d'accord.

Elle s'écarta de lui et retourna s'asseoir.

— Ça me rend malade, poursuivit-elle. J'ai horreur de ça. Tout le monde sait ce que cette saloperie fait aux gens. Et je t'ai prévenu au sujet des jeunes qui viennent au-dessus. Je devrais appeler les...

— J'fais pas d'affaires ici. Jamais. Pas chez moi. J'suis pas con à ce point-là. C'est de l'herbe et du shit, je vends à des Blancs pleins aux as dans les facs et ça leur fait pas le moindre mal. T'as déjà essayé, toi aussi.

Elle se souvenait de quelques soirées ici et là. Qu'il n'y avait pas de quoi en faire tout un plat. Elle se souvenait d'un léger bourdonnement, d'un léger frisson, d'une légère euphorie. Pas grand-chose de plus qu'avec une clope. Elle n'en avait pas eu pour son argent, avait-elle pensé.

— Oui, j'ai essayé, et alors ?

— T'es toujours là ? Toujours capable de bosser ? Les gens comme toi et moi, on est trop malins pour sombrer dans ce merdier.

— Et ceux qui ne le sont pas ?

— Y'en a quelques-uns. Comme les accros au crack du bout de la rue. Mais la plupart des gens, tu sais, c'est juste histoire de passer le temps. Ils s'achètent une barrette comme toi tu t'achètes une bouteille de scotch, tu vois. C'est pareil, je te jure. Les enragés, tu gardes tes distances. Ils sont pas fiables, côté fric, en plus.

— Comme ça paraît simple à t'entendre. C'est comme vendre des glaces.

— Ouais, c'est pareil. C'est un commerce. Tu proposes un produit que des gens achètent. C'est ça, l'Amérique.

— Quand même, ça a pas de sens.

Elle retourna à ses fourneaux, même si les oignons ne risquaient pas d'avoir eu le temps de dorer. Elle sentait que sa lèvre inférieure était avancée et elle craignait de faire la moue, comme une gosse.

— Qu'est-ce que tu comprends pas ? demanda-t-il.

— Ce que j'comprends pas, c'est pourquoi quelqu'un comme toi est prêt à prendre autant de risques...

— Parce que. Voilà pourquoi. Parce que je gagne autant en une semaine que je me ferais en six mois au pays. Et encore, si j'avais un boulot ! Parce que j'ai des projets, parce que j'ai pas de temps à perdre et pour des dizaines d'autres raisons, et l'important, c'est que j'vais pas faire ça toute ma vie. C'est comme pour tout le reste : tu mets les risques dans un plateau de la balance, ce que ça te rapporte dans l'autre, et tu fais tes choix.

Il fit tourner sa clinquante bague en or autour de son doigt — seul signe extérieur, aux yeux de Nita, de sa prétendue richesse.

— De plus, ajouta-t-il, tu peux pas demander à tout le monde d'être comme toi.

— Si moi je peux, alors...

— T'es spéciale, comme nana, toi. Spéciale. Je l'ai vu tout de suite. Je te repose la question : est-ce que ça te plairait de partir avec moi ? Tu pourrais ?

— J'sais pas.

— C'est une nana comme toi que je cherchais. J'te jure. On sera bien tous les deux. Je te traiterai bien.

Nita avait l'esprit aussi brumeux que si elle avait étudié toute une soirée. Les idées se bousculaient dans sa tête, mais rien n'était clair. Elle réussit à gagner la porte.

— Voilà les enfants, dit-elle en l'ouvrant.

— J'renonce pas facilement, la prévint-il. Tu sais ça.

Il l'embrassa tendrement sur la joue.

— Fais gaffe à toi, lui dit-elle.

— C'est dans mon caractère. À plus tard, ma douce.

Cavalcade dans l'escalier. Les enfants déboulèrent dans l'appartement, surexcités par leur virée dans les magasins. Sa mère courait derrière eux, haletante, à bout de souffle.

— Ils t'ont épuisée, m'man ! s'exclama Nita en riant.

— Tais-toi, ma fille. Donne-moi juste un verre d'eau.

— Assieds-toi. Vous, les enfants, allez ranger tout ça derrière.

Marco s'empiffrait de pop-corn au fromage.

— On va bientôt dîner, dit Nita à sa mère. Tu leur auras coupé l'appétit. Si j'avais su, j'aurais pas fait la cuisine.

— Je leur ai fait plaisir. Arrête de t'agiter comme ça. (Elle but l'eau d'un trait.) Faut que je file.

— Assieds-toi un moment. C'est pas si souvent que tu nous rends visite.

— Une petite minute, alors, répondit sa mère en se laissant tomber sur une chaise.

Elle se coinça une mèche de cheveux gris argent derrière l'oreille et tendit son verre à Nita pour qu'elle la resserve.

— T'as l'air fatiguée, m'man.

— Faudra que je lève le pied un de ces jours. Mais y'a toujours quelque chose à faire.

Arnelia Curtis était la personne la plus occupée que Nita connaisse. Elle était membre de trois ou quatre associations, dont le comité des fêtes de son quartier. Elle sortait régulièrement avec un groupe d'amies, avait des activités paroissiales et travaillait à mi-temps chez Dayton. Elle avait aussi un gros cossard de mari qui l'aimait à la folie et qui se laissait servir comme un roi.

— Je te remercie d'avoir pris les enfants aujourd'hui.

— Tu sais bien que ce sont mes petits-enfants préférés.

— Que ça n'arrive pas aux oreilles des fils de Brenda.

— Ces petits voyous ? Ils sont en plein âge bête, je ne les supporte pas. Heureusement que j'ai pas eu de garçons. J'en aurais pris un pour taper sur l'autre.

— On n'a pas toujours été faciles, Brenda, T.C. et moi.

— Tu sais ce qu'on dit : « Avec les filles, on sait à quoi s'en tenir ; les garçons, on peut pas les tenir. » À propos : tu t'es déniché un candidat pour servir de père à Marco ?

— Qui t'a dit que j'en cherchais un ?

Zut, songea-t-elle. Sa mère laissait jamais tomber cette histoire de père pour Marco. Trouve-lui un papa, à Marco. Trouve-lui un papa. Un homme dans les pattes, tout juste ce qu'il lui fallait !

— Les petits m'ont dit que tu avais un nouveau locataire. Un bel homme, clair de peau. À ce qu'ils m'ont dit.

— Il t'intéresse ? Il habite juste en dessous.

— Laisse-moi te dire une chose : tu ne risques pas d'accrocher quelqu'un en prenant tes grands airs.

— Mais qu'est-ce que tu crois, m'man ? Que je passe mes journées à me demander si un homme va me tomber du ciel et transformer ma vie ? J'ai trop de choses à penser pour perdre du temps à des idioties pareilles.

Sa mère se massa les pieds avant de les renfoncer dans ses chaussures à talons hauts et de prendre son sac et ses gants.

— À t'entendre, on croirait que tu trouves à redire qu'il y ait un homme bien dans les parages, fit-elle.

— J'ai dit ça, moi ?

— Oh, avant que je parte : mes petits anges me demandaient s'ils pouvaient rester dormir chez moi pour l'anniversaire de Didi. Il y aura Sheena, ma voisine, et la petite-fille de Miss Kinney. Tu garderas Marco ici.

— Oui, si tu veux.

Sa mère était toujours la première à fêter l'anniversaire des filles. Bah, elle pourrait toujours acheter un autre petit gâteau pour Didi à la maison plus tard.

— Je voudrais que t'arrêtes de m'embêter avec cette histoire de me trouver un mari, m'man. Je pourrais être une fille comme ça... mais, j'le suis pas, et j'essaie de... je ne...

Sa mère se leva, lui donna de petites tapes dans le dos et l'étreignit rapidement.

— Calme-toi, ma chérie. Je ne voulais pas t'embêter. N'y pense plus.

Elle gagna la porte.

— Allez, bonne soirée. Ça sent bon. Qu'est-ce que tu mijotes ?
— Des côtes de porc.
Nita croisa les bras et s'efforça de se départir de son air renfrogné.
— Chez nous, c'est poulet-frites ce soir. Menu spécial KFC de Summit/University. Je ne cuisinerai pas et je ne laverai plus un plat de toute la journée.
— Vas-y mollo, m'man.

Nita mit le couvert et appela les enfants pour qu'ils viennent dîner.
Ils picoraient. Rae Anne avoua que grand-maman leur avait payé un hot-dog à chacun à la buvette. Nita se dit qu'il devait y avoir eu d'autres gâteries que même une pipelette comme sa fille aînée préférait passer sous silence. Elle mit presque tout le dîner de côté pour plus tard dans la semaine. Ça se conserverait ; la viande serait même meilleure, réchauffée.
Ils s'affalèrent tous devant la télé avec leurs nouveaux jouets. Maman, Dieu la bénisse, ne regardait pas à la dépense pour les enfants. Elle leur achetait le genre de choses qui n'étaient jamais dans le budget de Nita : petites toupies et autres gadgets qu'ils rapportaient régulièrement à la maison. Didi avait un élastique fluorescent au bout duquel était accroché un truc qui rebondissait en vrombissant. Maman savait y faire pour acheter des jouets. Elle attirait les enfants vers les trucs flashy qui ne coûtaient pas cher, mais sans être de mauvaise qualité au point de se déglinguer sur le chemin du retour.
Un bâillement ricocha dans la pièce.
— Grand-maman vous a fatigués, vous autres.
Dieu soit loué, se dit-elle.
— Vous pouvez tous aller vous coucher un peu plus tôt ce soir, ajouta Nita.
Sept heures et demie. Ils n'allaient pas tarder à dor-

mir à poings fermés, et elle aurait son deuxième bonus de la journée : un petit peu plus de temps pour elle, rien que pour elle. Elle chassa les enfants dans le couloir et les aida à se mettre au lit.

Zut, songea-t-elle. Qui pouvait bien venir l'ennuyer à cette heure ? Elle regarda par l'œilleton. Encore lui ! Elle entrouvrit la porte.
— Vous auriez une minute ? lui demanda-t-il.
L'autre mariole du dessous.
— Je viens de coucher mes gosses.
— J'ai apporté une surprise, chuchota-t-il. On ne fera pas de bruit.
Il brandit deux pots de cette glace très chère qui lui faisait tant envie au Rainbow.
— Pépites de caramel et cerises Garcia, annonça-t-il.
— Vous avez un problème en bas ?
— Non. Je peux entrer ?
— Vous avez besoin de quelque chose ?
— J'aimerais vous parler. Quelques mots. Je ne ferai vraiment pas de bruit.
Elle se poussa avec lenteur et ouvrit la porte pour le faire entrer.
— Des coupes ? des cuillères ? demanda-t-il en brandissant les boîtes.
Elle récupéra un bol et une cuillère dans l'évier.
— J'ai pas faim, dit-elle.
— Comme vous voudrez.
Il souleva le couvercle d'un des pots et plongea la cuillère dans la mixture rose pâle. Apparemment, il comptait se passer du bol.
— C'est à se damner, ces trucs-là, murmura-t-il, la bouche pleine. Si je m'écoutais, j'en mangerais deux par jour. Vous voulez goûter ?
Il lui tendit une cuillerée.
— Non, merci.

— Mettez l'autre au frigo pour les gosses. Ça m'évitera de la manger.
— C'est gentil d'votre part.
Elle emporta la glace à la cuisine, se planta à l'autre bout de la pièce et le regarda creuser le cylindre glacé. Il piochait ici et là dans le rose, creusait, comme s'il espérait trouver un diamant ou un trésor.
— Vous vouliez me voir à quel sujet ?
— Ah, oui.
Il posa le pot dans le bol et le recoiffa de son couvercle.
— Il faut que je la laisse se ramollir un peu. On peut s'asseoir ?
Ce qu'il fit sans attendre sa réponse.
— Ne vous sentez pas mal à l'aise, je vous en prie. Je ne mords pas. Beaucoup de gens s'imaginent que, dès qu'on passe à la télé, qu'on est un peu connu, eh bien, on est différent. Mais ce n'est pas vrai, je vous assure. Je suis comme tout le monde.
— J'suis pas mal à l'aise.
— Vous me paraissez nerveuse.
Va te faire voir, songea-t-elle. Ces mecs-là trouvaient toujours à redire aux « airs » qu'elle prenait, soi-disant ; ils s'attendaient à ce qu'elle sourie, qu'elle soit aimable ; ils la laissaient toujours sur l'impression que quelque chose n'allait pas chez elle parce qu'elle faisait pas comme s'ils étaient des dons du ciel pour leurs cousines. C'était le genre, quand il était gosse, à l'école, qui ne devait jamais avoir de montre quand les filles comme elle lui demandaient l'heure. Le genre qui devait habiter dans une des plus jolies maisons de Highland ou de Roseville, et qui avait plein de fric, plein de fringues et tout ce qu'on veut, et qui prenait même pas la peine de regarder une pauvre fille comme Bonita Sallis.
Surtout si la pauvre fille en question avait la peau café au lait. Ou plus foncée. Ces mecs-là avaient la fièvre blanche, tous autant qu'ils étaient, depuis l'école, et ces

chiennes de Blanches, elles en voulaient toujours plus. Elles se les échangeaient, ces bêcheurs, ces enfoirés, telles des cartes de base-ball. Elles se pavanaient en parlant haut et fort : en faisant comme si de rien n'était, elles s'imaginaient peut-être que les gars allaient oublier la couleur de leur peau. Allez en ville, le centre de St. Paul est plein de ces pouffiasses, tous les après-midi. Mine de rien, elles traitaient aussi durement ceux avec qui elles traînaient que s'ils étaient des voyous, des sauvages. Et beaucoup de ces négros sortaient jamais de ce trip. On les voyait frimer en bagnole avec leurs blondasses — toujours des blondes. Nita supportait pas de voir un Noir avec une femme blanche. C'était comme recevoir une gifle. C'était, en gros, s'entendre dire : Vous, les négresses, vous pouvez aller vous rhabiller. Moi, j'ai pas besoin de vous, voyez. Ben, qu'ils aillent se faire foutre, ces salauds ! Elle non plus, elle avait pas besoin d'eux. En tout cas, son Marco, s'il tenait à la vie, il avait pas intérêt à lui ramener une de ces incolores à la maison. Ce serait son dernier jour sur cette Terre.

Ouais, ce genre de mecs, elle connaissait. Ils s'imaginent qu'ils valent mieux que les autres parce qu'ils ont un peu de fric, parce qu'ils sont des privilégiés, et voilà qu'elle devait en tolérer un sous son toit, à faire attention à parler correctement et à se demander s'il la trouvait vulgaire.

— Mais non, j'suis pas nerveuse, dit-elle. Il se fait tard et je suis fatiguée.

— À huit heures ? Oh, bien. Je ne vous retiendrai pas longtemps. Je voulais juste vérifier quelques points avec vous.

Elle haussa les sourcils pour lui indiquer qu'elle attendait la suite. Il continuait à la regarder, les yeux ronds, inclinant la tête comme pour la voir sous un meilleur angle.

— Vous comptez me reluquer toute la nuit ?

— Vous me rappelez une fille que j'ai connue quand

je travaillais dans l'Indiana, il y a quelques années. Vous pourriez être sa sœur.
Elle tapota sur l'accoudoir de son fauteuil. Attendit.
— Vous ne seriez pas parente avec des Hubbard, par hasard ?
Elle se leva et croisa les bras.
— Bon, d'accord, fit-il.
Il se leva à son tour et posa la main sur son bras comme pour l'aider à se rasseoir. Elle se dégagea.
— Je vais en venir à ce qui m'amène, reprit-il. J'essaie juste d'être sympa. On est voisins, après tout.
Il se carra dans le canapé, croisa les jambes, cheville sur le genou, et se lança :
— Ce que je voulais vous dire, c'est que la chaîne de télévision — KCKK, celle pour laquelle je travaille comme présentateur —, quelques personnes de la chaîne — un preneur de son, un cameraman, un ou deux producteurs — vont venir s'installer ici pendant quelques semaines. On va présenter le journal d'ici. Une partie, du moins.
— D'ici ?
Maintenant, elle était sûre qu'il était barje.
— D'ici, oui. En bas, ou devant l'immeuble, peut-être. Je tenais à vous avertir, comme vous êtes la gardienne. Il y aura peut-être un peu de remue-ménage. Pas trop, j'espère.
— Je ne sais pas si...
Elle se demanda ce qu'allait penser Skjoreski. Il ne serait pas ravi-ravi à l'idée que des caméras furètent dans son immeuble. Vu l'état dans lequel il était.
— Il y a un problème ?
Il avait posé la question en écartant les mains comme le professeur King quand il expliquait le point du vue d'un jobard dont personne avait jamais entendu parler à part lui mais qu'il se figurait connu de tout le monde.
En dépit de ses réserves, elle ne voulait surtout pas

qu'il pense qu'elle avait des comptes à rendre — même si c'était le cas —, mais elle se dit qu'il valait quand même mieux mettre un bémol.

— Y'a des gens qui habitent ici. C'est pas un plateau de cinéma.

— Moi aussi, j'y habite.

Tant que ça t'arrange, songea-t-elle.

— C'est juste que... vous savez comment c'est quand y' a des caméras. Y'a toutes sortes de gens qui se radinent, qui font le clown, qui veulent se rendre intéressants. J'ai pas envie de vivre au milieu d'un cirque.

— J'exerce ce métier depuis des années. Nous ferons tout notre possible pour éviter que ce soit le cirque. Nous serons très discrets.

Il avait dit « discrets » en prenant un temps et en étirant les syllabes, comme s'il venait d'apprendre un mot nouveau, qu'il voulait se le mettre en bouche. Elle secoua la tête.

— Hé, on pourrait même vous faire passer à l'antenne !

— Comptez là-dessus ! dit-elle en ricanant.

— Vous êtes un personnage.

Il cadra son visage avec ses doigts, comme un metteur en scène de cinéma :

— Parfait !

— Je vais me coucher, rétorqua-t-elle en bâillant.

— Alors ? fit-il sur un ton pressant.

— Quoi ?

— Vous êtes d'accord pour qu'on vienne travailler ici ?

— On veut pas d'histoires, déclara-t-elle en allant ouvrir la porte. C'est tout ce que je peux vous dire.

— Super. Super.

Il se leva, hésitant, comme s'il avait oublié quelque chose, s'épousseta.

— Écoutez, vous n'avez qu'à descendre un de ces jours pour voir comment on travaille. Jeter un œil. Poser toutes les questions que vous voudrez. Hé, vous n'aurez qu'à venir avec vos enfants. Vous me direz s'il y a le moindre problème. Quoi que ce soit.

— J'y manquerai pas. Bonne nuit, monsieur Wilson.
— Bonne nuit. Régalez-vous avec la glace.

Il fit un clin d'œil, un signe de tête vers la table puis se faufila par la porte tel un danseur.

Nita prit le petit pot et souleva le couvercle. Elle s'attendait à ce que la glace ait fondu, mais elle découvrit qu'elle en était à un stade mou et soyeux des plus tentants — le milk-shake idéal. Se servant d'un doigt comme d'une cuillère, elle en porta à sa bouche. Sur sa langue, la glace était froide, crémeuse, riche, d'une douceur terrible, somptueuse. Exactement comme dans son imagination.

Transformation

> Je vous écris au nom des dames de la paroisse. On aimerait bien que vous veniez nous parler de ce que c'est que passer à la télé. En attendant, est-ce que vous pourriez répondre aux questions suivantes : Vous gagnez combien ? Est-ce que vous aimez votre travail ? Qui c'est qui vous coiffe ? Venez donc à notre réunion de jeudi prochain. Le déjeuner est offert.
>
> Mme Rev. Arthur Jackson
North End, St. Paul

— Il y a des gens qui vivent comme ça ? s'écria Mindy.

Elle avança dans l'appartement en rasant les murs comme si elle craignait à tout moment d'être mordue par une bestiole qui surgirait de sous les meubles.

— Assieds-toi, lui ordonna Brandon.

Elle tergiversait.

— C'est de la soie, dit-elle à propos de son tailleur.

— C'est propre. Il n'y a que moi qui habite ici.

Elle lui décocha un regard soupçonneux :

— Mais c'est un tissu à carreaux.

— Et alors ? C'est forcément sale ?
— C'est le problème avec les carreaux, on ne peut jamais être sûr.
— Assieds-toi.
— Franchement, Brandon, tu ne crois pas que c'est un peu... trop, cet appartement ? Tu disais que c'était un taudis, mais alors là !
— C'est pas si mal, intervint Ted. J'ai connu pire quand j'étais à la fac.
— Pire que ça ? fit Mindy. Ce n'est pas possible.
— Arrête ton char, Mindy, dit Brandon. Ne fais pas ta princesse au petit pois.

Brandon n'était pas loin de le penser. La naïveté en plus. Elle avait toujours vécu dans un milieu fermé, entre le studio télé, sa maison sur le lac et quelques cafés et boutiques « tendance ». Elle faisait partie des gens qui pensaient que la meilleure solution aux problèmes sociaux était l'embellissement généralisé — les stakhanovistes de l'ingénierie sociale appliquée à l'architecture d'intérieur. Elle travaillait depuis un an au sein d'un groupe de « dévoués à la communauté » qui se battait pour la construction d'un nouveau foyer d'accueil pour les plus défavorisés dans un quartier de la ville plus « sûr ». Il n'était pas certain qu'elle ait compris le véritable enjeu, à savoir délocaliser le foyer là où il y aurait le moins de risques que ses pensionnaires aillent se mêler aux yuppies qui déjeunaient sur le pouce dans Rice Park. Elle avait de bonnes intentions, pourtant c'était du Mindy tout craché : causes justes mais mauvaises raisons. Ou inversement. D'accord, elle se donnait à fond, caritativement parlant, mais ça consistait surtout à aller à des banquets chérots où l'on mangeait mal, ou, à la limite, à se faire filmer en vidéo en train de servir des assiettes de dinde à la soupe populaire le soir du Thanksgiving. Un appartement comme celui-là était si loin de son background qu'elle ne savait même pas dans quelle catégorie stéréotypée le classer.

— Si tu avais vu ceux que j'ai refusé de louer, s'exclama Brandon.

— En tout cas, je peux te dire une chose : si j'apprenais qu'une des sœurs sangsues avait loué un taudis pareil, je l'assignerais à résidence. Et je te prie de croire que je ne plaisante pas.

— On squattait un appart du côté de la Quatrième Rue, dit Ted. À six ou sept, ça dépendait des jours. On se réveillait le matin et on se trouvait nez à nez avec ceux qu'on avait ramenés la veille ou des zonards qui passaient par là. Les toilettes étaient toujours bouchées, et le frigo, je vous dis pas ce qu'on y trouvait. Pas besoin de loupiote, la bouffe était fluo.

— Et puis, que veux-tu qu'il m'arrive ici, Min ? fit Brandon. Que je sois enlevé par une armée de cafards ? Que je chope le virus du « pauvre » ?

— On pourrait commencer la réunion ? implora Ted. J'ai un gars qui arrive de la côte avec un nouveau conseiller en communication.

Brandon avait demandé à Mindy et à Ted de venir pour discuter de la série de reportages qui devait débuter la semaine suivante. Il pensait qu'il était important qu'ils s'imprègnent de l'atmosphère du lieu où il se trouverait en duplex. Il voulait aussi faire appel à leur imagination, voir si le fait de prendre la température du lieu leur inspirerait des idées géniales pour la série. Mindy, aux cheveux beigeasses désormais, faisait toujours une fixette sur le problème du tissu.

— Tu sais, vu l'endroit, on aurait pu demander à un décorateur de nous le recréer dans un coin du studio, dit-elle. Personne ne l'aurait su.

— Moi si, répondit Brandon. Et c'est très bien par ici. C'est ça le problème.

Mindy soupira. Elle tirailla sur le tissu du canapé comme si elle l'épouillait.

— Qu'est-ce que tu en penses, Ted ? demanda Brandon.

— Moi, je trouve que c'est presque trop cliché, ici. Tu me suis ?

Brandon secoua la tête.

— Pense décor. Quand on a besoin d'un plan incrusté de New York, tu as ton panorama standard — une vue depuis l'île, jamais depuis le New Jersey, Downtown sur la gauche, Midtown sur la droite[1]. Ou de Chicago — toujours prise du lac. Cet endroit est l'arrière-plan idéal du logement social.

— Ce que j'aimerais savoir, intervint Mindy, c'est pourquoi pauvreté égale forcément mauvais goût ? Pourquoi le bon marché est-il forcément synonyme de moche ? De l'écossais, pitié !

— Les carreaux, c'est ce qu'on trouve toujours dans ces locations, affirma Brandon.

— Non, écoute, tu vas me dire que j'insiste, et je sais que je fais partie des privilégiés mais, bon, quand même ! Si tu demandes à mille personnes de choisir le meuble le plus laid dans un catalogue, quatre-vingt-dix-neuf pour cent d'entre elles choisiront ce canapé à carreaux marron et vert. Quel que soit leur revenu, leur milieu, leur diplôme ou quoi ou qu'est-ce. Ce canapé est une horreur ! Pourtant, tu passes en voiture devant un de ces magasins de meubles discount — comme celui à l'entrée de la nationale, là —, et qu'est-ce tu vois plein la vitrine ? Des carreaux ! Juste sous l'écriteau « Spécial aide sociale ».

— Et alors ?

— Alors, il y a un sujet à faire là, Brandon. Penses-y. En quoi est-ce moins cher de recouvrir un canapé de cet épouvantable tissu à carreaux plutôt que d'une couleur neutre, comme beige, gris, ou même un joli imprimé ?

— Tu n'as jamais pensé, Mindy, qu'il y avait peut-

---

1. À New York, on appelle *Downtown* la partie de Manhattan située au sud de la Quatorzième Rue, et *Midtown* la partie sud de Central Park. *(N.d.T.)*

être — je dis bien peut-être — des gens qui aiment les carreaux ?

— Ah. Maintenant, tu dis que les gens à revenus bas n'ont pas de goût.

— Je dis simplement qu'ils ne partagent peut-être pas les tiens !

— Tu trouves que je n'ai aucun goût ?

— Tu as un goût infaillible. Une vraie Martha Stewart. Et ça, c'est un canapé nullos que j'ai loué pour trois mois, et je ne sais rien du goût des pauvres et je ne veux rien en savoir ! On peut passer à autre chose ?

— Ne prends pas cet air condescendant avec moi, s'il te plaît. Tu m'as traînée jusqu'ici. Aie au moins la politesse de m'écouter.

Du geste, il l'encouragea à poursuivre.

— Je ne suis pas très claire, je sais, fit-elle. Ce que je veux dire, c'est qu'il y a forcément autre chose en jeu que l'endroit où les gens achètent leurs meubles et le prix qu'ils les paient. C'est vrai, quoi, comment se fait-il que j'associe automatiquement ce genre de meubles — ces couleurs, ce style — aux pauvres ?

— Parce que tu es indécrottablement snob.

Il rit et leva une main devant Ted pour lui en taper cinq. Ted déclina l'offre.

— Va te faire voir, dit Mindy.

— Désolé. Susceptible en plus. Humour ! Tu disais ?

— Rien ! aboya-t-elle.

Elle se carra contre le dossier du canapé, furibarde, l'air boudeur.

Ted, accroupi dans un angle de la pièce, cadrait le canapé avec ses doigts. Puis il passa à un autre angle.

— Ça fera l'affaire pour deux ou trois émissions, décida-t-il.

— À cause de ce qu'elle a dit ?

Ted gesticula.

— Non, en général. Deux ou trois, grand maximum.

— Je ne comprends pas, insista Brandon.

— Ouais, c'est un peu ce que disait Mindy.

Mindy ricana.

— Une fois que les gens t'auront vu ici deux ou trois fois, reprit Ted, ils auront pigé le truc. Plus longtemps, ça les gonflerait. Y'a de quoi être mal à l'aise à voir ce décor de chiottes.

— Un peu de malaise, ça ne fait pas de mal de temps en temps. Tu n'es pas d'accord ?

— C'est comme porter un caleçon qui te remonte dans la raie des fesses. Le malaise, ça va un moment. Mais à la première occase, on rectifie le tir.

— On croirait entendre Dexter.

— Je prends ça pour un compliment.

— Ce n'en était pas un. Tu es en train de m'annoncer que je me suis installé dans ce taudis pour des prunes.

— Ah, tout de suite ! C'est juste pour l'image, c'est un symbole. Je croyais que tu avais compris ? C'est comme les gens qui râlent parce que Chelsea Clinton va dans une école privée. L'éducation de cette fille, ils s'en foutent. C'est symbolique pour eux.

Brandon leva les yeux au ciel.

— Plus Dexter, tu meurs, conclut-il.

Ted regarda la fenêtre, s'en approcha et écarta le rideau :

— Je crois que ce qu'il faut faire ici, c'est un truc qui ne fasse pas de vagues. Tu vois ce que je veux dire ?

— Je t'écoute.

— Je pense à une émission qui passait quand j'étais gosse. Ça s'appelait : *Sur le vif*. Tu t'en souviens ?

— Une merde, dit Brandon.

— Cette merde pulvérisait l'audimat. Tout le monde la regardait.

— Et c'est pour ça qu'elle a été supprimée, je suppose ?

— Il y a plein de trucs dans ce genre qui sont diffusés, dont beaucoup atteignent les cimes des taux d'écoute. T'as les vidéo gags et, merde, même Oprah et Phil et toute la clique. C'est toujours la même chose : les gens, écouter les infos, ça ne leur suffit pas, ils veulent en faire partie.

— Donc, je deviens l'animateur d'une émission de télé trash. En direct de St. Paul ! Brandon Wilson présente *Les gens les plus vulgos du Minnesota*. Qu'est-ce que tu en dis, Mindy ?

— Je ne te parle plus.

On frappa. Brandon alla ouvrir. Mme Carter se faufila à l'intérieur.

— J'ai entendu du bruit, j'ai préféré venir vérifier, dit-elle.

— Il n'y a aucun problème, répondit Brandon sans refermer la porte.

— On n'est jamais trop prudent par ici. On peut se faire plumer en un rien de temps.

— Tout va bien. Excusez-moi, on est en pleine réunion...

— Ça ne me dérange pas.

Elle le dépassa et alla se poser sur le canapé à côté de Mindy.

— Ma copine Arlene habite dans le bâtiment à côté, dit-elle. Un jour, elle a entendu du bruit dans l'appartement en face du sien. Elle a pas fait attention parce qu'elle sait que sa voisine est toujours chez elle. Ben, là, elle était justement sortie pour faire des courses et ce qu'Arlene entendait, c'était des cambrioleurs qui vidaient tout chez elle. La fille s'est absentée, quoi, cinq minutes, pas plus, et quand elle est revenue, il lui restait plus rien à part ce qui tenait par des boulons et encore !

— Non ! s'écria Mindy.

— Comme je vous le dis, ma belle. On n'est jamais trop prudent par ici. Je suis Mme Carter, du dessus. (Elle tendit la main à Mindy.) Je l'aide à produire son émission.

— Oh, comme c'est gentil à vous. (Elle se tourna

vers Brandon et minauda.) Mindy St. Michaels. Je suis ravie de faire votre connaissance.

— Votre tête me disait bien quelque chose, aussi, s'exclama Mme Carter. (Elle fit signe à Brandon.) Elle est pas un peu plus claire ? Ses cheveux, je veux dire ?

— Il faudrait demander ça à son coiffeur.

— C'est qui, lui ? demanda Mme Carter en montrant Ted.

— Ted McCarron, producteur, se présenta Ted en inclinant le buste.

— Ah, vous allez travailler avec moi, alors.

— Elle est géniale, chuchota Ted à l'oreille de Brandon.

Ce dernier détourna la tête et leva les yeux au ciel, exaspéré.

— C'est exactement de ça que je parlais, fit Ted. Madame Carter, qui préférez-vous regarder à la télé ?

— Ah, j'ai un faible pour Dane Stephens. Il est vraiment trognon. Et puis, bien sûr, m'dame Mandy.

— *Mindy*.

— 'scusez.

— Tu permets que je la fasse partir ? chuchota Brandon.

— Ce que je voulais savoir, madame Carter, poursuivit Ted, c'est : est-ce que ça ne vous ferait pas plaisir de voir vos voisins à la télévision ? Des gens ordinaires, comme vous ?

— Vous voulez me faire passer à la télé ? J'en étais sûre ! En me levant ce matin, je me suis dit : Cora, c'est ton jour de chance. Qu'est-ce que vous voulez que je fasse ? Je lui ai dit à lui que je pourrais présenter la météo, mais il m'a pas paru emballé. Alors j'ai pensé : Ma petite, attends d'avoir en face de toi quelqu'un de la chaîne qui soit plus important. Vous voulez que je chante ? Je peux vous faire *Am I Blue* et *Do Nothing Till You Hear from Me*. J'connais pas mal de gospels aussi...

— On prépare le J.T. ici, bordel ! explosa Brandon.

Vieille toquée, songea-t-il, à cran.

— Attends une seconde, lui intima Ted.

Il fit lever Mme Carter et la plaça devant la fenêtre en faisant son numéro de cadrage à la Dexter. Elle souriait, coquette.

— Faut voir, dit Ted. J'ai un gros truc à vous proposer. Vous pensez pouvoir assurer ?

— Il-est-par-fait, articula Mindy à l'intention de Brandon.

Brandon se frappa le front et poussa un gros soupir.

— Vous ne pouvez pas mieux tomber, répondit Mme Carter. De quoi s'agit-il ?

— Tout ce que je vous demande, c'est de passer à la télé interviewée par ce monsieur, dit Ted en désignant Brandon.

— Lui ?

—. C'est un bon.

— Et il va me faire parler de quoi ?

— De votre vie. De ce qui se passe dans le quartier.

— Ça devrait être dans mes cordes.

— Bon, fit Ted en la raccompagnant à la porte. Remontez chez vous et faites la liste de ce que vous aimeriez que les gens sachent sur vous. On mettra les détails au point plus tard.

Elle se frotta les mains, tout heureuse.

— Dix autres comme elle, dit Ted à Brandon, et on fait un carton. On tourne ici, chez eux. De leur salon à la ville.

— Je ne vous décevrai pas, promit Mme Carter.

— Oh, avant que vous nous quittiez, madame Carter, l'arrêta Mindy. Je pourrais avoir votre avis sur une chose ?

Mme Carter la gratifia d'un sourire espiègle.

— Demandez-moi tout ce que vous voulez, ma belle.

— Comment trouvez-vous ce canapé ?

— Cette horreur ? C'est pas demain la veille que je mettrai ça chez moi.

Mindy adressa un sourire triomphant à Brandon qui ne voyait pas trop en quoi consistait la victoire qu'elle venait de remporter.

La robe en soie de Sandra, d'un bleu roi encore plus profond à la clarté ambrée des bougies, donnait à sa peau crémeuse l'aspect doré et chaud d'un pain fraîchement levé. Sous cet éclairage, ses yeux étaient comme des cristaux gris-vert et, dans ce restaurant chic situé dans une tour de bureaux du centre-ville, Brandon se délectait de cette chaleur et de cette lumière.

— Qu'est-ce que tu as à me reluquer comme ça ? demanda-t-elle.

— Tu es vraiment la plus belle femme de ce restaurant.

— Tu as regardé ces pouffes ?

— Uniquement dans le cadre d'une étude comparative, ma chère.

Elle but une gorgée de vin.

— Dis-moi une chose. Quand tu étais petit, est-ce que tu imaginais qu'un jour tu serais sur ton trente et un dans un restau comme celui-là ?

— *Très* glamour.

— *Très*[1].

— J'allais souvent dans le petit cinéma qui se trouvait près de chez mes cousins, pour voir les films de James Bond, répondit Brandon en regardant par-dessus l'épaule de Sandra d'un air mélancolique. Un dur, James. Il est dans un casino. Toujours en veste de smoking blanc, un Martini sur la table, une belle fille à côté de lui. À l'époque, pour moi, c'était le top du glamour.

— Autrement dit, je te permets de réaliser ton fantasme « James Bond » ?

---

1. En français dans le texte. (*N.d.T.*)

— Les petits garçons n'ont pas ce genre de fantasmes.
— Tu mens.
— C'est vrai. Les petits garçons ont deux fantasmes. Un : être sur la plaque du lanceur au Busch Stadium. Septième match, World Series, fin de la neuvième manche. On ne mène les Cardinals que de deux points. Deux retraits, bases pleines. Compte plein.
— Et évidemment, tu la sors du terrain.
— En fait, c'est ça le but du fantasme. C'est comme le sexe. Juste avant de jouir. Tu sais ce qui va se passer, mais tu te complais dans cet instant, tu voudrais qu'il dure toujours si c'était possible.
— Donc, pour toi, ça revient à ça ?
— Qu'est-ce que tu veux dire ?
— Rien. Continue. Quel est le fantasme numéro deux ?
— Le plus facile : les bagnoles.
— Les bagnoles ?
— Ouais. N'importe laquelle, une belle. Une décapotable, de préférence.
— Et il consiste en quoi ?
— C'est une de ces belles journées à L.A. Chaude et ensoleillée. Avenues bordées de palmiers. Tu montes en voiture, tu mets tes lunettes noires, tu roules dans les rues, et les gens te regardent.
— C'est tout ?
— Hm, hm. Oh, j'allais oublier : c'est encore mieux quand la voiture est rouge. Et tu peux mettre une belle fille dedans, si ça te chante.
— Rouge, hein ? Ben dis donc, tu m'en diras tant !

Elle se frotta le nez en le fixant d'un air dubitatif. Il avait toujours soupçonné qu'elle était plus intelligente que lui. Il se demandait sans cesse s'il l'amusait ou si elle le prenait pour un bouffon. Elle dégageait un mélange désarmant de machisme au féminin des années quatre-vingt-dix et d'artifices démodés de femme fatale, le genre qu'il associait aux grands classiques des films noirs, comme ceux avec Barbara Stanwyck, ceux où l'homme se laisse séduire en se demandant toujours s'il n'y a pas un couteau caché sous l'oreiller.

— Et les filles ? demanda-t-il. Elles fantasment sur quoi ?

— Avant, c'était la maison idéale entourée d'une barrière blanche en bois, mais ça a évolué depuis.

— C'est vraiment à ça que tu pensais ? Le mari, les gosses et tout le tintouin ?

— Une partie de moi, oui. Et je pense que, si une femme te dit qu'elle n'a jamais rêvé de ça, c'est qu'elle ment.

— Ça doit être dans les gènes.

— Peut-être. Mais ce n'est pas pire que les conneries réac auxquelles tu pensais. Ce qu'il y a, tu vois, c'est que nous, les femmes, nous ne perdons pas de vue le programme, le but de notre présence ici.

— À savoir ?

— Que nous prenions soin les uns des autres.

— Le rôle de la femme est de prendre soin des autres ?

— C'est ainsi que le formulerait un homme. Je n'ai pas dit « la femme », j'ai dit « nous ». Tes rêves de mec ne parlent que de « moi » et... « ma voiture ». Une chose. Vous êtes complètement à côté de la plaque.

— Ouais, ouais, on est des bêtes. Et l'autre partie de toi, elle rêvait de quoi ?

Elle reposa son verre de vin. Elle avait les yeux dans le vague, comme si elle regardait à travers le mur.

— Que j'étais blanche, dit-elle d'une voix fragile comme le cristal. Je ne me suis jamais baladée avec un torchon jaune noué sur le crâne, ni rien de tout ça ; mais, parfois, je rêvais à une fille pas plus intelligente que moi, qui avait les mêmes parents que moi, qui menait la même vie que moi, et j'imaginais ce qui lui arriverait si elle était blanche... Si tu me demandais de te faire la liste des choses — des mauvaises choses — que j'ai subies parce que je suis noire — tu sais, comme ne pas pouvoir s'inscrire dans tel ou tel club, ou ne pas avoir la note qu'on mérite —, je pense que je pourrais te donner trois exemples au grand maximum. Dans toute ma vie. Tu as été élevé à peu près dans les mêmes conditions que moi, tu sais de quoi je parle.

Elle était une Moore, une famille solidement ancrée dans la haute bourgeoisie de Nashville ; des gens qui avaient fait construire des maisons confortables et luxueuses, et dont les enfants étaient accueillis à bras ouverts dans les meilleures écoles. La journée, des navettes les emmenaient dans telle ou telle université ; le soir, ses camarades de classe et elle étaient nourris au sein d'une communauté soudée de gens ayant les mêmes idées qui les élevaient pour devenir les princes et princesses du Sud nouveau.

— Tu ne vas pas le croire, dit-elle, mais les seuls panneaux « Interdit aux Noirs » que j'aie vus de mes yeux, c'était dans un documentaire. Et je vivais au cœur du Sud, la patrie de la musique country. Oh, je me suis fait quelquefois traiter de tous les noms. Négresse, etc. Mais mes parents nous ont toujours dit que tout ça dénotait un manque d'éducation et que ça n'avait rien à voir avec nous. Je ne peux pas te dire d'où me venait ce fantasme. J'ai même eu beaucoup de mal à mettre le doigt sur ce que c'était exactement. Ce n'est pas comme un complexe d'infériorité parce que, tu peux me croire, les Moore n'ont pas été élevés dans l'idée qu'ils étaient inférieurs à qui que ce soit.

— C'est le doute, dit Brandon.

Il lui prit la main et la serra dans la sienne.

— Oui, je crois que c'est ça. On a toujours ce doute qui vous asticote dans un coin de la tête, qui vous fait penser que...

—... que si notre peau était d'une autre couleur, la

vie serait parfaite et que tous nos problèmes disparaîtraient.

Elle rit.

— Oh, c'est un peu plus subtil que ça, non ? Parce que, tu sais, les Blancs, je les fréquente depuis que je suis toute petite, ils n'ont rien de mystérieux pour moi. Et je sais que leur vie est loin d'être parfaite. Je ne me fais pas d'illusions. Ils ne me fascinent pas, et je ne crois pas avoir trop de préjugés. Ils ne m'obsèdent pas non plus, je t'assure. En tant que Blancs, je veux dire.

— Ils sont là, c'est tout.

— Exactement. Et pourtant, j'ai ce fantasme.

— Tu *as* ?

Elle hocha la tête, gênée.

— Tu ne me parlais pas du passé, mais de maintenant ?

Elle baissa les yeux.

— Ça fait chier, ce truc ! s'écria Brandon. C'est comme un poids qu'on porte toute la vie. Quoi qu'on fasse, où qu'on aille, il est là.

— Ça me rend furieuse, moi aussi.

La colère brillait dans ses yeux. Elle osait à peine le regarder.

— Et triste aussi, ajouta-t-elle.

— Ne gâchons pas la soirée.

— Il y a longtemps que j'ai décidé que je ne laisserais pas cette connerie gâcher quoi que ce soit.

— Bravo, s'exclama-t-il en lui caressant la main.

Il songea à tout ce qu'il s'était juré de se dire : qu'il était au-dessus de tout ça, qu'il ne se prendrait pas la tête pour ce qu'une bande de sales Blancs pouvaient penser de lui. Il songea aux ruses auxquelles il avait eu recours : se raconter que ce n'était pas de lui qu'on parlait, mais des *autres*, des grandes gueules, de la mauvaise graine, ceux qui commettaient les délits, ceux qui n'avaient aucune moralité. Les *autres*. Et il songea qu'il avait cru sincèrement — comme on lui avait appris à le croire — qu'en parlant d'une certaine façon, en cultivant une certaine apparence, en suivant certaines règles, on s'élevait au-dessus de la mêlée. Puis vint le temps où, en dépit de cette gymnastique mentale, il avait eu la confirmation de ce qu'il avait toujours su : il n'était qu'un nègre parmi tant d'autres. Le taxi qui passait sans s'arrêter devant les *autres* lui filait sous le nez à lui aussi. Mêmes soupçons, mêmes regards mauvais, même méfiance teintée de mépris.

— Un de ces jours, dit-il à Sandra, je dépasserai tout ça.

— Tu aurais des pouvoirs magiques dont nous serions dépourvus ?

— Peut-être.

— Je t'écoute.

— C'est difficile à expliquer. Quand je suis devant la caméra, tout ça n'a plus aucune importance. Aucune.

— Je ne vois pas de quoi tu parles.

— Mais si. Il y a moi, le moi qui est ici ; et il y a l'autre moi, celui des écrans de télévision. Ce ne sont pas les mêmes. C'est un peu comme si je devenais quelqu'un d'autre. On est tous comme ça. Je regarde le voyant rouge, je regarde l'objectif. Et il se passe quelque chose. Je ne sais pas quoi. Mais ce n'est pas moi qui apparais sur les écrans. Pas cet homme, pas ce Noir, pas Brandon Wilson. C'est quelqu'un d'autre. Autre chose.

— Qui pourrait être quoi ?

— Je ne sais pas. Je crois que personne ne le sait. On envoie des sons, des images. Qui sait ce qu'ils subissent avant de retomber sur terre ?

— On ne vous donne pas de cours de physique dans vos écoles de journalisme ?

Du pied, elle caressa le mollet de Brandon. Elle avait abandonné sa chaussure sous la table.

— Je sais qu'il y a une différence, c'est tout, conclut-il. Et je sais que ça a un sens.

Tard ce soir-là, au lit, tandis que Sandra, du bout des doigts, dessinait des huit sur son dos, Brandon lui dit :
— Tu crois que je suis dingue ?
— Tout dépend de ce que tu entends par là.
— Des choses. À propos de la télé. Qu'on comprend pas. Pas encore prêts.
— Je suppose que non.
— Quelqu'un comme toi, pareil. Elle a beaucoup de pouvoir, Sandra. Plus qu'on le croit.
— Je sais. Dors, maintenant.
De ses ongles, elle lui griffait gentiment les épaules.
— Beaucoup... pouvoir, répéta-t-il en cédant au sommeil tandis que des images de lui-même s'élevaient dans les airs portées par un courant chaud qui déferla au-dessus de lui, et l'enveloppa.

Au zoo

Bizarrement, tout semblait décalé ; le temps lui-même était à côté de la plaque. Il faisait un soleil de juin. Seuls les arbres encore dénudés attestaient qu'on était au printemps — on venait de changer de saison dans le mois. Le parc était bondé — sa partie zoo, du moins. Une ribambelle de bambins de la crèche, tous affublés du même tee-shirt, marchaient à la queue leu leu derrière leurs moniteurs, reliés par des cordelettes fluorescentes, tels des canetons dans le sillage de leur mère. Il y avait beaucoup de gens qui séchaient le boulot. Toute une vie qui n'avait rien à voir avec le rayon « Femmes » de chez Wards ni avec un immeuble dans Marshall Avenue. Il suffisait de sortir et d'y prendre part. Quand même, Nita se sentait inutile. Elle prit quelques pop-corn dans le sachet que Sipp lui tendait et les grignota, l'air coupable.

— T'as pas faim ? demanda-t-il.
— Pas vraiment.

Mais ce n'était pas exact. Elle avait envie de lui arracher le sachet des mains, de tout engloutir et d'en racheter d'autres. Ces jours-ci, elle avait faim comme jamais. Elle s'était préparé des petits plats en sauce compliqués, avec des pâtes, des viandes, du fromage ; des salades au thon ou autres, les soirs où elle avait un petit creux. Elle était comme ça, elle s'en souvenait, juste avant la naissance de Didi. Et ça lui était arrivé de nouveau il y avait à peu près un an, quand le bruit avait couru que le magasin allait fermer. Des fringales nerveuses, comme disait sa mère.

— Tends les mains, lui dit Sipp.

Il versa le contenu du sachet dans la coupe formée par ses paumes.

— Hou là !

Elle fit rouler les grains de maïs d'avant en arrière, essayant de trouver le moyen de les tenir tous et de les manger sans devoir brouter comme une vache. Elle ouvrit un peu les doigts et réussit à en faire passer la plus grosse partie dans une main, rattrapant le reste dans l'autre et le versant dans sa bouche.

— Un peu de pop-corn, ça t'fera pas d'mal. En plus, j'aime bien quand ma femme, elle est bien en chair.

— Ah, parce que j'suis ta femme maintenant ?

— C'est quand tu veux.

Il se mit à danser autour d'elle, la dévorant des yeux, avec un regard plein de désir ou d'admiration, elle n'aurait su dire. Nita détourna la tête, mais il suivait ses mouvements. Elle essayait de ne pas le regarder et se retenait de rire.

Elle se laissa choir sur un banc de l'allée, en face de la cage des singes. Des badauds étaient agglutinés devant. Les primates faisaient leur numéro, heureux comme tout le monde d'en avoir fini avec le long hiver. Sipp s'approcha de leur cage en flânant pour les regarder, se retourna et revint vers Nita en faisant le dos rond de façon à exagérer la longueur de ses bras pour les imiter. Il prit une dernière grosse poignée de pop-corn et lui tendit le sachet en lui disant de le finir.

Elle ne pouvait pas accepter à manger de cet homme. Qu'est-ce qu'elle fichait là, dans ce parc, avec lui, pour commencer ? Elle avait des tas de trucs à faire à la maison. Des courses. Des devoirs. Et elle était là, tranquille comme Baptiste, à perdre son temps, à avoir

froid, avec un cousin qu'elle connaissait à peine. Qu'est-ce qui lui prenait ? Elle était pas faite pour l'oisiveté.
— Faut que je rentre, dit-elle.
— Par une si belle journée ? s'étonna-t-il en lui passant un bras autour des épaules.
— Ouais, c'est vrai, mais j'ai à faire, tu sais.
— Je sais qu'il faut que tu prennes du temps pour toi. Sinon, tu vas finir par te faire péter la caboche.
— La caboche, répéta Nita en pouffant. Mon beau-père dit tout le temps ça.
— Il doit être du pays.
— Ouais, je crois, justement. Mais il risque pas de se faire péter la caboche. Il reste assis sur son gros popotin pendant que ma mère court toute la sainte journée.

Elle sentit le bras de Sipp descendre un peu sur ses épaules et la serrer contre lui. Elle devrait lui dire de la lâcher — il manquait pas de culot, ce nègre, de poser ses grosses paluches sur elle. Elle se tortilla et sentit la pression se relâcher — mais la main resta là où il l'avait posée.

— Sympa, ce petit zoo, dit-il. C'est un pote qui m'en a parlé. J'savais même pas qu'il était dans ce parc.
— J'y viens de temps en temps avec les gosses.

C'était pas vrai. De temps en temps, ça avait dû être deux fois. Ils étaient plus souvent allés au Como Park avec leur école qu'ici avec elle. Son petit bobard la fit frissonner.

— Bouge pas, Miss Nita. Je t'ai amenée ici pour que tu te relaxes.

Elle poussa un long soupir qui détendit son visage. Puis sourit. Pour lui faire plaisir.

— C'est mieux !
— J'ai encore des tas de choses à faire, insista-t-elle.

Il l'attira contre lui. Elle se laissa aller, à contrecœur, luttant contre son envie de poser la tête sur son épaule — trop familier. Comme le pop-corn. Comme son bras. Comme être là, déjà.

— Ça attendra. Viens, marchons par là, on va aller faire guili-guili aux ours.

Sipp se leva et lui tendit la main. Elle la prit. Il la retint quand elle voulut la lâcher et la serra dans la sienne, comme si elle lui appartenait, comme pour montrer à tous ceux qui étaient là qu'elle était à lui. Elle devrait lui fiche une claque sur les doigts, sur la joue, tiens ! Mais elle n'en fit rien. Elle marcha à ses côtés, se laissant conduire. Elle tourna le visage vers le soleil dont la chaleur la gagna.

— C'est chouette, hein ? fit-il.

— Y'a des jours, on arriverait à l'oublier.

— Moi pas. Je m'arrange toujours pour être là où je peux apprécier les bonnes choses de la vie.

— Je t'envie.

— Moi ?

— J'ai l'impression que tu fais ce que tu veux quand tu veux, que tu vas où bon te semble.

— Nnnnooon, baby, tu confonds, là. Tu mélanges deux choses différentes. Vise cet enfoiré d'ours brun, là-bas.

Il montrait un gros mâle au centre de l'enclos, penché en avant, en train de tripoter quelque chose à côté d'un caillou.

— Tout ce qu'il a à foutre de sa journée, c'est de rester assis à cuire dans son jus au soleil en attendant qu'on lui apporte sa bouffe.

— Comme toi, quoi.

Elle sourit en le regardant, les yeux écarquillés, le mettant au défi de répondre. Il partit d'un grand éclat de rire.

— C'est là que tu te plantes. Tu vois, une fille comme toi pense qu'elle doit respecter le programme à la lettre. Faire tout ce boulot, sauter gentiment à travers tous les cerceaux qu'on lui tend. Elle croit que, si elle se détend, si elle prend un peu de temps pour elle-même, elle va passer à côté de quelque chose. Ça marche pas comme ça.

— Comment ça marche, alors, monsieur Je-Sais-Tout ?

— Ce que moi et Smokey ici présent on sait, c'est qu'il faut juste assurer le minimum nécessaire pour s'en sortir. Et si les autres veulent te nourrir et s'occuper de toi, tu laisses faire. Pendant ce temps-là, tu te couches sur le dos et tu profites de l'air frais et du soleil.

— Ça pose un problème.

— Ah ouais ?

— T'as peut-être pas remarqué, mais cet ours, là, il est en cage.

— Regarde-le. Il s'en sort pas mal.

Elle s'éloigna vers les girafes, vers la sortie.

— Certains d'entre nous ont des responsabilités, dit-elle.

Il suivit, à quelques mètres derrière elle.

— À t'entendre, on croirait que c'est une mauvaise chose.

Nita s'arrêta et se retourna vers lui, le regard noir, pas très sûre de ce qu'il avait voulu dire.

— Tu parles comme si t'avais toute la misère du monde sur les épaules, ajouta-t-il. T'aimes tes gosses, non ?

— Tu sais bien que oui.

— Alors, moi, je te dis : éclate-toi. Faut que tu aimes ce que tu dois faire.

— Et moi, je te dis que toi, t'as rien à faire. C'est pour ça que t'as tout ce temps devant toi et que tu peux étaler ta joie de vivre.

Ah, il était trop, ce mec. Un ignorant. Un fainéant. Il fichait rien de la journée et il avait le culot de venir lui dire qu'elle devrait davantage profiter de la vie.

Il porta la main à son cœur comme s'il avait reçu un coup de poignard.

— Faut que je vous éloigne du soleil, Miss Nita. Il vous tape sur le ciboulot.

— Il faut surtout que tu me ramènes à la maison. J'dois passer l'aspirateur dans l'entrée avant que les gosses rentrent de l'école.

Sipp se gara dans le parking du Dairy Queen dans Lexington Avenue. Avant qu'elle ait eu le temps de protester, il descendit d'un bond et s'approcha de la vitrine à pas lents. Il se retourna en lui tendant un cornet. Il avait déjà commencé à manger celui qu'il s'était acheté. Elle mordit dans la glace en faisant la moue. Elle ne lui avait pas adressé la parole depuis qu'ils étaient partis du parc.

— J'voulais pas te mettre en colère, dit-il.

— J'suis pas en colère. C'est juste que... Tu crois que ça me plaît de travailler autant ? Tu crois que ça me fait plaisir d'avoir tout ça sur les bras ?

— T'as pas écouté un mot de ce que j'ai dit.

— Bah, parler, c'est à la portée de tout le monde.

— Ouais, c'est vrai, je me la coule douce. Je fais mes petites affaires et, le reste du temps, je bulle. Ce que je dis, c'est qu'il faut calculer ce que t'as besoin pour vivre à l'aise et prendre ce qui t'intéresse dans la vie. Tu dois travailler pour obtenir ça, mais pas plus. Sinon, tu passes ton temps à courir après des conneries sans jamais t'amuser, et avant que tu t'en rendes compte, finie, la vie. À quoi ça sert si t'arrives pas à en profiter ?

Elle hocha la tête.

— Bah, un jour, j'dis pas. Peut-être.

Quand elle aurait son diplôme.

Peut-être.

Quand elle aurait un meilleur boulot.

Peut-être.

Quand les gosses seraient grands.

Peut-être.

— La route est longue, soupira-t-elle.
— Et qui peut savoir de quoi demain sera fait ?
Il mordit à belles dents dans sa glace.
Elle le regarda manger, le blanc crémeux de la glace en contraste frappant avec sa jolie peau marron foncé. Il émanait quelque chose de lui, une lumière qui lui venait de l'intérieur, qui irradiait de son visage. La première fois qu'elle l'avait constaté, elle avait pris ça pour de l'arrogance — ce sourire facile, chaleureux, jusqu'aux oreilles, et cette étincelle dans le regard. Mais c'était naturel chez lui, c'était toujours là. Ça faisait partie d'un tout, de sa personne. Ça résistait à la colère et à la frustration qu'elle ressentait. Ça l'attirait. Ça n'arrêtait pas de lui faire signe de venir plus près.
— Alors, comme ça, t'as pas de grands rêves ? demanda-t-elle.
Oh, tant pis pour l'heure. Elle avait envie de continuer à parler avec lui. Encore un petit moment.
— Des rêves tous plus grands les uns que les autres.
— Ben, les rêves, ça demande du temps et du travail.
Il goba la fin du cornet et le fit craquer sous ses dents. Elle regarda le mouvement de sa pomme d'Adam tandis qu'il déglutissait.
— Un mec comme moi, un Black du Mississippi, pauvre, qui a pas fait d'études — y'en a pas mal qui disent que je manque pas d'air d'avoir des rêves.
— Ça, pour moi, c'est une fausse excuse.
— Arrête, Nita. Tu sais bien que c'est vrai. Toi aussi, tu dois te battre contre ça. Le truc, quand les choses penchent du mauvais côté, c'est de faire un petit quelque chose pour les redresser en ta faveur. Tu vois ce que je veux dire ?
— Mouais. Tes petits trafics ? C'est ça que t'appelles redresser les choses en ta faveur ?

— Ah, Miss Nita, tu donnes donc jamais sa chance à un homme ?

— C'est juste que je trouve que c'est prendre un trop gros risque rien que pour le plaisir de rester assis sur son cul toute la journée dans un appart minable à St. Paul.

Elle lui sourit, espiègle, contente de sa sortie.

— Tu me prends pour un bouffon ?

Il détourna la tête et regarda, à travers le pare-brise, la station-service SuperAmerica, de l'autre côté de la rue. Nita vit son visage s'assombrir. Elle posa une main sur son bras. Il baissa les yeux pour la regarder.

— Les gens, quand ils voient un Black, la première chose qu'ils pensent, c'est : « Qu'est-ce qu'il va me faire, qu'est-ce qu'il va me faire ? » Personne te laisse prouver qui t'es. Tu fais des efforts, t'arrêtes pas, et puis il arrive un moment où tu te dis : « Ras le cul ! » Je vais avoir vingt-deux ans cet été, Nita. À mon âge, beaucoup d'entre nous ont déjà baissé les bras. Moi, j'suis pas de ceux-là.

— Je sais bien.

Elle sentit une main se poser sur celle qu'elle avait laissée sur son bras.

— Nnnooon, j'compte pas me limiter à me faire de la gratte toute ma vie.

Un sourire méprisant se dessina sur ses lèvres et lui mangea le visage.

— Se faire assez de fric pour s'en sortir jusqu'à ce qu'on te jette en prison. J'suis pas d'ç'te race-là.

— Qu'est-ce que tu vas faire, alors ?

Il se tourna vers elle, la regarda bien en face, la scrutant. Son visage irradiait de nouveau. Ses lèvres s'entrouvrirent encore, mais sur un sourire bienveillant, cette fois.

— J'suis sur un gros coup, baby, répondit-il dans un souffle.

Elle haussa les sourcils d'un air interrogateur. Il inclina la tête :

— Le gros coup... Tu t'souviens que je t'ai dit que je m'faisais un petit pécule pour rentrer au pays et m'installer. Pour vivre comme j'aime. Bah, je veux dire avoir assez pour faire tout ça et aussi deux ou trois autres rêves.

— Et si... ?

— Non non, baby, je t'arrête tout de suite. Y'a pas de « et si » avec moi. J'ai bien pesé le pour et le contre. Faut que je tente le coup. Et après, basta.

— Basta ?

— Basta. Retour au pays. Avec toi. Peut-être ?

Ce fut au tour de Nita de détourner la tête. Voilà que, pour la première fois, quelqu'un lui proposait quelque chose. De différent de d'habitude, quoi. André, il lui avait jamais proposé quoi que ce soit, à part un peu d'émotions, quelques frissons et la possibilité de vivre ailleurs que chez maman. Et maintenant, André n'avait plus rien à proposer, et personne ne s'était jamais vraiment intéressé à elle.

Peut-être que c'était juste du rentre-dedans. Peut-être pas. Peut-être qu'il faisait partie de ces types qui tombent amoureux tout de suite, pour de bon, qui voient la femme de leur vie et qui y vont direct.

Ou peut-être qu'il lui jouait la comédie.

— Faut vraiment que j'y aille, dit-elle. Les gosses vont pas tarder à rentrer.

— C'est cool.

Il s'engagea dans Lexington Avenue.

— Tu vas m'aider, Nita ?

— Quoi ?

— Je disais : tu veux bien m'aider ?

— T'aider à quoi ?

— Je peux te faire confiance ?

Il chuchotait de nouveau.

Elle ne répondit pas.

— Je vois bien que oui. Alors, je vais te dire quelque chose. Te demander un truc.

Elle sentit une sorte de grincement dans sa tête. Une goutte de sueur roula entre ses seins. Elle s'essuya le front.

— À propos de ce petit coup, là, poursuivit-il. Je vais te dire un truc. C'est la première, et dernière fois que je te demande.

— Tu parlais d'un *gros* coup, tu te souviens pas ? Et je veux pas me mêler de ces conneries.

— T'auras rien à faire. J'ai juste besoin d'un endroit.

Nita bouillait de colère. Elle en avait du mal à parler.

— M'utiliser... fut tout ce qu'elle put dire.

— Jamais je...

— J'aurais dû m'en douter. Imbécile.

C'était valable aussi bien pour elle que pour lui.

— Attends, attends, t'as pas compris. T'y es pas, là. Pas du tout.

— Je suis pas où ? Dis-moi, tu serais pas en train de vouloir m'impliquer dans tes trafics de came ?

— Je te propose d'être mon associée.

— Qu'est-ce qu'il faut pas entendre !

— Non, Nita, sérieux. Je partage tout ce que j'ai avec toi.

— Je t'avais prévenu, négro, dit Nita dans un souffle, les dents serrées. Je t'avais prévenu. Et tu m'amènes ici pour me sortir ces conneries !

Il tourna au coin du lycée et arrêta la voiture.

— Ramène-moi à la maison, bordel !

Il lui prit le bras.

— Je te ferai jamais de mal. Jamais.

— Bon. Je rentre à pied.

Au moment où elle ouvrait la portière, il redémarra et fit demi-tour aussi sec. Elle se raccrocha à la poignée, folle de rage. Quand il stoppa devant l'immeuble, elle

remit la main sur la poignée pour se précipiter dehors. Il la retint par le bras.
— Lâche-moi !
— J'étais pas obligé de te raconter tout ça. Rien de tout ça.
Elle resta immobile, regardant l'immeuble, le bras tiré en arrière. Elle avait envie de se dégager mais, sans trop savoir pourquoi, n'en fit rien.
— C'est une chance pour moi, ajouta-t-il. La seule que j'aie eue, sans doute, de toute ma vie.
— Tu sais ce que j'en pense.
— Ça se passait ici de toute façon, que je te le dise ou pas.
Il la lâcha.
— Alors, pourquoi tu me le dis maintenant ?
— Parce que je tiens à toi.
— Va te faire foutre.
Elle s'apprêta à descendre de voiture ; il la retint de nouveau.
— J'déconne pas. Tu crois que j'risquerais mon bizness avec la première gonzesse venue ? J'étais pas obligé de te raconter tout ça. Je l'ai fait pour nous. Je te l'ai dit, c'est parce que j'ai confiance en toi.
— Tu devrais peut-être pas.
— Mais si.
Il lui lâcha le bras.
Elle descendit de voiture, se retourna et le regarda.
— Je t'avais dit que j'voulais pas de ça dans l'immeuble, avec mes gosses.
Elle s'efforçait de prendre un air méchant, mais fut démontée par l'éclat qu'il irradiait. Il avait un visage ouvert, le regard doux, langoureux.
— Fais-les dormir ailleurs, lui conseilla-t-il. C'est juste une nuit, puis terminé. Après, on se tire, toi et moi. Avec eux.
Une nuit. Est-ce que ça pouvait vraiment être aussi simple ? Aussi simple qu'une nuit un peu risquée ? Et

puis après, peut-être — peut-être — autre chose. Quelque chose de bien. De mieux, en tout cas.
— Quand ?
— Vendredi prochain. T'es avec moi, alors ?
— J'ai pas dit ça.
— Si, tu marches.
Il remit le contact.
— Rêve en grand, baby. À plus !
Il démarra dans un crissement de pneus, souriant, lui faisant signe de la main, puis fut englouti dans un nuage de gaz d'échappement.

Le couloir devant chez elle était encombré de bobines de gros câbles, de boîtes et de caisses métalliques, de projecteurs et de Blancs qu'elle ne connaissait ni d'Eve ni d'Adam mais qui semblaient faire partie du décor... bref, tout juste ce qu'il lui fallait en ce moment !
— Excusez-moi, fit-elle. Excusez-moi, mais qu'est-ce qui se passe ici ?
Pas de réponse.
— Excusez-moi ! cria-t-elle au milieu du groupe d'hommes.
Il sortit de la mêlée.
— Oh, bonsoir, Nita.
Le fameux Brandon.
— C'est le grand jour aujourd'hui.
— Vous êtes tombé sur la tête ou quoi ?
Il la regarda comme s'il n'avait pas compris.
— On passe en direct à cinq heures. On a tout juste le temps.
— Y'a des gens qui habitent dans cet immeuble.
— Chaud devant ! cria un type balèze dans son dos, ployant sous le poids d'une sorte de caméra qu'il portait à l'épaule.
Nita se plaqua contre le mur pour lui permettre de passer.

— Non, non! fit un jeune dégingandé. Elle va au sous-sol, celle-là. Seulement les Minicam ici.
— Faut que je vous parle, dit Nita à Brandon.
— J'espère que vous pouvez parler en marchant, parce que je ne peux pas m'arrêter.
Il descendit les marches deux à deux jusqu'à son appartement. Nita lui emboîta le pas.
— Écoutez, qu'est-ce que vous croyez...
Elle entra chez lui à sa suite.
—... personne ne vous a donné la permission...
Il lui mit une main dans le dos et la poussa au centre de la pièce.
— Hé, vous autres! Je vous présente Nita. La gardienne.
Les quelques personnes présentes interrompirent leur activité, tournèrent la tête, la saluèrent d'un geste de la main et d'un sourire.
— Servez-vous, lui proposa Brandon en désignant une table chargée de sandwiches, de beignets et de boissons. Molly? Il me faut les scripts de chaque sujet par séquences. Puis on décidera. La liaison est assurée avec la cabine du réalisateur?
— Hé! fit Nita en le tirant par la manche. Minute!
Il l'entraîna vers la chambre.
— OK, je vous écoute, mais faites vite.
Il jeta un coup d'œil à sa montre et la gratifia d'un de ces regards qu'on réserve aux gamins trop curieux.
— Je... j'y crois pas, dit-elle en hochant la tête.
— À quoi?
— À... tout ça.
— Qu'est-ce que vous voulez? demanda-t-il en tendant les mains comme s'il lui offrait quelque chose.
Elle ne savait même pas par où commencer. Il regarda de nouveau sa montre.
— Tous ces trucs, ces machins au-dessus...
— Si la moindre chose vous gêne, vous le dites à un des machinistes et il l'enlèvera.

Et si tout la gênait ?
— Je comptais passer l'aspirateur dans le couloir.
— Je le passerai ce soir. Après l'émission.
Elle le considéra d'un air sceptique. Il consulta sa montre.
— Je vous assure, dit-il. Quoi d'autre ? C'est la folie, à cette heure-ci...
— Heu... les... les gosses.
— Super. Venez avec moi. Allons-y.
Ils sortirent de l'appartement.
— Ted, tu vérifies que la liaison avec Vince est assurée et tu lui dis que je veux quelqu'un dessus pendant toute la durée de l'émission. Lui ou quelqu'un d'autre, je m'en fous. Vous avez déjà assisté à une émission de télé ?
— Non.
Le truc le plus approchant qu'elle ait vu, c'était le tournage qui avait eu lieu en bas de la rue — elle avait regardé les caméras de sa fenêtre. Elle avait eu peur de laisser les gosses aller y voir de plus près.
Ils suivirent un câble le long de l'escalier jusqu'à l'appartement de Mme Carter. À l'intérieur, à la place de sa table de télé, se trouvaient quatre téléviseurs en noir et blanc installés côte à côte. Le poste couleur de Mme Carter était posé dessus, tel un oiseau exotique. Sur la table basse : un appareil plein de manettes.
— Quand on commencera, vous pourrez voir tout ce qui se passe sur ces écrans de contrôle. Le numéro 1, c'est la caméra qui se trouve, en bas, dans mon appartement...
Il abaissa une manette et elle entendit les allées et venues des gars, au-dessous.
— Le 2, c'est celle de Mindy. Vous pourrez peut-être la surprendre en train de se curer le nez, si vous regardez attentivement. Le 3, c'est les Minicam. Et le 4, c'est ce qui passe à l'antenne. Vous me suivez ? Je suis obligé de parler vite. À la cuisine, on a une pizza pour

vous et pour les gosses. Comme je ne sais pas ce que vous aimez, j'en ai pris quatre différentes. Il y a aussi du pop-corn, de la glace et des gâteaux pour le dessert.

— Qu'est-ce que vous avez fait de Mme Carter ?
— Madame Carter ! cria-t-il. Vous êtes prête ?
— Voilààààà !

Elle parada dans le couloir, tournant autour d'eux.
— Alors ? fit-elle. De quoi j'ai l'air ?

Nita en resta bouche bée. Les cheveux de Mme Carter, soigneusement raidis, encadraient son visage. Elle portait un joli tailleur bleu marine et un corsage blanc. Elle qui avait plutôt mauvaise mine d'habitude avait pris des couleurs. Nita ne lui avait jamais vu cet air-là, à la vieille.

— Vous êtes sensationnelle, madame Carter, dit-elle.

— Merci, trésor. Bon, est-ce que je peux compter sur vous et les petits pour être là pendant mon interview ? J'aurai besoin de quelqu'un à mes côtés quand ce sera fini. Pour m'aider à me calmer.

Nita adressa un sourire en coin à Brandon et hocha la tête. Un malin, celui-ci.

— Oui, on sera là.
— Super ! s'écria Brandon. Madame Carter, vous vous asseyez ici. On vient vous chercher dans un petit quart d'heure. Détendez-vous. (Puis, à Nita :) Redescendez. Regardez. Posez des questions. Et si quelqu'un vous demande de ramasser un câble, considérez que vous faites partie de la prod.

Elle fit un signe à Mme Carter et articula « À tout de suite » en se dirigeant vers la porte. Nita suivit Brandon dans le couloir.

— Vous avez pensé à tout, hein ? lui dit-elle. Vous savez, ce n'est pas mon appartement, là.

Il se retourna vers elle avec un grand sourire.

— Oui, bon, j'avais bien envisagé d'installer tout ce

matos chez vous, mais comme je n'avais pas votre permission, je me suis arrangé.
— En utilisant cette pauvre vieille dame.
— Hé, vous n'allez pas me croire, mais c'est une idée à elle que vous montiez vous asseoir à côté d'elle. C'est elle qui produit l'émission, vous savez.
— Vous m'en direz tant.
— De plus, je ne pouvais pas me permettre de prendre le risque d'avoir une bande de gamins en train de courir au plafond pendant la première émission. J'ai assez de soucis comme ça. Vous voyez ce que je veux dire ?

Un autre sourire, et il descendit l'escalier quatre à quatre.

Le salaud. Il avait vraiment pensé à tout. Si elle s'écoutait, elle laisserait les gosses dans l'appartement, leur donnerait des bonbons et leur ferait mettre leurs chaussures de claquette. Il n'aurait que ce qu'il mérite !

Elle se campa devant l'entrée de l'immeuble, attendant ses enfants, observant la pagaille. À sa décharge, songea-t-elle, toutes les allées et venues passaient par la porte de derrière et les camionnettes ne portaient aucun sigle, donc les voisins n'étaient pas sortis en masse pour jouer les curieux. Rien de pire qu'un tas de gens plantés sur la pelouse à zieuter ce qui se passait. Ici, au moindre bruit, tout le monde était aux fenêtres. Mais ça changerait, se dit-elle, une fois que ça se saurait, après que ce serait passé à la télé. À supposer qu'il y ait des gens qui regardent Channel 13.

— Je peux vous voir une minute, miss ? lui demanda un blond avec une ceinture à outils à la taille.
— Oui, bien sûr.

Il lui fit signe de le suivre.

— Wilson m'a dit que c'était vous la responsable ici. Je voulais vous montrer un truc.

Elle le suivit à la cave.

— Là.

Il lui désignait l'emplacement du disjoncteur. Celui-ci n'était plus qu'un enchevêtrement de fils et de métal par terre. Il avait été remplacé par une boîte de dérivation flambant neuve.

— J'ai dû changer cette vieillerie. Il n'arrêtait pas de disjoncter. C'est vous la proprio ?

Si seulement...

— J'suis que la gardienne.

— Prévenez le proprio que j'ai tout raccordé et que c'est OK. Dites-lui qu'en gros son installation est encore bonne, pour un vieil immeuble. Pas de permis, alors c'est officieux, d'accord ?

— D'accord.

— J'espère que ça n'aura pas posé de problème, mais vaut mieux être bons côté coupe-circuits. Dites aux locataires de remettre leurs réveils à l'heure.

— Je vais le faire.

L'électricien la salua et fila.

Ça faisait combien de temps qu'elle se battait pour que ce vieux disjoncteur soit remplacé ? Dingue ce qu'on pouvait faire avec un peu de fric et de pouvoir.

— Dégagez les couloirs ! cria quelqu'un.

Nita remonta voir de quoi il retournait.

— Vous me trouvez comment ? lui demanda Brandon.

Il se pencha par l'embrasure de la porte de l'immeuble, en pantalon kaki et polo bleu ciel.

— Je croyais que vous portiez des costumes, vous autres, s'étonna Nita.

— On est décontract ici, répondit-il en enfilant une veste légère.

« On » ? songea-t-elle. Sa veste en cuir est peut-être « décontract » pour qui a de l'argent à mettre dans quelque chose d'aussi chicos.

— J'vous trouve bien.

— Je n'arrive pas à croire qu'on soit prêts. Je n'arrive même pas à croire qu'on soit en train de faire ce truc.

— Ça va durer combien de temps, on peut savoir ?

— Deux ou trois semaines. Aujourd'hui, c'est spécial, croyez-moi. Ça devrait être moins mouvementé une fois qu'on sera rodés. Vous ne reverrez plus la plupart de ces gens dans les parages. Rien que moi et une équipe technique réduite.

Il s'accroupit et regarda la rue. Elle était comme d'habitude. Nita se demandait bien pourquoi Marshall Avenue méritait autant d'attention.

— Tous les soirs, c'est comme une première, dit-il.

— Vous avez le trac ?

— Avant, je croyais que c'était ça. Vous avez fait du théâtre à l'école ?

— Je chantais dans la chorale.

— C'est ce qu'on ressent juste avant de commencer à chanter. Je fais ça depuis si longtemps que rien ne me fait peur. Quand même, en direct, tout peut arriver.

— Quoi, par exemple ?

— Une panne de secteur. On oublie de vous donner le top. Une fois, dans le Wisconsin, je présentais le journal et il y a un type qui a réussi, je ne sais comment, à entrer dans le studio. Il s'est mis dans mon dos. Je lisais une info sur Ronald Reagan et les *contras*, avec ce fou planté derrière moi.

— Qu'est-ce que vous avez fait ?

— J'ai continué à lire. Un machiniste s'est approché en rampant par terre, a plaqué le gars et l'a tiré dehors. J'ai dû dire un truc du genre : « Il y a comme une petite commotion sur le plateau », puis j'ai annoncé la pub. Il se passe des choses assez étranges, parfois.

— On dirait que ça vous plaît.

— Oui, c'est vrai. Et vous ?

— Moi, j'travaille, un point, c'est tout. Rien de très excitant là-dedans.

Le truc le plus marrant qui pouvait arriver chez

Wards, c'est quand ils chopaient une voleuse à l'étalage. Surtout quand elle était pas très maligne. Un jour, une nana s'était pointée à son rayon en blouse de vendeuse. Nita savait que cette fille ne travaillait pas au magasin. Elle avait appelé un des agents de sécurité et regardé la fille qui faisait semblant de réarranger des produits dans les rayons. De temps en temps, elle en glissait un dans le grand cartable qu'elle portait en bandoulière. Elle ne manquait pas d'air. Nita avait regardé faire cette pauvre andouille. Elle se demanda si elle pouvait raconter cette anecdote à Brandon, comme il lui avait raconté la sienne. Oh, ça ne l'intéresserait pas. Il discutait juste histoire de passer le temps. De se calmer.

Elle croisa les bras et s'adossa à la porte vitrée. Elle sentait qu'il l'observait, toujours accroupi. Son regard la mit mal à l'aise et elle réprima un frisson. Elle devrait lui demander ce qu'il avait à la regarder comme ça. Comment la voyait-il ? La jugeait-il ? Et, dans ce cas, sur quelle base et de quel droit ? Qu'est-ce qu'un type comme lui pouvait bien penser d'une femme comme elle ? Une vendeuse de grand magasin. Une mère célibataire.

— Je crois que vous connaissez ces gens, fit-il en pointant la rue que les gosses remontaient au pas de charge, Marco en tête, ainsi qu'elle le lui avait demandé.

— C'est quoi tout ça, m'man ? questionna-t-il.

— Il passe à la télé, dit Rae Anne.

— Oui, ils font une émission, confirma Nita. On vous laisse travailler maintenant.

Il se releva et leur tint la porte.

— Après l'émission, je vous ferai faire une grande visite, leur promit-il. Vous pourrez voir les caméras et tout le matériel. Qu'est-ce que vous en dites, les enfants ?

— Tu veux bien, m'man ? interrogea Marco.

— On verra ça. Bonne chance, monsieur Wilson.

— Merci.

Il avait le regard brillant et son sourire de présentateur plaqué sur le visage. Certains des gros bras tiraient des trucs et des machins le long du couloir. Elle monta chez Mme Carter avec les gosses en empruntant l'escalier de service pour voir ce qui allait se passer ensuite.

Tombe la neige, tombe la neige, tombe la neige

> Où vous êtes passé ? Les filles de mon club et moi, on rigole plus sans vous. On commence à s'ennuyer. Revenez-nous vite.
>
> Julie Marie Daniels
> St. Louis Park

Pourvu que ça marche. C'était surtout à ça que pensait Brandon qui, dans l'encadrement de la porte, attendait de prendre l'antenne. Ils avaient déménagé tout ce bazar dans le ghetto, bouleversé la vie de ces gens et même refait l'installation électrique de cet immeuble pourri. Pourvu que ça marche !

— Tu m'entends bien ? résonna la voix de Mindy dans son oreillette.

— Comme si tu étais ici. Et toi ?

— Cinq sur cinq. Tu as le trac ?

— Noooon, mentit-il. Tout baigne. Tant qu'ils ne coupent pas le jus à la centrale électrique.

Sauf qu'il avait l'estomac noué et le dos trempé de sueur — il n'aurait su dire pourquoi. Selon Ted, c'était encore mieux si ça avait un petit côté brut, « tranche de vie ». Les gens aimaient que ça fasse improvisé, que la caméra ne soit pas trop stable et qu'on entende des bruits de fond. Gus, devant l'immeuble, filmerait caméra à l'épaule, comme pour un tournage sur une descente de police. S'il se passait quelque chose d'inattendu, ça pourrait toujours servir pour la série de reportages.

Les reportages. Ce n'est pas le moment de penser à ça, songea-t-il. Il faut que je fasse le vide dans ma tête, que je reste calme. Pas de quoi me ronger les sangs. C'est juste un duplex avec Mindy. Un peu de parlote, et basta !

— Alors, aujourd'hui, c'était le dernier rinçage ? la charria-t-il. Comment sont tes cheveux ?

— Aussi roux que ceux de Lucy[1]. Tu vas tomber raide en me voyant.

— Il me tarde.

— Désolée d'interrompre cette fascinante conversation perso, dit Katy Tannenbaum — la toute nouvelle réalisatrice — depuis le studio dans son oreillette, mais il faut que tu te mettes en place, Brandon. Une minute.

— La voie me semble libre, dehors.

Ils avaient attendu dans le hall pour éviter de provoquer un attroupement.

— Dépêche-toi, fit-elle.

— Garde ta culotte alors, répondit Brandon.

Il entendit le rire de Mindy résonner dans son oreillette.

— Attention, trente secondes. Vous êtes tous super. Je vous dis merde !

Brandon inspira profondément. Toujours personne dans la rue. Une voiture passa mais les ignora.

— Quinze secondes.

Une fenêtre s'ouvrit dans les étages. En tombèrent de petits bouts de papier toilette qui tourbillonnèrent joliment dans les airs, s'accrochant aux branches çà et là.

---

1. Allusion à la très célèbre série télévisée des années cinquante : *I love Lucy*, avec la rousse Lucille Ball en vedette. *(N.d.T.)*

— Merde.
— Oublie ça ! Cinq... quatre...

Il tira sur ses cheveux comme s'ils étaient en flammes, prenant garde tout de même de ne pas se décoiffer, pour se débarrasser d'éventuels bouts de papier et aplatir les épis.

— Début générique ! Laisse tes cheveux tranquilles, bon sang ! Tu es très bien !

Dans son oreillette résonna le thème musical martial, new age, qu'ils avaient commandé. Brandon entendit des éclats de rire. Du dessus. De l'appart des petits branleurs.

— Bonsoir, ici Mindy St. Michaels en direct des studios de KCKK, à St. Paul.

— Bonsoir, ici Brad Wilson, en direct du quartier vivant mais difficile de Summit/University.

C'était quoi, ce bruit ? Ces vibrations ?

— Depuis un moment, j'habite ici, au cœur de la communauté noire, dans l'immeuble modeste mais confortable que vous apercevez derrière moi. J'ai appris à connaître mes voisins et mon quartier.

Ces vibrations... elles ne venaient pas de la liaison. C'était cette putain de stéréo au-dessus.

— Pendant plusieurs semaines, je vais vous faire connaître les gens et les lieux qui constituent notre cher quartier.

Font chier ! Avec de la chance, ça ne passe pas au son.

— Je vous ferai rencontrer mes voisins. Vous entendrez de leur bouche le récit de leurs défis, de leurs victoires. Nous espérons vous apprendre des choses, vous informer, vous donner envie de mieux connaître cette ville qui est la nôtre.

Une stéréo réglée à fond, ce n'était pas le genre de « happening » qui lançait une carrière.

— Dans quelques instants, j'aurai la joie de vous présenter une dame, une locataire de mon immeuble,

qui a vécu ici toute sa vie, et qui a un point de vue très intéressant sur les changements que le quartier a connus au fil des années. Mais, tout d'abord, je redonne l'antenne à Mindy pour les gros titres de la journée.
— Merci, Brad.
— C'est bon ! cria Katy par-dessus la voix de Mindy qui lisait les dernières nouvelles des Balkans.
Brandon poussa la porte à la volée et tomba sur Ted qui descendait l'escalier.
— C'est quoi, ce bordel ? demanda-t-il avec un geste vers le haut.
— Je sais, lui répondit Ted, en ouvrant les mains d'un air apaisant. J'en viens.
— Et alors ?
— Ils n'ont pas voulu m'ouvrir.
Brandon s'élança dans l'escalier, mais Ted lui bloqua le passage.
— Pas le temps. Descends rejoindre la vieille. Va lui tenir la main. On s'occupe de ça. On n'entend presque rien en bas, de toute façon.
— Et merde !
Pourquoi fallait-il toujours qu'on oublie un truc ou qu'un imprévu surgisse ?
C'était quoi son problème, à ce connard, de toute façon ? Il ne l'avait croisé qu'une ou deux fois dans l'escalier. Il ne l'avait pas vu de la journée. Le profil habituel. Le top en matière de vermine irrécupérable. C'est à cause de gus pareils que les gens remontent les vitres de leur voiture et verrouillent leurs portières quand, nous, on passe à côté, songea-t-il.
— Encore trois petites minutes, Brandon, intervint Katy. Mindy vient de commencer le sujet sur la grève des étudiants. Encore deux autres brèves, et c'est à toi.
— Merci.
À croire qu'ils ne bossaient jamais, ceux-là, se dit-il. Ils ont sans doute droit à un chèque de l'aide sociale tous les mois — prélevé sur *mes* impôts !

— C'est maintenant ? c'est maintenant ? demanda Mme Carter, aussi tremblante qu'un oisillon au bord du nid.

Brandon lui passa un bras autour des épaules.

— Vous savez que vous êtes superbe ? lui dit-il, la serrant contre lui en un geste rassurant. Venez, on va s'asseoir côte à côte, ici, et ça ira.

Ils devaient être de ceux qui abusent de la gentillesse des vieilles dames comme elle. Qui volent leurs économies, qui font qu'elles n'osent plus sortir de chez elles après la tombée de la nuit.

— Je suis bien ? s'inquiéta-t-elle.

— Voyons voir. Les cheveux, super. Le tailleur, super. Le micro-cravate, c'est bon. Et le maquillage, c'est parfait. Respirez à fond.

Elle suivit ce conseil tandis que l'objectif de la caméra venait se placer à hauteur du canapé, voyant rouge clignotant.

— Attention, prévint Katy.

— Regardez-moi, madame Carter, dit Brandon.

— Et maintenant, nous retrouvons Brad Wilson, chez lui, dans son quartier de Summit/University.

— Merci, Mindy. Je suis en compagnie d'une de mes voisines, Mme Cora Carter, et après la coupure pub, elle nous fera partager l'expérience d'une vie passée dans ce quartier. Alors, vous restez avec nous. On se retrouve tout de suite.

— C'est bon !

Brandon sortit en trombe. Il avait très exactement une minute et cinquante secondes devant lui. Impossible de se concentrer sur son interview avec cette... nuisance — pour appeler les choses par leur nom. C'était comme une rage de dents ou une bosse dans son matelas. On pouvait toujours tenter de faire avec, mais il ne fallait pas s'attendre à pouvoir se concentrer sur quoi que ce soit tant qu'on la sentait. Il monta l'escalier quatre à quatre et tambourina à la porte.

— Baissez ça !
— Brandon ! cria Ted. Qu'est-ce que tu fabriques, mec ? T'as à peine plus d'une minute !
Brandon cogna de nouveau à la porte et aperçut Nita à l'autre bout du couloir.
— Une minute !
De la tête, Brandon indiqua la porte à Nita et, d'un geste, l'implora de faire quelque chose, puis redescendit l'escalier comme une flèche. Il trébucha sur la dernière marche et se tordit la cheville. Il rejoignit Mme Carter en boitillant et se laissa tomber à côté d'elle.
— Je commençais à me dire que j'allais devoir faire sans vous, chuchota-t-elle en pouffant de rire.
— Vous vous en seriez tirée à merveille.
— Attention, dix secondes...
— Oh, oui !
— Regardez-moi de nouveau, dit-il, ignorant la douleur dans sa jambe.
— À toi, Brad !
Et alors, les pulsations des baffles cessèrent.
— De retour avec Mme Cora Carter. Madame Carter, depuis combien de temps habitez-vous à Summit/University ?
Super, je suis cool, songea-t-il. Aussi calme et posé que si j'étais à un cocktail.
— Je suis née dans le quartier. Je suis restée ici toute ma vie. Mais vous n'allez pas me demander de dire mon âge, hein ?
— Oh, loin de moi cette pensée. Racontez-nous comment le quartier a changé ces cinquante dernières années...
— Ben..., fit-elle.
Elle baissa la tête, l'air songeur, mais pas plus d'une seconde. Elle savait, comme tout le monde de nos jours, que le silence était mortel à l'antenne.
— Eh bien, pour commencer, il y a beaucoup plus

de gens maintenant, reprit-elle. À mon époque, on se connaissait tous entre voisins. On s'entraidait.

— Et c'est toujours une communauté qui se serre les coudes. Un peu plus tôt, Mme Carter m'a fait faire le tour du quartier...

— Début de la bande. Tu es off, Brandon.

La vieille dame se laissa tomber contre lui en riant aux éclats.

— Vous vous en sortez très bien, lui dit-il.

Ted leur fit signe que tout était parfait. Brandon en était arrivé au point où il n'avait même plus à compter les cent vingt secondes d'une bande. On prenait le rythme. Il espérait que le montage image n'était pas trop simpliste, qu'il pousserait les gens à continuer à regarder.

— Dix secondes, Brandon.

— Oui. On y retourne, madame Carter. Juste une petite conversation et ce sera fini.

— Top !

— C'est un très beau quartier de la ville, comme vous pouvez le voir. Dites-nous, madame Carter : vous avez donc passé toute votre vie dans cette rue ?

— De mon temps, la plupart d'entre nous, on était regroupés là où ils ont fait passer l'autoroute, voyez. Dans Rondo Avenue, et deux ou trois autres rues de chaque côté. C'est ça qui a vraiment tout changé, qu'ils aient fait passer l'autoroute.

— Changé ? Comment ça ?

— Les gens sont partis. Aux quatre vents. De plus en plus de nouveaux se sont installés. Et bientôt, il arrive un moment où on ne connaît plus ses voisins et où plus personne ne se soucie de personne. Les gens doivent s'entraider.

— Donc, vous êtes en train de nous dire que, pour vous, ce qui fait qu'un quartier fonctionne, c'est la solidarité ?

— Ben oui, c'est ce que je viens de dire.

— Bien, madame Carter, fit Brandon en éclatant de son rire télévisuel.

Belliqueuse, la vieille. Ils avaient intérêt à l'aimer devant leur petit écran.

— Dites-nous quel est pour vous le plus gros problème qui se pose par ici de nos jours, dit-il.

— Toujours le même. C'est ces jeunes voyous qui n'ont pas de manières et rien dans le crâne. C'est eux qui mettent la pagaille. Enfin, ça doit être partout pareil.

— Je suppose que vous avez raison. Notre quartier est confronté à des problèmes qu'on rencontre dans toute la ville, seulement comme l'a très justement souligné Mme Carter, ils sont accentués ici par la pauvreté et la ghettoïsation. Nous y reviendrons à la fin du reportage. À vous, Mindy.

— Brandon ?

— Oui, Mindy ?

— Dites à Mme Carter qu'elle est encore superbe pour son âge.

— Je n'y manquerai pas.

— Nous nous retrouvons pour le flash météo juste après ceci.

— C'est bon.

— Comment elle sait l'âge que j'ai ?

— Elle voulait juste vous faire plaisir, madame Carter.

— Et quand est-ce que vous m'avez entendue parler de pauvreté et de... ghettoïsation ? Je ne me rappelle pas avoir employé ces mots-là.

— Heu...

Non, mais il fallait bien qu'il dise quelque chose. Il fit signe à Ted de le suivre dans la chambre.

— Quelle interview merdique ! fit Brandon.

— C'était bien. La vieille était géniale. Géniale.

Brandon eut l'air sceptique.

— Tu crois vraiment que les gens ont envie d'entendre une vieille bique se souvenir du bon vieux temps ? Dexter doit être en train d'en chier une pendule dans son bureau ! On est tous virés.

— Hé, calmos. On essuie les plâtres, n'oublie pas. Le plan gens-du-peuple, faut y'aller mollo au début. Si tu fouilles tout de suite dans leurs poubelles et si tu frappes trop fort, ils vont se braquer. La vieille était parfaite. Je t'assure.

— J'espère que tu as raison, mec. Sinon, Dexter nous vole dans les plumes dès demain, c'est moi qui te le dis.

— On s'occupera de lui.

— Ou lui de nous. Bon, il faut que je m'allonge un moment — j'ai super mal à la cheville.

— Tu veux que j'aille te chercher de la glace ?

— Non. Va juste tenir compagnie à mère-grand. Donne-moi deux minutes.

Brandon cala sa tête contre son petit traversin personnel, le seul qu'il ait trouvé qui soit parfait pour ne pas le décoiffer dans de pareils moments. Il n'y avait rien de pire que les oreillers, pour les cheveux — à part les chapeaux, peut-être. Autres détails à la con auxquels les Noirs doivent penser. Il en connaissait qui dormaient en se protégeant la tête avec des trucs bizarroïdes — casques, bonnets en polystyrène, sachets en plastique. Des gens qui semblaient sortis tout droit d'un engin spatial venant de Mars. Les hommes aussi bien que les femmes. Et l'hiver, il fallait voir. Certains préféraient se geler les oreilles plutôt que de porter un couvre-chef qui risquerait d'aplatir leur « coupe ». Sans doute pour ça qu'il n'y avait pas beaucoup de Blacks dans cette partie du pays. S'il y avait une chose qu'ils ne supportaient pas, c'était la « coiffure chapeau ».

Peut-être que la solution, c'était les dreadlocks. Apparemment, les rastas n'avaient pas besoin de faire quoi que ce soit à leur fouillis capillaire. En tout cas, ce ne serait pas lui qui serait le premier rasta du petit écran — le précurseur. Peut-être que Bryant le ferait et ouvrirait la voie aux autres. Non, jamais de la vie. On continuerait à être mal coiffés — y compris Bryant.

Peut-être qu'il devrait carrément se raser le crâne, comme Montel. Ça marcherait. Mais non, il avait une tête marrante — en pain de sucre, avec une grosse marque de forceps derrière, là on avait attrapé le gros monstre au moment où il sortait du ventre de sa mère. Il allait devoir se coltiner sa non-coiffure jusqu'à la fin de ses jours.

Dans son oreillette, il entendit monsieur météo blablatant son baratin à propos d'une possible chute de neige de fin de printemps. Super. Gadoue en plein chaos. On n'imaginerait pas que l'hiver puisse être aussi long. Début en novembre — parfois même en octobre ; fin en avril — voire plus tard. La moitié de l'année, bon sang ! Bon, d'accord, il ne gelait pas toujours, il ne neigeait pas tout le temps, mais c'était si... boueux, blanc, stérile et mort à perte de vue.

« *Old Man Winter*[1] » l'avait rendu fou, avait déjà fait péter les plombs à la plupart des autochtones — d'une façon gentillette et attachante. Le genre de folie douce qu'on trouve dans toutes les bonnes familles. La tantine originale qui porte des couleurs criardes et des bibis pas possibles, celle qui va seule en avion à Las Vegas deux ou trois fois par an pour tenter sa chance aux machines à sous, la pipelette dont tout l'entourage espère qu'elle va bien se tenir au réveillon de Noël. Ici, les dingos étaient capables de faire construire des maisonnettes en contreplaqué avec lits et tout le confort, de les faire installer sur le lac gelé, de creuser un trou dans la glace et de s'asseoir autour d'un radiateur pour pêcher. En janvier. Par moins dix degrés. Il y avait des gens qui faisaient ça. Et ils organisaient une grande fête en plein hiver, le « Carnaval hivernal », avec défilé et

---

1. Allusion à la chanson *Ol'Man River* du film *Show Boat*, véritable hymne au Mississippi. *(N.d.T.)*

tout, et si vous passiez pour ne serait-ce qu'une vague célébrité locale, on vous demandait de défiler dans une décapotable ouverte. La nuit. En plein blizzard. Saluant la foule. Les gens en redemandaient. Et puis, le premier jour où la température remontait à un degré, ils sortaient en bras de chemise, blancs comme des cachets d'aspirine, avec leur barbecue et leur frisbee. Ils faisaient ça, aussi. C'était une sorte de psychose généralisée générée par le climat. Une folie qui abolissait les frontières de race et de classe sociale. Quand la neige tombait et que le vent du pôle Nord soufflait à soixante kilomètres à l'heure, on n'était rien d'autre qu'un habitant du Minnesota. Au même titre que les catastrophes naturelles, le climat soudait les gens. C'était quelque chose dont tout le monde pouvait parler, que tout le monde subissait, partageait. Bien obligé, merde ! Ce Dexter voulait exploiter les différences entre les gens, mais dans nos bons vieux États-Unis — une nation fondée sur l'inégalité des races et, par conséquent, sur la conviction que certaines catégories de personnes ont des droits que les autres n'ont pas — l'histoire, la vraie, ne consiste-t-elle pas, finalement, en nos similitudes, en notre terreau commun, en nos souffrances identiques ? Comme le fait que la peau — quelle que soit sa couleur — gèle en quelques secondes sous un vent de moins quinze degrés ? Ce qui reste encore à prouver pour bien trop de gens.

— Attention, deux minutes, annonça Katy.

D'une torsion, Brandon se leva du lit.

— Katy ?

— Oui, Brandon ?

— Dexter est sur le plateau ?

— Trois mètres à main droite.

— De quoi il a l'air ?

— D'un zombie. Sur le canapé, vite. Mindy a pris de l'avance.

Mme Carter lui tendit les bras comme à un amant :

— Allons-y, mon chou.

Il lui prit les mains.

— Ce sera bientôt fini, dit-il, ne sachant trop s'il se voulait rassurant pour elle ou pour lui-même.

— Oh, je pourrais faire ça tous les soirs, moi.

Il n'y a pas de danger, songea-t-il.

— Et pour terminer, nous retrouvons Brad Wilson dans Marshall Avenue. À vous, Brad.

— Merci, Mindy. Vous savez, un quartier comme Summit/University est le microcosme de toute la métropole. Nous avons des riches, des pauvres, des gens de différentes ethnies et de différentes religions. C'est une communauté forte qui sait faire face aux défis des années quatre-vingt-dix. Je vous invite à nous retrouver au fil des semaines pour, avec l'aide de notre chère amie Mme Carter, apprendre à mieux connaître Summit/University et ses habitants. Quel est le principal avantage d'habiter ici, madame Carter ?

— Oh, les gens, je dirais. Ils sont gentils.

— Aussi gentils que vous.

Il prit une de ses mains dans les deux siennes et la lui serra.

— Vous reviendrez nous voir, madame Carter ?

— Mais quand vous voulez.

— Un dernier mot pour les téléspectateurs ?

— Oui. Je voudrais dire aux escrocs, aux voleurs et aux vendeurs de drogue de pas venir par ici. On veut pas de ça chez nous. Voilà.

— Le message est passé. Merci encore, madame Carter. Eh bien, c'est tout pour aujourd'hui. Je vous souhaite à tous une excellente soirée sur notre chaîne, et je vous dis à demain, en direct, à cinq heures, sur Newscenter 13. Au revoir, Mindy.

— À demain, Brad.

— T'es off, Brandon.

— Et maintenant, de New York, voici les nouvelles internationales...

— Top pour la transmission satellite ! C'est ter-mi-né ! Du bon boulot, bravo tout le monde.
— Merci.
Brandon ôta son oreillette et la laissa pendiller sur sa chemise. Il se pencha en avant pour qu'un machiniste puisse la lui enlever.
— Merci, m'dame, dit-il à Mme Carter en lui tapotant le genou.
— Qu'est-ce que c'est que ça ? demanda-t-elle en retirant un truc rose des cheveux de Brandon.
Elle lui tendit un morceau de ce putain de papier cul !
— Ça s'est vu ? s'inquiéta-t-il. C'était dans le champ ?
Il avait envie de hurler. Pour un nouveau départ, c'était réussi. Il allait encore recevoir tout un sac postal de lettres au sujet de ses cheveux !
— Excusez-moi, fit-il.
Il fonça hors de l'appartement et monta l'escalier quatre à quatre. Sa cheville le ralentissait, bordel ! En haut des marches, il tambourina à la porte.
— Qu'est-ce qui se passe ?
C'était Nita, venant de chez Mme Carter.
Il tambourina encore à la porte. Sipp ouvrit.
— Je crois que ceci est à vous, lui dit Brandon en jetant dans l'appartement quelques confettis qui voletèrent un moment dans les airs avant de se poser par terre.
Sipp lui sourit en le regardant de haut.
— Tu veux quelque chose ? fit-il.
— Oui, je veux quelque chose : savoir quel est ton problème, mec ?
— C'est toi qui cognes aux portes. C'est toi qui as un problème.
Brandon se frotta les mains et serra le poing. Encore un de ces débiles profonds qui se croient sortis de la

cuisse de Jupiter avec leur quincaillerie en or, leurs dents en or et leur air agressif.

— Je vous serais reconnaissant de faire un peu moins de bruit. Il y a des gens qui travaillent, des gens qui dorment, des gens qui habitent ici !

— J'entends pas de bruit, moi. B'jour, Miss Nita. Et vous, vous entendez du bruit, Miss Nita ?

L'animal sourit à Nita comme si elle était une fille facile qu'il essayait de lever.

— Ils ont baissé la musique quand je leur ai demandé, reconnut-elle. Merci, Sipp. C'était sympa.

Elle s'approcha et prit Brandon par le bras.

— C'est un manque de respect, s'insurgea-t-il. Quelqu'un devrait...

— Devrait quoi ? fit Sipp. Je paie le loyer comme tout le monde. Qu'est-ce que tu comptes faire ?

— Écoute, petit...

— Petit ? Petit, t'as dit ?

— Venez, Brandon. Sipp, je te vois tout à l'heure. Venez, on s'en va.

Elle entraîna Brandon vers l'escalier et le fit redescendre jusqu'au rez-de-chaussée. Il la suivit sans quitter des yeux l'autre enfoiré.

— Ouais, à tout à l'heure, Nita. (Et, désignant Brandon, Sipp ajouta :) À plus tard.

Nita ouvrit la porte de la loge et fit entrer Brandon.

— Tout ça, c'était pas utile, le sermonna-t-elle. En plus du reste, j'ai pas besoin de bagarres dans l'immeuble. Pas question.

— Excusez-moi. Je me suis emporté. Cet idiot a jeté des saloperies par la fenêtre juste avant qu'on prenne l'antenne.

Elle rit.

— Ce n'est pas drôle.

— Ben si, en fait. Les gosses et moi, on était morts de rire. Vous auriez dû vous voir vous agiter pour essayer d'enlever ces machins.

— Ça aurait pu foutre en l'air toute l'émission.
— Mais non ! C'était super.
— Vrai ?
— Vrai. J'vous avais regardé que deux ou trois fois avant, et j'peux vous dire qu'aujourd'hui, c'était complètement autre chose. Et Mme Carter... oh, là, là !
— Elle passait bien ?
— On avait l'impression qu'elle parlait pour nous tous ici. Elle était très digne, très posée. Ah, j'étais fière d'elle, ça oui !
— Donc, vous pensez sincèrement que c'était bien ?
— Il faut vous le dire combien de fois ?
— Merci. C'est important, venant de vous.

Il ne l'avait jamais vue aussi enthousiaste. D'habitude, elle dégageait une certaine dureté, une certaine froideur, mais aujourd'hui, elle paraissait surexcitée, pétillante de vie. Il la trouva beaucoup plus jolie qu'il ne le pensait. Elle avait de beaux yeux. De ce noir très noir qu'avaient parfois ces filles à la peau foncée. Quand elle souriait, comme en ce moment, ses yeux brillaient comme des bijoux. Et elle était bien foutue, en plus. Un peu enrobée, mais pas trop. Un beau et grand sourire qu'elle avait, mais qui ne lui donnait jamais — pas même maintenant — l'air heureux. Elle n'était pas mal du tout, vraiment. Pas mal du tout.

— Je ne voulais pas créer des problèmes, s'excusa-t-il. Je me suis un peu énervé, c'est tout. Je n'aime pas qu'on joue avec mon travail.

Ni avec mes cheveux, songea-t-il.

— Je vais régler ça avec eux. Ça ne se reproduira pas.

— Ils ne vous font pas d'ennuis ? Ce n'est pas gênant d'habiter juste au-dessous de ça ?

— Oh, ils sont pas méchants. Tout juste jeunes et inconscients. Vous savez comment c'est.

— Ils me donnent plutôt l'impression d'être des durs à cuire.
— Je sais comment les prendre. Vous en faites pas.
— Vous voulez bien faire ça pour moi ?
Il lui sourit.
Il crut la voir rougir. Elle détourna la tête, s'éloigna dans le couloir et revint en poussant devant elle un aspirateur à roulettes.
— Vous avez du travail, non ? dit-elle.

Guide T.V.

Bon gré mal gré, elle était bien obligée d'admettre que cette histoire de télévision n'était pas pour lui déplaire. Tout ce matériel, ce tohu-bohu. Ils avaient beau faire une émission par jour, on avait l'impression qu'ils étaient sans arrêt sur la brèche, qu'à tout moment, un imprévu pouvait surgir. Tout en sachant qu'elle avait d'autres chats à fouetter, elle ne pouvait pas s'empêcher de traîner sur le plateau pour regarder. Elle admirait la façon dont tout le monde gardait son calme dans la tempête. La veille, elle avait vu un des gros bras laisser tomber un projecteur en le sortant d'une camionnette dans la ruelle. De minuscules éclats de verre s'étaient éparpillés sur l'asphalte. Son collègue et lui avaient bien rigolé en disant que ce serait défalqué du salaire de Brandon. Ça devait être chouette de pouvoir rire de son boulot. Au magasin, pendant la bousculade de Noël ou pendant les soldes, les gens devenaient hargneux, agressifs, au point qu'elle n'avait même plus envie de tenter de calmer le jeu. Ces gens de télé paraissaient aimer ce qu'ils faisaient.

N'empêche, elle n'était pas très sûre que ce soit une bonne chose qu'ils soient là. Pas à cause de Skjoreski. Elle avait craint qu'il prenne la mouche, mais il lui avait dit qu'il trouvait ça génial. On aurait cru que c'était lui qui était filmé, et pas ce vieil immeuble décrépi. Il venait traîner les après-midi en essayant par tous les moyens de se faire remarquer.

Pourtant, quelque chose n'allait pas. Cette histoire de télé lui donnait une sensation bizarre, un peu comme l'impression de déjà-vu dont tout le monde parle sans arrêt, l'impression que ce qui vous arrive s'est déjà produit. Elle était chez elle ou chez Mme Carter, assise devant le poste, sauf que ce qui passait à la télé était en train de se dérouler au sous-sol ou juste devant l'immeuble. Il lui était arrivé de s'asseoir à sa fenêtre, son regard allant de Brandon Wilson à la télévision à Brandon Wilson en chair et en os, et vice versa. Elle se souvenait de n'avoir plus trop su lequel était réel. Ni lequel était le mieux. Et elle se demandait, tandis qu'elle avait les deux sous les yeux, si elle voyait quelque chose que les autres gens ne voyaient pas. Quelque chose de plus. Ou savait-elle quelque chose que les autres ne savaient pas ?

À côté de ça, elle ressentait une certaine... gêne, un léger malaise quand elle pensait aux gens qu'elle avait vus à la télé cette semaine. Mardi, il avait fait un reportage sur les matches de basket amicaux au gymnase, et mercredi, sur le révérend et d'autres membres de l'Église de l'autre côté de l'autoroute, dans Aurora Street. Il interviewait des gens qu'elle croisait tous les jours — au magasin ou dans la rue. Des anciens camarades d'école. Tout d'un coup, voilà qu'ils passaient à la télé, au journal, à parler comme s'ils avaient quelque chose d'intéressant à dire. Elle avait toujours pensé que les infos étaient censées montrer des gens qui avaient des ennuis ou des gens plus importants que les autres. Là, ce n'était que des gens ordinaires. Comme elle. Elle aurait bien aimé pouvoir mettre le doigt sur ce qui la gênait dans le fait de les voir à la télé. Ça cachait quelque chose. Ces gens de la télé, c'étaient pas des imbéciles et ils avaient beaucoup d'argent. Ils ne s'amuseraient pas à venir dans Marshall Avenue pour le plaisir de le jeter par la fenêtre.

Elle enveloppa la tourte aux pommes de terre dans du papier aluminium pour la monter à Mme Carter qui avait gentiment accepté qu'ils regardent l'émission chez elle sur les écrans de contrôle. Elle lui avait fait cette petite douceur pour la remercier. L'équipe télé n'avait pas démonté le décor et Mme Carter, vu comment elle en parlait, se prenait pour la productrice. Nita se disait qu'ils avaient laissé leur matériel chez elle pour que cette vieille fouinarde leur fiche la paix pendant qu'ils travaillaient. Elle était brave, quand même. Elle adorait être le centre d'attention et c'était gentil de sa part d'avoir accepté que les gosses viennent chez elle. Nita s'était dit : Oh, puis mince, à quoi bon essayer de les tenir à l'écart, autant jouer le jeu. Ça ne leur ferait pas de mal d'être hors de la loge une ou deux heures pendant quelques semaines. Ils aimaient bien Mme Carter. Ça leur plaisait de l'aider à diriger l'émission.

Nita n'en revenait pas. Elle aurait cru qu'elle aurait été furieuse, serait descendue et aurait demandé à cet homme et à tous les autres pour qui ils se prenaient à déranger de la sorte le train-train de ses gosses. Mais c'était quand même rigolo tout ça — un peu comme lorsqu'une fête foraine s'installait en ville et que tout le monde marchait sur la tête.

Parfois, elle descendait sur la pointe des pieds et regardait à la dérobée par la fenêtre de l'appartement pour voir ce qui se passait. Ou bien elle restait tranquillement assise sur son canapé, tendant l'oreille pour entendre ce qui se disait en bas. Malgré ses craintes, elle était attirée par cette ambiance de fête. Aujourd'hui, au magasin, elle s'était surprise à attendre avec impatience de rentrer à la maison pour savoir qui serait interviewé ce soir, quelle histoire serait racontée.

Elle tendit la tourte à Mme Carter en disant aux gosses qu'une autre les attendait en bas.

— L'idiot à la caméra 3 bouge beaucoup trop, décréta Mme Carter. Va falloir songer à le remplacer.

Nita rit.

— On va confier ce travail à Marco. Il a l'âge de travailler, hein, mon garçon ?

Marco acquiesça vigoureusement. Mme Carter lui avait fait compter quelque chose sur une feuille de papier sur laquelle il avait tracé des traits. Les filles jouaient par terre à la poupée Barbie.

— C'est qui ce soir ? demanda Nita.

— Celle qui donne des cours de théâtre aux enfants dans Selby. Vous voyez d'où je veux parler ?

Nita connaissait ce lieu. Le *Rainbo*. Elle avait eu envie de se renseigner pour ses filles, mais elle avait eu peur de demander. Ça coûtait peut-être trop cher et, dans son budget, elle n'avait pas d'argent pour de telles fantaisies.

— Ça devrait être intéressant aujourd'hui. On va essayer de l'interviewer juste derrière, dans l'impasse, un peu au-dessus, là où Miles fait pousser sa verdure. Un décor un peu différent pour changer. C'est une idée de moi.

Nita leva les yeux au ciel.

— Madame Carter, je voulais vous demander...

— Chut, on est à l'antenne. Voilà ma chanson !

Pendant que le thème du générique résonnait, Nita regarda des plans de Brandon, de cette mocheté de Mindy St. Michaels et d'autres Blancs qui bossaient avec eux défiler en accéléré. Elle se demanda à qui cette Mindy espérait faire croire qu'elle était une vraie rousse. Elle aurait mieux fait d'investir dans un masque. Aucune image de ce petit montage ne durait plus d'une seconde. Le tout, pas plus d'une demi-minute, et on voyait Brandon dévaler la rue au pas de course, arracher une feuille de papier des mains de quelqu'un, éclater de rire à la plaisanterie d'un autre, puis demeurer souriant. Elle se dit que ça devait être censé montrer qu'il était débordé ;

pourtant, à ce qu'elle avait vu ici, c'était lui qui avait le moins de choses à faire. Ceux qui s'occupaient des caméras et des projecteurs étaient les seuls qu'elle voyait courir dans tous les sens. Mme Carter appuyait sur plus de boutons que lui.

Pendant que le générique défilait à toute allure, on voyait, sur l'autre écran de contrôle, les membres de l'équipe assis face à la caméra, le regard vide, l'air bête, comme des lapins juste avant de passer sous les roues d'une voiture.

La caméra cadra Brandon dans son sous-sol et, tout à trac, son visage prit une expression animée, comme si quelqu'un l'avait branché sur secteur. Une bonne chose qu'il ait renoncé au polo. Les gens n'aiment pas qu'on ait l'air *trop* décontract'. Ils nous prennent pour le caddie, le jardinier ou autre. Aujourd'hui, il portait un joli pull ras du cou — ils avaient les mêmes pas chers chez Wards, 19,95 dollars —, mais elle était prête à parier que celui-ci ne venait pas de chez eux. Son pull, un peu plus clair que bleu marine, allait très bien avec la couleur de sa peau qui était d'un beige un peu rosé — surtout aux joues. Sa mère lui avait toujours dit que cela signifiait qu'on avait du sang indien dans les veines. Rae Anne était encore plus claire que Brandon, mais Marco et Didi avaient la peau sombre, comme elle.

Elle espérait que Rae Anne ne prendrait pas la grosse tête parce qu'elle était claire. Déjà, les gens la cajolaient en lui disant qu'elle était très jolie, en lui demandant si elle n'était pas mulâtre, et en ignorant sa sœur assise juste à côté d'elle. Didi était tout aussi jolie — si ce n'est plus —, avec ses grands yeux noirs et ses longs cils. Un vrai bijou en ébène, et ça rendait Nita malade de voir le regard des gens glisser sur elle pour s'arrêter sur sa sœur aux faux airs de Blanche. Ça n'allait pas être simple de maintenir l'équilibre entre les deux — élever Didi en faisant en sorte que Rae Anne garde les pieds sur terre ; les convaincre l'une et l'autre que ce qu'elles avaient chacune d'unique n'avait rien à voir avec l'obsession des gens pour la couleur de la peau.

— Tiens, voilà cette Merline, dit Mme Carter. C'est moi qui les ai envoyés chez elle.

— Ils ont de la chance de vous avoir, trésor.

Ainsi que l'avait annoncé Mme Carter, Brandon interviewait la professeur d'art dramatique dans l'impasse juste devant les pins. Leurs visages chatoyaient sous la lumière de fin d'après-midi ; derrière eux, les branches des arbres frémissaient sous la brise. Ils auraient aussi bien pu être dans une station balnéaire que dans une ruelle d'un quartier pauvre de St. Paul.

— Allez-y, calez la bande, cria Mme Carter.

Nita se demanda à qui elle croyait parler. Sur l'écran de la télévision, des enfants débordants d'énergie chantaient des chansons pop et dansaient comme s'ils étaient dans un clip. Sur l'écran de contrôle 1, Brandon souriait à la femme en lui tapotant le bras. Il doit l'encourager, songea-t-elle, tenter de la rassurer. Ou peut-être qu'il la pelote. Elle n'aurait su dire. Mme Carter avait augmenté le volume de sa télévision et Nita eut envie de lui demander de le baisser pour voir si elle pouvait les entendre en prêtant l'oreille, mais elle n'osa pas de crainte de paraître trop intéressée ou trop curieuse. Brandon et la prof, on aurait dit des personnages de film, animés, heureux — en tout cas, lui. La femme, jolie, genre artiste, avait des cheveux épais, pas coiffés, maintenus par un joli foulard. Elle portait des vêtements amples et seyants mais, bizarrement, elle faisait décalée sur l'écran. Lui, de son côté, donnait l'impression d'être né pour se trouver là. On ne voyait que lui. On avait le sentiment que toute sa personne attirait le regard : sa façon de se tenir, de tourner la tête, de bouger.

— Top départ, Brandon ! cria Mme Carter.

— Mais où avez-vous appris ce jargon ? demanda Nita.

La vieille dame lui décocha un regard méprisant.

— C'était juste une question, fit Nita. Pas de quoi vous vexer.

Mme Carter zappa sur l'écran de contrôle 2.

— Vous trouvez qu'elle a l'air prête ? s'enquit-elle.

Mindy ramenait ses cheveux roux en arrière, en avant, tout en chantonnant : « *I'm gonna wash that man right out of my hair*[1] ».

Nita était contrariée. Elle avait envie de savoir ce que Brandon demandait à la prof de théâtre, apprendre, peut-être, pourquoi ils étaient dehors, pour commencer.

— T'es à l'antenne ! cria Mme Carter.

Et, comme si elle l'avait entendue, Mindy prit instantanément l'air calme et pro de circonstance. À croire que leurs cerveaux étaient reliés électroniquement !

— Ouf, fit Mme Carter en se laissant retomber en arrière.

— On a réussi, dit Marco.

Nita aussi se sentit soulagée sans trop savoir pourquoi.

— Je suppose que vous ne m'avez pas entendue quand je vous ai dit que je vous avais monté une tourte.

— Ah oui ? Je la mangerai plus tard avec les garçons.

Nita imagina que « les garçons » devaient être les types qui bossaient au sous-sol.

— Dites-moi franchement ce que vous pensez de tout ce bazar dans l'immeuble ? demanda-t-elle.

— Je ne me suis jamais autant amusée !

— Je ne parlais pas des... conseils que vous leur donnez, mais du fait qu'ils soient venus *ici*. Pour nous filmer nous.

Mme Carter se carra dans son fauteuil et lorgna Nita.

— On a l'impression que ça vous embête ?

---

1. Qu'on pourrait traduire par : « Je vais me laver la tête de ce mec », chanson de la comédie musicale *South Pacific*. (N.d.T.)

— Oh, non... enfin... je ne sais pas trop, voyez. C'est pour ça que je vous pose la question.

— Ben, moi, j'vois pas où est le problème. Je ne ferais pas ça, sinon.

Nita fit le tour de la pièce du regard, cherchant ses mots.

— C'est juste que... je ne comprends pas ce qu'on a de si intéressant pour eux. J'ai toujours regardé la télé. Pourquoi ils viennent voir ce qui se passe ici, tout d'un coup ? C'est comme s'ils étaient arrivés sur une autre planète et découvraient qu'il y a des Noirs.

Mme Carter éclata de rire.

— Je comprends ce que vous voulez dire, mais ce n'est pas comme ça qu'il faut voir les choses. À mon avis, c'est la première fois qu'ils viennent par ici, et j'ai vécu assez longtemps pour vous affirmer qu'ils ne sont pas près de revenir. Pas de notre vivant, en tout cas.

— Et alors ?

— Alors, ils sont ici, autant saisir cette chance.

— Vous n'avez pas peur qu'ils aient une idée derrière la tête ?

— Quelle importance ? Idée derrière la tête ou pas, ça m'a permis de mettre mon plus beau tailleur, de passer à la télé et de montrer que les gens du quartier ont du goût. Et ça ne m'a pas coûté un sou.

— Mais ils donnent l'impression que tout est... facile. Il y a des gens qui travaillent dur par ici pour essayer de joindre les deux bouts. Pourquoi ils ne les filment pas, ceux-là ?

— Vous avez un sujet ? Descendez le lui proposer. Il le programmera s'il peut.

— Je le ferai peut-être.

Elle devrait. Elle devrait descendre lui donner des idées.

— Ils terminent dans deux minutes. Allez-y, descendez.

Nita s'engagea dans l'escalier. Elle se sentait un peu

bête, un peu comme à l'école quand elle essayait de se faire bien voir de l'instituteur en effaçant le tableau ou en arrosant les plantes.

— Nita !

C'était Sipp, couché sur son canapé, torse nu, la porte de son appartement grande ouverte. Comme s'il avait attendu qu'elle passe.

— Je t'ai pratiquement pas vue cette semaine.

— J'étais occupée. Et toi, ça va ?

— Comme d'hab. Dis donc, tu m'as toujours pas dit ce que c'est que ce boxon et pourquoi il faut pas faire de bruit.

— Oh, un truc pour la télévision.

Elle ne se souvenait pas d'avoir vu l'équipe chez lui.

— Quel truc ? Entre. Viens t'asseoir une minute.

— J'ai pas le temps, là. Si tu veux vraiment le savoir, descends et va leur demander toi-même.

— Si jamais ce dégonflé de nègre blanc me prend encore la tête, la seule question que je lui poserai, c'est à quelle distance il veut que je l'envoie péter à coups de pied au cul.

— Tu feras pas ça, pas dans mon immeuble, dit-elle, une étincelle dans le regard, usant de son charme pour maintenir la paix.

— Viens t'asseoir. Viens t'asseoir.

Elle se percha sur le bras du canapé, le seul meuble de la pièce hormis quelques caisses de lait vides aux couleurs vives. Et l'énorme stéréo.

— Tu m'en veux toujours pour lundi ?

— Pourquoi je t'en voudrais ?

— Pour ce que je t'ai dit. Ce que je vais faire. (Il la fixait d'un regard perçant.) Alors ?

— Alors, rien. Tu me l'as dit. Tu vas le faire. Qu'est-ce que tu attends de moi ?

— Je te l'ai dit.

— Non, j'peux pas t'aider. J'veux pas. C'est définitif.

Elle martelait ses mots, les lançait comme des pavés. Elle se dirigea vers la porte.

Il la rattrapa, lui passa un bras autour des épaules, lui effleurant la poitrine.

— Viens avec moi, alors.

Il l'attira vers lui. Il dégageait de la tiédeur, de la moiteur, une odeur suave.

— Où ?

— Au pays.

Il la fit pirouetter pour qu'ils soient face à face et voulut l'embrasser. Elle détourna la tête et sentit sa bouche sur sa joue, son oreille. Elle le repoussa.

— Je te connais à peine.

— Moi, je te connais. Je sais ce que je veux.

Elle s'approcha à pas lents de la fenêtre qui donnait sur la rue et regarda les quelques curieux qui s'étaient attroupés pour assister au tournage. Surtout des vieux et des gamins.

— Tu te comportes comme si t'avais jamais été aimée, dit-il.

— C'est trop rapide. Tu m'embrouilles les idées.

Il leva les bras, rendant les armes.

— J'insiste plus. L'offre tient toujours. Prends ton temps. Réfléchis.

— Et l'autre chose ? demanda-t-elle en se tournant vers lui et en le regardant d'un air bravache.

— J'aurais dû laisser ça en dehors de nous. Autant pour moi.

— Mais tu l'as pas fait.

Il s'allongea sur le canapé.

— Je t'écoute, insista-t-elle.

— Ça roule. C'est pour vendredi prochain. Comme je t'ai dit.

— Et...

— Ils font que passer. Je prends le fric, et c'est fini. Basta.

— Comme ça ?

— Comme ça.
Elle baissa la tête.
— Bon, j'avais un truc à faire, dit-elle en ouvrant la porte.
— Nita...
— Quoi ?
— Pense à toi pour changer.
— C'est ce que je fais toujours.
Elle le regarda un moment, puis sortit et commença à descendre.

Bon, songea-t-elle. Qu'est-ce qu'elle devait faire face à un truc pareil ? Est-ce que c'était sérieux au moins ? Et s'il avait vraiment envie de vivre avec elle et ses enfants ? De l'emmener quelque part pour y construire une vie ? S'il la voulait en dépit de tout ? Et pourquoi ça lui tombait sur la tête de nulle part, ce truc, et pourquoi maintenant ? Peut-être qu'elle faisait juste partie d'une comédie qu'il lui jouait ? Que savait-elle de lui à part qu'il venait du Mississippi ?

... qu'il roulait dans une vieille guimbarde Ford. Aimait le funk et le blues. Aimait se la couler douce. Il avait toujours été gentil avec elle. Lui avait dit qu'il la trouvait sympa, qu'il l'aimait, qu'il avait envie d'elle et elle n'avait même pas eu à le draguer. Il était chaud, musclé, noir et beau.

... qu'il pouvait être n'importe qui. Il pouvait avoir une fille comme elle avec une ribambelle de gosses dans trois États différents. Il pouvait être recherché pour meurtre, ou déserteur, ou en cavale.

... qu'il était dealer. Ça, il le lui avait dit. Il le lui avait dit en sachant qu'elle pouvait le détruire avec cette information. Ça avait un sens...

Il s'était demandé si on m'avait déjà aimée. Et moi, j'ai aimé ? Qu'est-ce qu'on ressent ? Ça ? Ce feu dans la poitrine, cette attirance, cette peur ? C'était peut-être tout simplement le désir d'autre chose, de partir d'ici.

Peut-être que je devrais attendre d'être foudroyée sur place. De ressentir ce qu'on est censé ressentir.

Elle pouvait attendre jusqu'à la fin de ses jours et que ça n'arrive jamais. C'était peut-être la dernière proposition qu'on lui ferait.

— Nita !
— Hein ? Oh, bonjour.
— Bonjour.

Brandon lui souriait de toutes ses dents blanches. Elle se tenait sur le pas de sa porte, la tête vide, se souvenant vaguement qu'elle était venue là pour une raison. Mais laquelle ?

— J'ai beaucoup aimé l'émission, murmura-t-elle.
— Ah, merci. Ça fait toujours plaisir d'avoir une fan.

Elle s'attarda, l'esprit brumeux, roulant des yeux.

— Il y a un problème ? Vous allez bien ? s'inquiéta-t-il.
— Oh, vous savez, j'ai pensé à une chose. Pour votre émission.
— Ah oui ?
— Ouais, je... je me demandais si vous devriez pas montrer d'autres trucs du quartier.
— Comme ?
— J'sais pas, moi. Je me disais qu'il y avait pas mal de gens par ici qui passent beaucoup de temps à aider les autres. Vous voyez ce que je veux dire ?
— Les services sociaux ? Oui, bien sûr.
— Les assistantes sociales ? Oh, non, ça risque pas. Non, je parlais de gens ordinaires.
— Vous connaissez quelqu'un comme ça ?
— Une dame dans Selby Avenue. Je travaille avec sa nièce. Elle a installé un stand de distribution de nourriture juste devant chez elle. Si des gens ont pas de quoi manger pour eux et leurs enfants, il suffit qu'ils aillent frapper à sa porte.
— C'est super, comme sujet, ça, Nita. On le fera. Dès demain. Ted ! Viens voir.

Ted passa la tête par la porte de la chambre.

— Repousse la prof à lundi. On a un direct de première.

Nita n'en revenait pas que ce soit aussi simple que ça de passer à la télé.

— Vous travaillez demain ? lui demanda Brandon.
— Oui.
— Rentrez plus tôt, vous passerez au J.T.
— Oh non, j'peux pas...
— Ne vous inquiétez pas pour l'argent. D'accord ?
— Non, c'est pas ça, mais j'me vois pas...
— Réfléchissez-y.

Nita n'était pas très sûre de vouloir avoir une autre question à se poser.

— On peut voir cette dame maintenant ?
— En général, elle est là tout le temps.
— Allons-y. Vous me présenterez. C'est tout ce que je vous demanderai de faire demain à l'antenne : nous présenter. C'est tout. Vous êtes capable de faire ça, non ?
— Je...
— Mais oui. Et vous serez célèbre dans toute la ville. Laissez-moi faire.

Les cousins « at Five »

> C'était qui la vieille peau que vous avez invitée hier soir ? Je la connais, celle-là. C'est une pétasse. Si vous voulez quelqu'un de bien, contactez-moi. Je vous envoie mon numéro de téléphone et une photo. J'attends de vos nouvelles demain.
>
> Hattie Conaway
> Maplewood

— Relax, dit Brandon à Nita.

Il la prit par les épaules. Les non-professionnels étaient sensibles aux moindres gestes de réconfort, accolade ou petite tape juste avant que ça tourne. Ils aimaient bien qu'on rajuste leur col ou qu'on retire des peluches de leurs vêtements. Ils adoraient entendre un rire ou une plaisanterie avant l'interview. D'habitude, il préférait attendre, garder son charme pour la caméra, mais quand on travaillait avec des amateurs, il fallait faire tout son possible pour qu'ils ne fichent pas tout en l'air. Une fois, en tournage sur place lors d'une réunion de conseil de classe, il avait asticoté un des membres pour avoir sa réaction. Le pauvre gars traquait tellement qu'il arrivait à peine à parler. Brandon avait dû faire les questions et les réponses pendant que le gars restait là à bafouiller.

Ça faisait longtemps qu'il n'avait pas vu quelqu'un d'aussi nerveux que Nita. Il la sentait trembler, et elle respirait profondément et vite. Pourvu qu'elle ne se suroxygène pas, songea-t-il. Peut-être avait-il fait une erreur en la persuadant de faire ça. Mais elle était télégénique — elle avait ce côté « vrai » — et sa présence avait bien aidé à mettre Miss Eva à l'aise.

Ils s'étaient installés devant la porte-moustiquaire de la maison de Miss Eva, dans Selby Avenue. Quand il prendrait l'antenne, il ferait une petite intro en quelques mots, puis Nita sonnerait à la porte et leur présenterait, à lui et aux téléspectateurs, Miss Eva. Elle s'appelait Eva Phillips, et Brandon avait eu beau insister pour l'appeler Mme Phillips, elle avait refusé catégoriquement. Elle disait que tout le monde l'appelait Miss Eva dans le quartier, et que si elle passait à la télé, c'est sous ce nom qu'elle voulait être connue. Brandon détestait appeler les gens M. Tom ou Miss Carol ou Eva. Son père lui avait toujours dit que cette manie venait du parler noir du Sud et qu'elle vous faisait passer pour un plouc. Mais si c'était ce que cette dame voulait...

— J'espère que je vais me souvenir de mes répliques, fit Nita.

Elle agita les mains comme si elle venait de finir des exercices d'échauffement.

— On n'est pas au théâtre. Il n'y a pas à « bien jouer ». Faites comme si j'étais un ami à qui vous présentez quelqu'un. Exactement comme hier quand on est venus la voir.

— À vous entendre, ça a l'air facile.

— Chut. C'est ça le secret. *C'est* facile, et plus on est naturel et simple, et plus *ils* aiment.

Il pointa la caméra du doigt, désignant les habitants de Téléland. Il arborait son air le plus rassurant, celui dont il s'était servi pour la guerre du Golfe, les inondations dans le Midwest et les tremblements de terre en Californie, quand il s'agissait de convaincre tout le monde que tout était rentré dans l'ordre. Elle marcha, du moins elle en eut l'air. Ce n'était qu'un demi-mensonge. C'est vrai, on faisait en sorte que ça paraisse simple, mais ceux qui s'imaginent qu'être assis devant la caméra tous les soirs en prenant un air de circonstance destiné à inspirer confiance comme si on savait de quoi on parlait est facile, ou que réduire un sujet éminemment complexe, comme le déficit fédéral, à une info de trente secondes ne demande qu'un air jovial et une voix chaude, ceux-là se trompent lourdement. Les gens se figuraient qu'il suffisait d'être glamour et cool, et pour certains — Mindy, par exemple —, c'était le cas. Elle se bichonnait, on lui tendait des infos à lire, elle était bonne et tout le monde était content. Mais quand on voulait faire du bon boulot, il fallait vraiment se casser le cul. On ne pouvait jamais savoir où allaient surgir les embûches même dans une émission aussi simple que celle-ci. Ça devrait rouler tout seul — un témoignage bien ficelé enrobé d'émotion, un reportage rythmé dans la boîte. La seule partie en direct était l'annonce, une succession rapide de plans de coupe et deux ou trois questions en interview en direct avant et après la bande. N'empêche, il pouvait arriver n'importe quoi. Un téléphone qui sonne. Un communiqué de New York.

Miss Eva était un vrai personnage — sympathique, chaleureuse, directe. C'était de plus en plus souvent le cas. À notre époque, les gens avaient quelque chose d'inné, un sixième sens qui leur disait comment se comporter devant la caméra. Ils savaient qu'il ne fallait pas trop sourire, qu'il fallait regarder son interlocuteur et non la caméra, être concis et ne pas bafouiller en passant des messages personnels, comme le bonjour à ses enfants. Nita était la première depuis longtemps qui risquait de ne pas y arriver. Elle était le câble qui menaçait de se rompre, le projecteur d'éclater, l'avion qui volait en rase-mottes alors que le micro était ouvert.

— Continuez comme ça, l'encouragea-t-il en la voyant agiter les mains. Allez-y à fond. Sautez. Courez sur place. Secouez-vous les membres.

— J'peux pas.

Elle détourna la tête, gênée.

— Allez ! fit-il. Personne ne vous regarde.

Il pensa qu'il valait mieux ne pas lui révéler qu'à la régie et sur les vieux écrans de contrôle qu'il avait laissés chez Mme Carter, plein de gens les voyaient et entendaient ce qu'ils se disaient.

Elle se mit à sautiller sur place.

— Voilà, c'est bien. Brûlez votre surplus d'énergie. Vous savez, quand on bosse, on court dans tous les sens avant de prendre l'antenne pour être sûr que tout est prêt. Ça calme les nerfs. Continuez. Vous êtes très bien.

Et elle l'était, il faut dire. Ses cheveux faisaient moins ébouriffés que d'habitude et elle avait mis une très jolie robe cramoisie et un foulard de cou assorti. Le rouge n'était pas la couleur la plus télégénique qui soit — ça allait lui manger le visage, surtout avec le teint qu'elle avait —, mais Brandon en était tout ébloui dans la lumière de cette fin d'après-midi. La vision d'une femme qui savait se mettre en valeur le comblait toujours de joie. Sandra était de celles-là. Dans sa penderie était accroché un nuancier qui lui indiquait les meilleures associations de couleurs, et elle entassait toutes sortes de produits vantés par *Essence* et sur la chaîne BET qui étaient spécialement conçus pour les femmes noires. Nita avait encore pas mal de chemin à faire, mais elle s'en sortait plutôt bien avec ce qu'elle avait. Ça revenait cher si l'on ne voulait pas se laisser distancer par une femme comme Sandra.

— OK, dans deux minutes, annonça-t-il en enfonçant un peu plus son oreillette.

— Oh, mon Dieu ! murmura Nita en levant les yeux au ciel pour demander son aide au Tout-Puissant.

Son trop-plein d'énergie la quitta ; ses doigts s'immobilisèrent. Pourvu qu'elle ne soit pas trop raide, songea Brandon. Ça arrivait parfois avec les amateurs.

— On répète une dernière fois, très vite. Je parle, je vous présente, et vous dites... ?

— Heu... Je veux... j'aimerais vous présenter une de mes voisines qui fait beaucoup pour notre quartier.

— C'est bien.

Sans le bégaiement, ce serait encore mieux, songea-t-il.

— Et là, vous nous la présentez exactement comme on l'a déjà fait, insista-t-il.

Il vint se placer à côté d'elle et la prit par les épaules.

— C'est bon ? demanda-t-il au cameraman. Décontractez-vous. On est presque prêts. Bon, quand le voyant rouge s'allumera, je veux que vous n'oubliez pas une chose ; vous êtes Bonita Sallis, le beau cadeau qu'on offre aujourd'hui au monde. D'accord ?

— D'accord, répondit-elle en prenant cet air bravache de l'écolière la plus effrontée le jour de la rentrée.

Il ne fallait pas juger à la mine. Accroche-toi, Nita, songea-t-il. Accroche-toi.

Ensuite il parvint à la persuader d'aller arroser ça dans une cafétéria chic de Grand Avenue — elle était située à six rues de chez elle, et il avait peine à croire qu'elle ne la connaissait pas. Elle parut fortement impressionnée et un peu intimidée par les salades et les soupes maison.

— Vous pouvez commander un simple sandwich au jambon, si vous préférez, lui avait-il dit.

Et même si elle avait paru agacée par cette remarque, c'est bien ce qu'elle avait pris avec une soupe à la tomate. Elle parut contente de ses choix.

— Vous avez été formidable, la félicita-t-il en portant un toast avec son verre de jus de pomme.
— Je n'avais jamais eu aussi peur de ma vie. Je n'arrive pas à croire que je me suis laissé convaincre de faire ça.
— Le plus dur, c'est toujours la première fois.
— Première et dernière.
— Non ! Je pense que vous avez une carrière devant vous, mademoiselle. (Il la cadra avec ses doigts.) Ça vous a plu ?
— C'était pas si mal. Ouais, j'ai trouvé ça marrant.
— Bien. L'important, c'est d'y prendre plaisir. Vous comptez finir votre sandwich ?
— Pourquoi, vous le voulez ? demanda-t-elle en riant. Non. Il faut que je rentre, vous savez.
— Mme Carter peut bien garder les enfants encore un moment. Finissez. Vous sortez souvent ?
Des yeux pudiquement baissés lui apportèrent la réponse à sa question.
— Allez-y. Finissez.
— En fait, il n'y a que Marco. Les filles sont chez ma mère. C'est bientôt l'anniversaire de Didi. Maman voulait avoir son petit bout de chou chez elle.
— Et je vous empêche d'y aller ? Pourquoi ne me le disiez-vous pas ? Excusez-moi.
— Non, non. C'est le petit bout de chou à sa grand-mère. Elle passe la nuit là-bas et je suis heureuse de souffler un peu. Je lui fêterai son anniversaire plus tard.
Il lut quelque chose dans ses yeux — le soulagement, la liberté — qui lui fit penser qu'elle disait vrai, qu'elle était heureuse de pouvoir souffler. Cette fille menait une de ces vies ! Entre son travail, ses cours, ses enfants... Surtout ses enfants. Avec tout ce qu'il y a à faire dans la vie, il ne voyait pas comment on pouvait y ajouter des enfants. Il connaissait quelques reporters et présentateurs qui faisaient suivre leurs gosses d'un contrat à l'autre, d'une année sur l'autre. Il n'avait vu

que trop de ces mariages s'effondrer, le plus souvent parce que la femme mettait le holà, refusait de bouger sa petite famille d'un pouce. Et il n'avait vu que trop de stars montantes refuser un poste clé à cause d'un gamin en dernière année de lycée ou qui avait enfin trouvé une école qui lui convenait. Dix ans plus tôt, il avait décidé qu'il ne pourrait pas vivre comme ça — pour lui-même et pour un enfant. De plus en plus souvent ces derniers temps, quand il pensait à ses frères et sœurs et à leurs rejetons, il devait faire un effort de volonté pour repousser le soupçon d'anxiété vaguement teinté de jalousie qui pointait en lui. Il avait un neveu, Roderick, un garçon adorable, très gentil, et il lui était parfois insupportable de rendre visite à son frère car une partie de lui-même avait envie d'enlever l'enfant, de l'avoir à lui. Il en voulait un. Sandra et lui en avaient discuté. Peut-être, s'étaient-ils dit. Si tout concordait. S'il atterrissait dans un endroit où il pourrait rester un moment. Peut-être pourraient-ils en faire un ensemble. Peut-être.

— Je vous admire, déclara-t-il.

— Parce que j'ai dit quelques mots à la télé ? Merci.

— Non. Parce que vous avez beaucoup de choses sur les bras et que vous paraissez vous en sortir très bien.

Elle baissa de nouveau les yeux pour lui cacher son expression. Était-ce du dépit ou simplement de la lassitude ?

— J'ai gaffé ?

— Non. C'est juste que... c'est pas comme si j'étais quelqu'un qui avait le choix. Y'a des jours, j'ai l'impression de sortir du même trou que la veille. Et que j'arriverai jamais nulle part.

— C'est ça que j'admire. Beaucoup de gens baissent les bras. Ou cèdent à la facilité, l'alcool, la drogue... Ils attendent d'être sauvés par le Loto ou autre. Vous n'êtes pas de ceux-là.

— Vous me connaissez si bien que ça ?

— Je vois ce que je vois.

— Ce que vous voyez, c'est une cousine qui en a ras la casquette. C'est tout.

— Et qui est forte. Ce que je vois, c'est de la force. J'aime la force.

Il tendit la main au-dessus de la table et lui tapota le bras.

Ils trouvèrent Mme Carter qui faisait les cent pas devant l'immeuble.

— Où vous étiez ? Il est arrivé un malheur !

Elle enlaça Nita, apaisante.

— S'pas ma faute, dit-elle. J'suis partie rien qu'une minute. J'pensais qu'y'aurait pas de problème.

— Mon bébé ! Où est mon bébé ?

— C'est son bras, c'est tout. Un accident. J'suis partie rien qu'une minute. Y'avait Sipp avec lui.

Brandon sépara les deux femmes.

— Où est-il ? demanda-t-il à Mme Carter.

Elle haleta, sanglota.

— Calmez-vous et dites-nous où il est, insista-t-il.

— Au Ramsey. S'pas ma faute.

— Allons-y.

Ils plantèrent là Mme Carter et foncèrent à l'hôpital sans tenir compte des panneaux de limitation de vitesse. Aux urgences, ils tombèrent sur le dénommé Sipp. Il était vautré sur une chaise, buvant un Pepsi. Nita courut à lui pendant que Brandon se rendait à l'accueil.

— Je vous ai cherché partout vous deux, dit Sipp assez fort pour être entendu de tous.

— Où est mon fils ? Qu'est-ce que tu lui as fait ?

Brandon attendit que l'infirmière de garde trouve le nom sur le registre. Sipp se pencha vers Nita et lui murmura quelque chose à l'oreille. Brandon supposa qu'il plaidait sa cause.

— Y'a pas intérêt ! cria Nita.

Brandon vit Sipp tendre les bras en un geste de supplication et Nita le repousser.

— Nita !

Brandon lui fit signe de les suivre, l'infirmière et lui. Elle dit quelque chose à Sipp. Il partit.

— Mon bébé, appela Nita.

Elle avait envie de le prendre dans ses bras, mais ne sachant pas où elle pouvait le toucher, elle le caressait comme on caresserait un poussin sortant de l'œuf. Marco était allongé sur un chariot, le bras dans un plâtre frais, un gros pansement sur le front. Il suçait un bâtonnet blanc.

— Regarde... à l'orange, dit-il en retirant la sucette de sa bouche.

Brandon rit. Les gosses, ils étaient faits de caoutchouc et d'acier. Ce petit bonhomme lui avait toujours paru être du genre à résister à un char.

— M. et Mme Sallis ? demanda une femme en passant la tête par l'entrebâillement de la porte.

— Miss Sallis, rectifia Nita. C'est mon fils.

Manifestement, elle ne comptait pas présenter Brandon.

— Je suis le Dr Meier, dit la femme en tendant la main. Une force de la nature, votre petit garçon.

— Il va se remettre ?

— Il pourra de nouveau se pendre aux fenêtres d'ici peu.

— Se pendre aux fenêtres ? Marco ! Je devrais te tuer !

— C'était pour rire.

— J'aimerais le garder cette nuit. C'est une mauvaise cassure et le choc à la tête a été fort. Je voudrais faire d'autres examens demain matin.

— J'ai encore droit à deux autres sucettes, m'man.

— Pas si tu ne te couches pas, lui dit le Dr Meier.

Je repasserai le voir avant de partir. J'ai été ravie de vous rencontrer.

Elle décocha un regard à Brandon. Il se demanda si c'était parce qu'elle savait qui il était ou bien parce qu'elle croyait l'avoir compris. Quoi qu'il en soit, cela ne le gênait pas d'être laissé pour compte.

— Je peux rester ? demanda Nita d'une petite voix.

— Pendant les heures de visite, bien sûr. On va le déplacer au-dessus.

Ils passèrent la soirée avec Marco. Il fut courageux, drôle même, pendant un moment, puis les effets des analgésiques se dissipèrent. L'infirmière lui fit avaler un autre comprimé — qui n'eut pas beaucoup d'effet.

— Ça va faire mal, mon gars, le prévint-elle.

Elle était du genre bourrue, zélée, qui crânait dans le service et considérait que ses réponses du tac au tac et ses manières vives étaient une sorte d'homéopathie.

— Tiens, voilà pour toi, dit-elle à Marco en lui tendant une sucette.

Marco paraissait être sensible à la présence de cette femme, oublier sa douleur pendant qu'elle lui faisait son boniment.

Nita, assise au chevet de son fils, lui caressait le front. Brandon voyait la tendresse qu'elle mettait dans ses gestes, expression d'une affection nourricière qui le faisait fondre. Il n'avait rien à faire — il ne voyait pas ce qu'il aurait pu faire — à part attendre, debout, assis, faire les cent pas dans le service, regarder. Quand il racontait une histoire drôle ou une quelconque anecdote, ils le gratifiaient d'un sourire indulgent. Ce n'était ni sa femme, ni son enfant, ni sa famille. On n'avait absolument pas besoin de lui. Et pourtant, il restait, il regardait.

Nita demeura deux heures au chevet de son fils, immobile ou presque, le caressant d'une main de velours, roucoulant des paroles rassurantes. Ce tableau vivant, ce plan de fin de film toucha en lui une fibre qui vibrait rarement.

Après que les infirmières eurent assuré à Nita qu'elles veilleraient sur Marco, après que Brandon l'eut entraînée — en ayant l'impression de devoir l'arracher à cet endroit —, il lui dit qu'il l'avait trouvée belle avec son enfant. Elle s'effondra contre lui, secouée de sanglots. Quand ils arrivèrent à l'immeuble, elle avait pleuré tout son soûl mais était toujours pelotonnée contre lui, respirant profondément et lentement. Il l'aida à descendre de voiture et l'escorta jusqu'à sa porte. Elle pêcha ses clés, entra dans son appartement et s'arrêta — son sac à main ouvert accroché à son avant-bras comme une poupée traînée par une gamine. Il attendit. Il eut envie de la prendre dans ses bras, esquissa le geste, se ravisa.

— Vous voulez que j'aille vous chercher quelque chose ? lui proposa-t-il. Qu'est-ce que je peux faire ?

Il vint se placer devant elle. De grosses larmes roulaient lentement sur ses joues. Elle avait l'air triste, vide de ceux qui n'ont plus rien à perdre. Elle le prit par la main et le guida jusqu'à sa chambre.

Ça ? songea-t-il.

Elle s'assit sur le lit et il prit place à côté d'elle. Elle lui passa les bras autour de la taille et se blottit contre lui. Il lui caressa le cou du bout du nez, l'effleura des lèvres.

C'était donc ça qui allait se produire ? Il n'y avait pas pensé.

Nita le força à tourner le visage vers elle et chercha sa bouche. Elle l'embrassa passionnément. Elle fit courir ses mains sur son dos, tira sur les pans de sa chemise.

Si c'est ce dont elle a besoin..., se dit-il.

Quand il la pénétra, elle eut un mouvement de recul et il crut qu'il lui avait fait mal, mais elle lui passa les jambes autour des reins et, de ses mains, l'enfonça plus profondément en elle. Elle sanglotait, gémissait, embrassait ses clavicules, poussait de petits cris.

Elle s'endormit en le tenant enlacé comme s'il était un gros poupon. Il était mal à l'aise, le corps moite de Nita en travers du sien, une de ses mains lui serrant le bras, un peu crispée, ses jambes écartées. Pourtant, il la laissa dormir ainsi, et finit lui-même par sombrer.

Au réveil, elle n'était plus là.

Le lundi matin, dans le bureau de Dexter, il pensait à elle. Juste un coup ? se demandait-il. Peut-être. Il ne savait que penser. Mais elle était là, avec lui, pendant la réunion.

Dexter compulsa les feuilles de taux d'audience en poussant des soupirs exaspérés :

— Pas suffisant.

— On grimpe, lui fit remarquer Brandon. On a décollé, au moins. On est passé dans le peloton de tête avec les trois grands. On sera bientôt dans un mouchoir de poche.

Il n'avait pas envie de tomber dans ce genre de conneries. Ça ne faisait qu'une semaine. À quoi Dexter s'était-il attendu ? À un miracle ?

C'était Dexter qui avait tenu à organiser cette réunion. Il ne s'était mêlé de rien jusqu'à présent. Brandon supposait qu'il jugeait que le moment était venu de rectifier le tir.

— Je vous ai regardés toute la semaine, dit Dexter.

— Ah oui ?

Et Dexter de soupirer de nouveau.

— Vous savez ce que je souhaiterais en ce moment ? Je souhaiterais plus que tout pouvoir vous dire que ce que vous avez fait était nullissime. Franchement, ça me ferait chaud au cœur.

Brandon le regarda sans un mot.

— Au lieu de ça, toi, toi et ce... comment il s'appelle déjà le grand couillon qu'on a embauché ?

— Ted.

— Toi et ce Ted, vous avez fait une émission de premier ordre. Décor top niveau, matériel top niveau, équipe top niveau. Vous avez même réussi à mettre un peu de vie dans cette empaillée de Mindy.

— Je suis censé vous dire merci, je suppose.

— Donc, je ne vais pas te botter le cul comme j'aimerais le faire. Je vais devoir aller voir ailleurs pour ça aujourd'hui — hé, je vais peut-être annuler ces putains de redif de *MASH*. Cette merde m'a toujours tapé sur le système.

— Si on allait à l'essentiel, Dexter. J'ai du boulot.

— L'essentiel... Ah, ouais, ton émission... Ça craint.

— Comment ça ?

— Enfin, c'est pas que ça craint... trop... mais quand même un peu. J'sais pas comment dire... c'est un peu comme si elle avait un balai géant dans le cul, tu vois ce que je veux dire ?

— Non. Je n'en ai pas la moindre idée.

— Je t'explique. Tu as tous les bons ingrédients, mais la sauce ne prend pas. Tu permets que je te dise un truc ? Tu me jures de pas t'offusquer ?

C'est ta présence sur cette Terre qui m'offusque, songea Brandon. D'un geste, il l'invita à poursuivre.

— Je vais te dire où est le problème : tu invites trop de Noirs et pas assez de nègres.

Brandon se plia en deux de rire. Il ne savait pas d'où ça venait. Ce type... Quand on croyait avoir tout entendu !

— Tu vois de quoi je veux parler. Tu fais venir tous ces Noirs honnêtes qui bossent dur. Le genre sel de la terre. Les aimés de Dieu. Ils sont chiants comme la pluie. Si tu veux qu'*Infos Ghetto* fasse un carton, t'as intérêt à montrer des nègres.

— Pas ce mot avec moi, mec, lui rappela Brandon entre deux rires.

— D'accord, mais tu vois ce que je veux dire quand même ?

Brandon leva les bras au ciel.

— Le genre rasta ; de ceux que les téléspectateurs peuvent pas piffer. Je te dis, Brad, les gens doivent voir d'où tu sors.

Brandon se leva, hochant la tête. Ça ne servirait à rien d'expliquer quoi que ce soit à ce mec. Sur quoi que ce soit.

— Je vais voir ce que je peux faire, dit-il.

Dexter agita vaguement les mains en signe qu'il pouvait disposer. Il s'était déjà replongé dans les rapports, entourant ceci, surlignant cela.

— Cette semaine, murmura-t-il. Je veux des cousins au cinq heures. Me déçois pas, mec.

Renvoi d'ascenseur

Nita fit courir ses doigts sur le visage de Marco, doucement pour ne pas le réveiller. Il avait toujours eu la peau fraîche et sèche quand il dormait, même bébé. Comme le temps passait vite... Huit années qui s'étaient enchaînées en douceur, sans accroc. Une enfance heureuse. C'était le premier gros pépin qui leur arrivait. Et il le surmonterait sans problème. À l'hôpital, on lui avait dit qu'elle devait surveiller sa température, passer le voir toutes les heures, lui demander où il était et s'il avait des vertiges. Mais il se remettrait. Son bras guérirait et sa bosse à la tête disparaîtrait. Le Dr Meier l'avait averti que le plus dur était qu'il allait devoir être patient le temps que son os se ressoude, et qu'il ne fallait pas de chahut ni de bagarres à la maison. Elle connaissait bien les enfants, cette femme médecin. Faire en sorte que Marco se tienne tranquille, ça n'allait pas être coton, mais jusqu'à présent, c'était un patient modèle. Il n'avait jamais été très dorloté — à rester au lit et que maman lui apporte des chips ou des verres de jus de fruits — et il s'y était mis comme s'il était né pour ça. Il dormait beaucoup. Le médecin avait dit à Nita que ce serait normal. Elle lui avait même donné des pilules pour le week-end « au cas où il s'agiterait », mais rien pour calmer la douleur. Après avoir expliqué à Marco que ce qu'il ressentait au bras n'était que le souvenir du choc qu'il avait subi, elle avait dit à Nita que c'était une bonne chose qu'il connaisse un peu d'inconfort.

— Les gens s'imaginent qu'ils peuvent toujours prendre un médicament pour calmer la douleur. Quelquefois, c'est possible, mais le plus souvent, il vaut mieux ne rien prendre. C'est bien qu'il apprenne à vivre en ayant un peu mal. La prochaine fois, ce sera plus facile.

Nita avait acquiescé passivement. Ces paroles lui avaient paru atrocement froides — comment avoir mal pourrait-il être bénéfique ? Pour un enfant, surtout. Pour *son* enfant. S'il y avait quelque chose qui pouvait calmer sa douleur, elle le lui donnerait sans hésiter une seconde. Si elle avait pu éviter que ça lui arrive, déjà ! Peut-être que le docteur avait raison, après tout. La vie allait être dure. Plus tôt il s'habituerait à la souffrance, et mieux ce serait.

C'est que le monde était dangereux. Elle préférait ne pas y penser. Quand on voyait ce que certains faisaient subir aux enfants — au sein de leur propre famille, des fois. Alors, les inconnus ! Tous ces zinzins qui circulaient en voiture, pantalon baissé et tout ça. Parfois, elle regrettait de ne pas pouvoir enfermer ses enfants dans un endroit sûr jusqu'au moment où ils seraient assez grands pour se débrouiller tout seuls. Comme si ce genre d'endroits existaient. Et quand viendrait le bon moment ?

Le problème, c'est que, même s'ils trouvaient un endroit pareil, ils ne pourraient jamais s'en sortir tout seuls. Nita elle-même n'y arrivait pas. Elle avait sa mère. Si sa mère n'avait pas été là pour garder les filles une nuit de plus, elle n'aurait pas pu rester au chevet de son fils. Et Mme Carter, la pauvre vieille, elle se sentait si mal, si fautive. Elle avait passé toute sa soirée du samedi et tout le dimanche matin à faire des cookies et d'autres friandises pour Marco. Elle se rendait malade au point que Nita avait dû la forcer à s'asseoir en lui disant d'arrêter de se faire des reproches — bien qu'elle ait été tentée de laisser la vieille cousine sur les charbons ardents jusqu'à ce qu'elle ait un service à lui demander. Qu'elle se sente bien coupable d'être sortie acheter son plat à emporter ! Non, elle pouvait pas lui faire ça. À voir comme elle se mettait en quatre. Vraiment. Et elle n'était même pas de la famille. Personne ne peut prévoir un accident pareil. Nita le savait bien.

Et puis, il y avait l'autre. Brandon. Le salaud ! Il avait fallu qu'il fasse juste ce qu'il fallait faire. De A jusqu'à Z. Le salaud ! Il avait fallu qu'il soit là quand elle avait eu besoin de quelqu'un, qu'il pose les questions qu'elle pouvait pas poser, qu'il l'accompagne là où il fallait l'accompagner, qu'il soit près d'elle quand elle avait eu besoin d'une présence, qu'il reste silencieux quand elle avait eu besoin de silence, qu'il la prenne dans ses bras quand elle avait eu besoin de tendresse. Il avait fallu qu'il lui donne tout ça. Le salaud !

Qui l'aurait cru, hein ? Il ne paraissait pas être du genre à s'intéresser à quelqu'un d'autre qu'à lui-même. Les hommes comme lui, les beaux mecs, ils sont plutôt de ceux qui mettent les bouts quand les choses se corsent. Ils vous laissent tomber comme une vieille chaussette. Ils vous laissent vous débrouiller toute seule. Qui l'aurait cru ? Qu'est-ce qu'il y gagnait ? Ces types-là, ils ne faisaient rien pour rien. Il fallait qu'ils y trouvent leur compte. Mais, là, il n'avait rien eu à gagner à l'aider comme il l'avait fait. Elle avait rien à lui donner. Rien de rien. Pourtant, il avait employé son jour de congé à lui faire le ménage, à lui passer l'aspirateur, à lui faire des courses. Elle n'avait jamais eu autant de nourriture d'avance. Elle ne lui avait rien demandé. Il l'avait fait de lui-même. Qui aurait cru ça d'un type pareil ? Ce n'était pas prévu au programme.

Le programme, elles le connaissaient toutes. Dans les talk-shows, à la radio, entre copines : on en parlait partout. Il y avait une femme qui avait écrit tout un livre à ce sujet — concernant ces machos sur qui il valait mieux pas compter. Quand elle papotait avec une Noire, la conversation ne tardait pas à tomber sur le petit ami et comment il lui avait fait du tort. Nita ne manquait pas d'histoires, elle non plus, sur ce vieux cossard et jobard d'André. Les femmes hochaient la tête et laissaient échapper des murmures de compassion quand elle leur racontait la fois où, à la naissance de Didi, ce négro avait eu le culot de venir la voir à l'hôpital avec la traînée après qui il courait depuis un moment. Il était entré dans la chambre en tenant un bouquet de ballons au bout d'un fil, tout sucre et tout miel, et elle avait tout de suite compris qu'il y avait anguille sous roche parce qu'il en faisait trop. Il avait failli s'en tirer, en plus, mais une infirmière avait ouvert la porte en grand afin de pouvoir faire passer un appareil pour sa voisine de chambre, et c'est alors qu'elle avait vu l'autre pouffiasse qui avait le toupet d'attendre dans le couloir, juste devant sa chambre, au vu et au su de tout le monde. Heureusement, à l'époque, Nita avait déjà décidé qu'André et elle, c'était fini. La salope pouvait le garder aussi longtemps qu'elle pourrait le supporter, bonne chance et bon vent ! Elle avait prié André de partir, lui avait dit qu'il pouvait faire au revoir de la main à sa fille en sortant, et tracer. Toutes ses copines avaient une histoire dans le même genre. Et leurs mères, pareil. Et la sienne aussi, sans doute, même si elle aimait faire comme si c'était pas vrai, mais pourquoi elle serait différente ? Nita se le demandait bien. Sa mère racontait seulement combien son mari aimait se faire servir. Ce qui était la même chose, vraiment, mais il ne fallait surtout pas dire ça à m'man. Pourtant aucune ne parlait des hommes du genre de Brandon. De ce qu'elle venait de découvrir chez lui.

Qu'est-ce que ça ferait d'avoir quelqu'un comme ça pour soi ? Elle ne savait même pas par où commencer à imaginer ça. Elle pensa à tout ce qu'elle devait régler par elle-même. Pour commencer, se dit-elle, il lui donnerait un coup de main. Peut-être, par exemple, au lieu de la laisser déplacer un meuble lourd toute seule, serait-il là, tout prêt à mettre la main à la pâte. Et elle aurait plus à établir la liste de tout ce qui devait être fait. Y'aurait quelqu'un qu'aurait des yeux pour voir la vaisselle dans l'évier et qui la ferait sans qu'elle ait à le lui demander. Qui prendrait des initiatives. Et y'aurait des surprises aussi. Elle rentrerait à la maison — la petite, avec le jardin derrière —, et la salle à manger serait retapissée avec le papier peint qu'elle aimait, le blanc cassé avec de minuscules roses thé. Un autre jour, ce serait un collier, même si c'était pas son anniversaire. Une étreinte. Comme ça. Et je ferais la même chose pour lui, moi aussi. Des petites choses dans mes moyens. Je ferais en sorte qu'il y ait toujours ses céréales préférées dans le placard, et je lui achèterais le genre de produits que les hommes aiment pas s'acheter eux-mêmes, comme des bains moussants et d'autres trucs pour qu'il ait la peau douce et qu'il sente bon. On sortirait danser et on ferait de longues virées hors de la ville, dans des endroits pour les gens riches et célèbres, avec des cascades, des palmiers, et tout et tout. On n'aurait à s'inquiéter de rien, et même si on avait des soucis, ce serait pas grave parce qu'on serait deux.

Elle borda son fils. Le plâtre était exactement là où le médecin lui avait demandé de le laisser, posé par-dessus les draps. Si elle devait ne plus bouger un bras, ça la rendrait folle, mais Marco n'avait pas ce caractère ; pour lui, se forcer à faire une chose d'une certaine façon, c'était une sorte de défi, pareil que battre son record au mille mètres, ou économiser assez d'argent pour s'acheter un vélo.

Elle alla ouvrir la porte.

— T'as une minute, maintenant, Nita ?

Elle avait renvoyé Sipp plusieurs fois déjà. Il était descendu frapper chez elle toutes les deux heures ou presque. Hier, elle pouvait à peine le regarder. Même son air de chien battu ne lui faisait rien. Pourtant, il fallait bien qu'elle règle ça avec lui, elle devait en passer par là.

— Entre, dit-elle.

Il s'assit sur le canapé, dos droit, mains sur les genoux. Plus rien de sa dégaine de macho. Il resta ainsi un moment, comme s'il avait perdu sa langue.

— Je voulais t'expliquer..., commença-t-il.

Elle attendit la suite. Il n'osait pas la regarder. Une espèce de chaleur vive avait remplacé l'éclat habituel de son visage. C'est peut-être à ça que ressemble la honte, songea-t-elle.

— Quoi ? fit-elle.

— On jouait. C'est tout.

— Tu jouais avec mon fils, il est tombé sur la tête et il s'est cassé le bras.

— Je ne ferais jamais une...

— Alors, qu'est-ce que tu as fait, au juste ? Je veux que tu me racontes tout, du début à la fin.

Il se racla la gorge et la regarda dans les yeux pour la première fois. Les siens étaient rougis, larmoyants.

— Mme Carter, elle m'a demandé de le garder un petit moment, et j'étais content, parce que je veux être proche de tes gosses. Je veux en avoir moi aussi. Un de ces jours ?

Il haussa un sourcil comme si sa question était sérieuse.

— Continue.

— On se bagarrait. Pour rire. Avec les garçons, c'est comme ça. Mon père chahutait toujours avec moi, et j'aimais ça. Je ne lui faisais pas mal. Je le taquinais, je le poursuivais. Je lui disais que, si je l'attrapais, j'allais le jeter par la fenêtre.

— Et c'est ce que tu as fait.

— On jouait. Je le tenais par les chevilles. Juste

pour rire. Je pensais que son poids était à l'intérieur. Il gigotait et, l'instant d'après, il était plus là.

— Tu as jeté un de mes enfants par la fenêtre.
— J'suis désolé.

Il regarda par terre. Il était aussi raide qu'un homme politique pris en flagrant délit de mensonge dans un de leurs débats télévisés d'une heure.

— Mon fils aurait pu se tuer, et t'es « désolé ».

Elle le regardait, bras croisés. Qu'il rentre sous terre. Qu'il soit mangé tout cru par le canapé.

Il était figé. Il ne disait pas un mot. Et quand il bougea, ce fut pour se lever et s'en aller. Il lui toucha le bras au passage. Il sortit en refermant la porte derrière lui.

Elle serra plus fort ses bras pour contenir sa rage. Elle en tremblait.

Un accident, se dit-elle. Souviens-toi, un accident. Il y a des mauvaises actions et il y a des accidents. C'était un accident.

Et alors ? Le résultat était le même. Qu'on jette un enfant par la fenêtre ou qu'on le fasse tomber par accident. Dans un cas comme dans l'autre, il se blessait. Ou pire. Il avait pas pensé à ça, hein ? Quel imbécile.

Elle alla ouvrir le frigo. Il était plein de bonnes choses qu'elle n'achetait jamais : des melons, du fromage à la coupe, et de fines tranches de viande enveloppées dans du papier blanc. Elle prit un morceau de salami, le roula et mordit dedans.

Rien qu'un paysan qui n'avait pas deux sous de jugeote. Probable que leurs maisons n'avaient pas d'étage à Itta Bena, Mississippi. Elle devrait lui accorder une chose : ce n'est pas parce qu'on était stupide qu'on était mauvais. Elle devrait être en colère encore un moment, pour le plaisir aussi, faut dire, puis elle devrait laisser tomber. L'un dans l'autre, c'était un bon gars. Jeune et naïf, voilà tout. Sûr qu'il n'y avait aucune loi contre ça.

Nita avait l'impression d'être sortie des voies juste

avant le passage du train. Elle avait vraiment envisagé de le faire, pensé sérieusement que, peut-être, elle pourrait partir avec lui dans le Mississippi. Il était craquant, avec sa peau noire et brillante, et son sourire. Et gentil avec ça. Et drôle. Il s'en sortirait toujours, elle ne se faisait pas de souci pour lui. S'il faisait attention et s'il avait de la chance, il s'en sortirait. À un moment donné, il se poserait quelque part et il s'en sortirait. Il s'organiserait une petite vie peinarde, dans un ranch, avec une ribambelle de gosses. Il monterait une petite « combine », comme il disait. Mon Dieu, pourvu que ça se passe comme ça pour lui, songea-t-elle. Il le méritait bien, ce nigaud. Une fille de là-bas ne connaissait pas encore son bonheur. Mais sûr que ça serait pas elle. Elle le savait. Il y avait d'autres possibilités pour elle.

Sa colère s'évapora comme de la fumée de cigarette. Elle se coucha sur le canapé et regarda le plafond. D'autres possibilités, tu parles. Celui du dessous... han ! Elle ne se faisait aucune illusion. Elle risquait pas de ramener ce poisson-là. Sûr que ce serait rigolo, quand même. Sûr qu'elle saurait quoi faire de lui si elle l'attrapait. Et les pouffiasses du coin tomberaient raides mortes si elle se mettait avec un mec comme lui. Mais c'était rien qu'un beau rêve. Pour ce qui était du long terme, en tout cas.

Pour le moment — bah, pour le moment, il était là. Quel mal y avait-il à passer du bon temps avec lui ? C'était rien qu'une petite aventure. Beaucoup de gens en avaient. Ça faisait de mal à personne. Dieu, c'était si bon. Ça faisait si longtemps, et elle avait toujours été qu'avec André. Avec André, c'était bien, mais avec lui, c'était... différent. Elle avait même pas de mots pour décrire ça. C'était comme si, avec cet homme, faire l'amour était quelque chose de nouveau, et ce qu'elle savait surtout, c'est qu'elle en avait encore envie. Et pourquoi pas ? Ça regardait personne. Elle était une adulte faisant ce que beaucoup d'autres femmes faisaient tous les jours : elle se cherchait un petit peu d'amour. Il partirait dans quelques semaines, et ce serait fini. Alors, elle pourrait commencer à envisager les autres possibilités. Elle ne savait pas trop par où commencer, mais ce qu'elle savait, désormais, c'était qu'elles existaient.

Le lundi, elle invita Mme Carter à dîner. En songeant à quel point son plan était audacieux et ridicule, elle avait bien été obligée de rire, puis elle avait été surprise que ça marche. Elle avait fait un dîner copieux avec les côtelettes et les haricots que Brandon avait laissés, puis installé tout le monde devant la télé. Elle offrit à Mme Carter un verre de cognac — celui qu'André avait apporté pour un Noël. Quand les gosses parurent tomber de sommeil, elle les mit au lit. Une fois Mme Carter endormie, elle partit en lui laissant un mot comme quoi elle était descendue au sous-sol pour une minute.

Il lui avait ouvert la porte en chaussettes, une poignée de feuilles de papiers dans une main. Il portait des lunettes — c'était la première fois qu'elle les lui voyait.

— Salut, lui dit-elle. Je t'ai préparé ça. Pour te remercier encore.

Elle lui tendit la tourte.

Il souleva le papier aluminium et huma.

— Patates douces ?

— C'est la seule que je sais faire.

— Ma mère en fait aussi.

Il la huma longuement une nouvelle fois et ferma les yeux de bonheur.

— Mangeons.

Il était allé à la cuisine pour découper la tourte. Elle n'avait pas faim, mais elle prit quand même une part et une fourchette. Elle mangea — manger avec lui faisait aussi partie du plan. Et quand elle se retrouva dans son lit, couchée sur le ventre à côté de lui, lui caressant le torse, elle ne regretta rien. Ni la tourte ni le reste. Il avait le torse velu, plus doux qu'elle ne l'avait imaginé. Elle s'était souvent demandé ce que ça ferait de coucher avec un homme poilu — poilu comme un animal, un peu. André, lui, avait une peau de bébé.

— Il faut que j'y retourne, dit-elle.

Mais elle ne bougea pas. En fait, elle n'avait pas du tout envie de partir. Elle aurait voulu rester là pour toujours.

Il arrêta ses caresses en posant ses deux mains sur la sienne.

— Il faut que je te dise une chose, commença-t-il.
— T'es pas obligé.
— Oh, si !
— Je t'ai rien demandé. Et c'est pas mon intention. Je suis venue parce que j'en avais envie.
— C'est plutôt désinvolte, venant de toi.
— Peut-être. C'est comme à la télé, quoi. Les adultes comme nous, ils font ce qu'ils veulent.
— Sans songer aux conséquences ?
— Comme dit ma mère : si tu veux donner un bal, faut bien payer l'orchestre.
— Contrairement à moi, tu as pensé à tout.
— On dirait que tu te sens coupable.
— Ça t'étonne ?
— Oui.
— Pourquoi donc ?
— Un homme. Un homme célèbre.

Elle n'ajouta pas «riche». Ni «clair de peau». Ni «vaniteux».

— Donc, les hommes sont des salauds sans scrupules qui abusent de toutes les nanas qu'ils croisent.

Il roula sur lui-même et vint sur elle.

— Et les hommes célèbres sont encore pires, c'est ça ? résuma-t-il.

Elle ne pensait pas qu'il puisse recommencer, mais il ne fit que la chatouiller. Elle rit.

— C'est ce qu'on dit.
— Tu ne devrais pas croire tout ce qu'on raconte,

répliqua-t-il en se recouchant sur le dos. Toi aussi, tu es une surprise.

— Une surprise, hum. Pourquoi, tu t'attendais à quoi ?

— 'sais pas. Je n'avais encore jamais connu de femme comme toi.

— De Noire ?

Comme de bien entendu, songea-t-elle.

— Je connais beaucoup de Noires. Tu es différente.

Elle se regarda de la tête aux pieds :

— Où ça ?

Il rit.

— Tu sais bien ce que je veux dire.

— Non, explique-moi. Maintenant, avant que j'te fasse mal.

Elle commença à le chahuter. Il repoussa ses attaques en la suppliant d'arrêter. Puis il se mit sur le flanc, la tête dans le pli du coude, face à elle.

— Les femmes que je connais sont plus riches que toi.

— Et c'est pour ça qu'elles sont mieux que moi ?

— Je n'ai pas dit ça, j'ai dit que tu étais « différente ».

— Continue.

— Je te parle de filles qui n'ont jamais dû se battre pour obtenir ce qu'elles voulaient. Tu en vois, de ces cousines. Rien ne leur fait peur. Elles se comportent comme si le monde leur appartenait.

— Hé, pour vos petites fiches, monsieur Wilson, moi non plus, y'a pas grand-chose qui me fait peur.

— Je le sais.

— Tu m'as toujours pas dit en quoi j'étais différente.

— C'est peut-être ça justement qui est surprenant. Tu es tout aussi forte que ces femmes-là. Tu as tout ce qu'elles ont. À part les moyens.

— Donc, tu me plains, c'est ça ?

— Loin de là.
— Alors, c'est quoi, mec ? Je commence à perdre patience. Faut pas que je tarde.
— Tu es trop, tu sais ça ? Je vais te dire un truc. Tu me promets de ne pas mal le prendre ? Promis ?
— Promis.
— Les hommes comme moi, et les femmes dont je te parle, des Noirs, ceux d'entre nous qui s'en sont sortis, on regarde des quartiers comme celui-ci un peu de haut alors qu'on n'a pas la moindre idée de ce qui s'y passe réellement. Quand je me suis installé dans l'immeuble, je m'attendais à des tas de choses. Je peux te dire que je me plantais complètement.
— Tu t'attendais à quoi ?
— Des tas de trucs. Peut-être que j'imaginais que tout le monde serait agressif, ferait la gueule. J'avais dans l'idée que les gens qui n'ont pas d'argent étaient, comment dire... je ne sais pas. Stupides. Ou fainéants. Je suis presque gêné de dire ça. Tu te rends compte que toi et moi, on ne parle pas pareil ?
— Ouais. Toi, tu te donnes de grands airs et moi, je parle comme tout le monde.

Il détourna les yeux et elle se demanda si c'était un sujet sur lequel elle n'aurait pas dû plaisanter.

— Dans mon métier, dans le milieu dans lequel je vis, c'est comme ça que les gens s'expriment. Sans exception. Quelle que soit la couleur de leur peau. Mes parents m'ont appris à parler comme ça depuis que je suis né, et tu veux que je te dise ? Je leur en suis reconnaissant. Ils m'ont aussi appris — eux ou d'autres — que je ne pourrais jamais avoir une conversation avec quelqu'un comme toi. Selon eux, toi et moi, on n'aurait même pas pu se rencontrer.

Elle se laissa retomber sur son oreiller. Tout le monde doit se trimballer ce genre d'idées, pensa-t-elle. Elle avait sa part. Elle avait toujours entendu dire qu'il fallait se méfier des petites Asiatiques — les « Hmong », comme on les appelait. Qu'elles étaient sales et porteuses de maladies. Le bruit courait qu'elles tuaient les écureuils dans les jardins publics pour les manger. On croyait à tout ça, mais comment savoir ? Elle ne connaissait aucune « Hmong » à qui elle pourrait demander.

— Tu veux que je t'avoue autre chose ? poursuivit Brandon. J'avais peur.

— De nous ?

— Oui. Je pensais qu'il y aurait des assassins, des voleurs dans chaque appartement. C'est ce qu'on nous raconte.

— J'ai une info pour vous, monsieur Wilson : vous êtes des nôtres.

— Oui et non. Pour certaines personnes, oui — pour le beauf de base, un Noir est un Noir. Mais pour beaucoup de gens — et là, je parle des Blancs et des Noirs —, parce que je m'en suis sorti, je suis différent. Je suis *autre chose*.

— Tiens donc ? Et qu'est-ce que ça pourrait être ?

— Je ne sais pas. Pour les gens, les problèmes des pauvres, c'est comme un diaporama dans le sous-sol d'une église. Ils s'imaginent qu'il y aura des images avec des légendes disant des trucs comme « a faim » ou « a escroqué la Sécurité sociale » ou « se drogue », et que, si d'aventure ils se promènent dans une rue comme celle-ci, ils pourront reconnaître ces gens en lisant l'écriteau qu'ils auraient autour du cou.

— T'as pas trouvé ce que t'étais venu chercher ?

— Ce que je vois par ici, ce sont des gens qui font tout leur possible pour s'en sortir. Comme partout.

— Mais y'a aussi le reste dont tu parles. La drogue, les gens qui s'occupent pas de leurs gosses. Y'en a beaucoup. Même dans l'immeuble, en fait.

— Des gens qui ont faim ?

— Oui, des fois.

— Des drogués ?

— Ouais. Ils viennent par bandes.

— Ici même ?
— Ouais.
— Où ? Quand ?

Elle détourna les yeux, regarda le plafond. Elle se demanda si Mme Carter s'était déjà réveillée. Elle en avait trop dit.

— Où, dans l'immeuble ?

Elle haussa les épaules.

— Dis-moi.

Elle fit non de la tête.

— C'est les mecs du dessus, hein ? Ce Sipp, c'est ça ? Dis-moi.

— Écoute, je sais rien de rien, t'entends. Et si tu veux mon avis, vaut mieux pour toi que tu laisses ces zigotos tranquilles.

— Tu crois qu'il voudra bien me parler ?

— Faut que j'y aille.

Elle se leva et commença à rassembler ses vêtements.

— Je savais qu'il y avait un sujet à faire ici.

— Non, dit-elle.

— Tu préfères qu'il y ait de la came ici ? Chez toi ? Oh, je comprends. C'est pour ça que je ne peux pas faire un sujet ici. Quand on en arrive à l'essentiel, vous ne voulez pas qu'on vous aide.

— Je dois vivre ici. Pas toi.

— Pas dans ces conditions, tu n'es pas obligée.

— Ils vont bientôt partir.

— C'est ce qu'ils t'ont dit. Tu les crois ? Hein ? Nita, ça fait des années que je fais des reportages sur cette engeance. Ces types, ils sont prêts à te dire n'importe quoi qui te fasse plaisir pour que tu les laisses faire. Pour que tu fermes les yeux. Et avant que tu t'en rendes compte, tu es mouillée.

— Pas moi.

— Non, pas toi. Je sais. Mais... et tes enfants ? Ton fils ? Tu crois qu'ils hésiteront à se servir de lui ? Tu crois qu'ils ne lui demanderont pas de jouer le coursier ? Un gamin, personne ne le soupçonne. C'est pour ça qu'ils se servent d'eux.

Elle lui tourna le dos. Un geste de pudeur retrouvée — pudeur qui, elle le savait, ne l'avait jamais totalement quittée, au fond. Elle enfila son haut et se retourna vers Brandon. Elle essuya des larmes qu'elle aurait voulu ne pas sentir sur ses joues.

— Allez, Nita. Il y a déjà eu un ac-ci-dent.

Il scanda ce dernier mot, agitant les doigts dans les airs à chaque syllabe.

Ouais, un accident, c'est juste. Elle avait dû tomber sur la tête pour écouter ce junkie. Avec ses enfants. Et tous les locataires. C'était peut-être un moyen. Le seul, peut-être. Il ne représentait rien pour elle, l'autre, de toute façon. Plus maintenant.

— C'est pour vendredi, déclara-t-elle. Vers trois heures. Une grosse quantité, je crois. C'est tout ce que je sais, et tu dois me promettre que tu feras attention. Je te fais confiance pour que tu nous débarrasses de ça.

— Compte sur moi. Je ferai de mon mieux.

Elle rajusta ses vêtements, prête à partir. Sur le lit, il avait étiré son beau corps café au lait et regardait loin devant lui, tel ou tel projet. Il leva les yeux et sursauta, comme surpris de la voir devant lui.

— Nita, dit-il d'une voix pâteuse.

Cette façon de la regarder...

Il lui sourit.

— Nita...

— Dis rien, c'est pas la peine. Je veux que dalle, je t'ai rien demandé.

Un Emmy[1]*, au moins !*

> Vous vous en tirez bien. On est tous très fiers de vous ici. Et je suis contente qu'ils aient fini par vous acheter un costume. C'était un peu gênant de vous voir, là, dehors, avec cet air de cloche.
>
> Sœur Carlotta Robeson
> Lexington/Hamline, St. Paul

C'est elle qui avait insisté.

Il avait avancé une dizaine de raisons pour essayer de la dissuader de venir : le quartier était « mal famé », il avait trop de boulot, tel film qu'ils devaient absolument aller voir. En vain. Sandra avait rétorqué qu'elle voulait se faire une idée *de visu* de son immeuble, ou alors ce serait fini entre eux. Elle était comme ça ; le genre de femmes qui, lorsqu'elles ont une idée derrière la tête, n'en démordent pas. Oh, bien sûr, elle pouvait entrer dans son jeu, aller jusqu'à céder du terrain, ou faire comme si elle n'avait pas remarqué qu'il avait changé de conversation. En fait, elle était si déterminée

---
[1]. Emmy Awards : Décernés chaque année depuis 1949, ils sont les précurseurs de nos « Césars ». *(N.d.T.)*

qu'elle écoutait ses arguments aussi volontiers que la plus mollassonne des animatrices de débat télévisé, lui concédant généreusement des points et lui disant que son raisonnement était tout à fait logique, puis elle reprenait son idée, comme s'il avait parlé dans le vide.

Il aurait peut-être de la chance, pour une fois. Peut-être que Nita serait sortie. Elle avait cours, le mercredi, non ? Elle ne serait pas là, il ferait entrer et sortir Sandra vite fait, l'emmènerait au *St. Paul Grill* où ils boiraient un verre, prendraient un dessert, et le tour serait joué.

— C'est là, dit-il.

Il gara sa vieille Dodge pourrie sur la place de parking derrière l'immeuble.

— Tu es sûr ? On croirait un décor de *West Side Story*.

— Voilà donc le programme de ce soir : beaucoup de réflexions à l'emporte-pièce, la raillerie toujours sur le bout de la langue.

— Nous ne sommes pas de mauvaise humeur, si ?

— C'est le « nous » royal ?

— Oh, tu es tellement mimi, en pauvre.

Elle se pelotonna contre lui tandis qu'il la conduisait vers la porte. La veste en cuir qu'elle portait était riche au toucher, aussi lisse et douce que le corps qu'elle habillait.

Il chercha la clé de la porte de la cour. Il avait fait installer une nouvelle serrure et fait faire des doubles des clés pour les locataires. Il trouvait incroyable que l'immeuble soit ouvert à tous les vents. Même dans le quartier de Sandra, si quelqu'un sortait en oubliant de refermer à clé la porte de l'immeuble, il y avait de fortes chances que les boîtes aux lettres ou les appartements aient été visités. Combien cette serrure avait-elle coûté ? Cinquante dollars ? Pas plus. C'était ça qui clochait ici : ces petits riens qui faisaient toute la différence dans la façon dont les gens vivaient au quotidien, dans le regard qu'ils portaient sur leur immeuble, et dans cette incapacité de s'occuper d'eux-mêmes ; une serrure ici, des pots de géraniums là, les papiers gras ramassés. C'était comme s'ils n'y pensaient pas. Ou peut-être qu'ils n'avaient pas le temps. Ou... il aurait tant voulu avoir une réponse à ces « ou ». Et surtout, il régnait ici une espèce d'inertie, avec cette façon qu'avaient les gens de vivre au jour le jour en attendant le grand boum qui les enverrait dans de plus verts pâturages. Il trouvait ça démoralisant. Tandis qu'il précédait Sandra dans le couloir et qu'ils passaient devant la porte de Nita, il se surprit à regretter que les murs n'aient pas été repeints d'une couleur chaude et accueillante — et qu'il n'y ait pas de jolies appliques murales flambant neuves pour mettre l'endroit en valeur. Il en eut honte, et il en fut surpris. Ici, ce n'était pas chez lui, après tout. Il ne s'investissait pas. Mais il habitait là. Pour le moment. Et il le montrait à la femme qu'il aimait. Il aurait voulu en être fier, mais comment être fier d'habiter là ? Et pourquoi se donnerait-on la peine d'arranger un endroit pareil ?

— Tout baigne... dans le genre déprimant, nota Sandra.

— Ça va en s'arrangeant, lui répondit-il en se demandant, vu son attitude, quel sens elle donnerait à ses paroles.

Il ouvrit la porte de son appartement et appuya sur l'interrupteur.

— Retour à la base, dit-il.

À une époque, cette boutade liée au base-ball les aurait fait rire.

— Ooooh, fit-elle.

Elle entra d'une démarche chaloupée à la Mae West, main sur la hanche, bouche pincée.

— Tout ça pour moi ? Tu n'aurais pas dû.

Mon Dieu, songea-t-il. Il n'avait pas remarqué le désordre. Il se rendit compte, en regardant les panneaux en contreplaqué, les bobines de câbles, le bureau jonché de paperasses, les tasses à café, les trépieds abandonnés, et les autres machines diverses et variées, à quoi cet appartement lui faisait penser : à n'importe quel plateau de télévision d'Amérique. Il ne l'avait pas remarqué plus tôt car il avait fréquenté des pièces comme celle-ci depuis son adolescence. C'était l'endroit où il se sentait le plus à l'aise.

— Ben... fais comme chez toi.

— Comme, répéta-t-elle avec ironie.

Il désigna le canapé, le seul siège partiellement disponible de la maison.

— Oh, mon Dieu ! hurla-t-elle, avec un mouvement de recul.

— Qu'est-ce qu'il y a ?

Il vint se placer devant elle en bouclier.

— C'est... c'est... de l'écossais !

Elle frissonna, feignant d'être horrifiée.

— Pour l'amour du ciel ! protesta-t-il.

— Brad... c'est bien ton prénom maintenant ? Brad, quand j'étais en fac, les filles de mon club ont fait le serment de ne jamais sortir avec des garçons du club kappa, de ne jamais manger de Vache qui rit et de ne jamais — jusqu'à la fin de nos jours et quelles que soient les circonstances, Dieu nous en garde — de ne *jamais* nous asseoir sur des sièges recouverts d'un tissu écossais.

— Assieds-toi, femme, et fais silence pendant quelques minutes.

Malheureusement, elle disait sans doute la vérité. Il ne serait pas étonné outre mesure que les cousines prétentieuses avec qui elle était allée en fac aient édicté des règles de ce genre. Quand elles dînaient ensemble, on pouvait être sûr qu'aucune d'entre elles n'allait aux toilettes de crainte que les autres ne lui cassent du sucre sur le dos pendant son absence. Elles arboraient assez d'étiquettes de grandes marques pour tapisser un petit appartement. Dans quelques années, ces nanas allaient diriger le pays. Une ou deux d'entre elles étaient déjà à la tête de juridictions fédérales et de diverses banques. Sandra faisait figure d'exception. Elle avait navigué d'une entreprise marginale à une autre, d'une ville à une autre. Effrayée — et honteuse, songea-t-il —, vu son milieu huppé, de s'avouer ce qu'elle voulait vraiment : le joli pavillon, le mari ayant une bonne situation, les enfants. C'était comme si, parfois, elle n'arrivait pas à croire qu'elle avait fini par trouver quelqu'un qui pouvait lui offrir tout ça. Et Brandon avait du mal à accepter l'idée qu'il était ce quelqu'un. Mais comment savoir ? Peut-être chacun d'eux était-il la réponse aux rêves de l'autre — quels qu'ils soient, au fond.

— Je t'offre un verre ? fit-il en espérant qu'il y avait quelque chose dans le réfrigérateur qui lui permettrait d'honorer sa proposition. Franchement, je ne sais pas ce que les femmes ont contre les tissus à carreaux.

Il trouva une carafe d'eau du robinet et une bouteille d'eau gazeuse.

— De l'eau ou de l'eau ? lui demanda-t-il.

— De l'eau, dit-elle après réflexion, sans prendre la peine de préciser laquelle.

— Tu as eu d'autres expériences malheureuses avec des femmes et des canapés écossais dont tu souhaiterais discuter ? Chéri, je crains que nous ne devions avoir une petite conversation tous les deux. Allez, viens t'asseoir là, à côté de mamma.

Elle tapotait le coussin à côté d'elle.

Oups. Tu aurais mieux fait de surveiller tes paroles.

La carafe d'eau ne lui paraissant pas très fraîche, il tendit à Sandra la bouteille d'eau gazeuse.

— Bon, alors, parle-moi donc de ces autres femmes ?

— C'est Mindy. Elle est venue ici. Pour une réunion. Elle aussi déteste les tissus écossais.

— Oh, cette vieille fripée. Dis-moi une chose : comment se fait-il que les Blanches — les blondes, surtout —, quand elles arrivent à un certain âge, décident de se rajeunir en se faisant teindre en roux. Tu as remarqué ?

— C'est une idée de Dexter.

— Vraiment, « Brad » ?

— Arrête de m'appeler Brad, tu veux ?

— Mais c'est ton prénom ! « *Live at Five !*, Newscenter 13, présentée par... Brad Wilson ! » Ou j'ai peut-être mal entendu.

— À part ça, comment s'est passée la journée à ton travail ? Tu as brassé beaucoup d'air ?

— Mais c'est qu'on prend vite la mouche, ce soir !

Elle le gratifia d'un sourire mauvais.

— J'ai passé une excellente journée, à mon petit-boulot-de-rien-du-tout, comme tu dis. Mais pour en revenir à nos moutons, j'aimerais que tu me parles de toutes les femmes que tu connais qui n'aiment pas les tissus écossais.

Et merde. C'était comme si elles étaient dotées d'un détecteur de mensonges. Il décida que le meilleur parti à prendre était encore de jouer le jeu. Rien ne valait une femme intelligente et vacharde. Au moins, avec elles, on ne s'ennuyait jamais. Même si on devait tout le temps être sur le qui-vive. Comme un boxeur, il fallait presque s'entraîner avant de les affronter. Il suffisait de voir *Madame porte la culotte* ou n'importe quel autre film avec Katharine Hepburn et Spencer Tracy. À la limite, *Les Jefferson*, même si, à côté de Sandra, Louise Jefferson avait l'air d'une ménagère dure à la comprenette. Il leva son verre. Elle avait décidé d'engager la partie. Qu'elle joue le prochain coup.

— Tu ne dis rien, hein ? reprit-elle.

Il se plaqua un sourire retors sur le visage.

— Il va falloir que je laisse mon imagination faire tout le travail ? insista-t-elle.

D'un geste de la main, il abonda dans ce sens.

— Voyons voir... Oh, je sais laquelle c'était ! Comment s'appelait cette petite allumeuse que tu as fait passer vendredi soir ? Laquita ? Janita ? La très foncée, tu sais ?

Putain de merde, songea-t-il. En pro, toutefois, il ne se départit pas de sa sérénité.

— Bonita.

— Ouais, celle-là. Ouais, j'ai bien vu comme elle se collait à toi. On aurait dit que tu lui appartenais.

— Chut ! Ils habitent juste au-dessus.

— Oh, sans blague ?

Sandra commença à se lever du canapé.

— Je vais aller lui mettre les points sur les *i*.

Il la força à se rasseoir.

— Laisse-la tranquille, dit-il. Elle s'en est super bien tirée pendant l'émission.

— Tu la défends, hein ? Oui, elle était très bien. Elle s'était acheté du fond de teint « Dark & Lovely », s'était donné un coup de peigne et s'était même acheté une robe Jaclyn Smith K-Mart. Elles coûtent combien, ces robes, dans les 9,95 dollars...

— Elle a fait de son mieux, Sandra, la coupa Brandon.

— Je plai-san-te !

Oui, elle plaisantait, mais, il avait beau faire, il ne trouvait pas ça drôle. Il s'était donné tant de mal pour placer Nita — et les autres aussi — dans le contexte le plus humain possible, pour les montrer dans leur entité, leur sincérité. Peut-être que, dans toute la ville, des gens les avaient regardés en riant aux éclats devant leurs vêtements mal assortis, leur vocabulaire limité, leurs cheveux fatigués. Et s'il avait fait tout ça pour rien ?

Une petite vacherie ne serait pas malvenue. Histoire de lui rendre la monnaie de sa pièce.

— Et si j'étais vraiment sorti avec cette femme ? fit-il.

Une stratégie risquée, mais qui valait la peine. Il n'était pas marié avec Sandra. Pas encore.

— Toi ? Toi avec cette Bonita ?

— C'est une fille bien, je t'assure.
Sympa, sensible et intelligente, à sa façon.
— Arrête ton char, négro.
— C'est si peu crédible ?
— Un Noir né avec une cuillère d'argent dans la bouche sortant avec une souillon des bas quartiers ? En plus de tout ce que tu as chopé par ici, tu as contracté le sens de l'humour.
— Je ne pensais pas que tu étais aussi petite-bourgeoise et snob.
— Je plaisante. Bon sang ! Décidément, tu as vraiment chopé quelque chose ici. Souviens-toi : c'est moi qui t'ai suggéré de raconter ces belles histoires à faire pleurer dans les chaumières.
— C'est vrai, et je t'en suis reconnaissant.
Il l'embrassa sur la tempe. Elle le repoussa, mutine.
— Arrête ! Je suis venue jusqu'ici pour m'amuser et tu es tout sérieux.
— Je suis très content de ce qu'on fait. C'est bon. Tu ne crois pas ?
— C'est formidable. Je dirais même innovateur. Depuis deux semaines, j'ai vu plus de Noirs — des petits, des grands, des maigres, des gros — que je n'en avais vu depuis toute petite. Même dans *Racines*, il y en avait moins.
— Tu crois que ça fera une différence ?
— Tu te souviens, quand on était gosses, il n'y avait que des Blancs à la télé. Dans les années soixante. On ne voyait qu'un ou deux d'entre nous par semaine, au grand maximum, tu te rappelles ? Sammy Davis Jr., Bill Cosby. On regardait les dernières pages de *Jet* pour voir qui passerait à la télé.

Sûr qu'il s'en souvenait.

— À la maison, dit-il, *Jet* était notre deuxième guide T.V. Toujours posé à côté du poste.

C'était d'ailleurs la seule raison pour laquelle les Wilson achetaient *Jet*. Ses parents considéraient que cette revue penchait plus qu'un peu du côté classe moins que moyenne, avec ses articles sur des gens qui se terraient dans leur Cadillac et sa « pin-up au bain » en double page centrale.

— Tu te souviens quand les Supremes passaient chez Ed Sullivan, reprit Sandra, et que tous les téléphones de la rue se mettaient à sonner parce que tout le monde prévenait tout le monde pour que personne ne rate ça ? Chaque fois qu'un de nous passait à la télé, c'était un événement. Au bout d'un moment, c'est devenu banal. Avec toutes les émissions de variétés, les stars de la chanson, les sportifs. Les gens comme toi.

Oui, les gens comme lui. Au début, s'il voulait avoir une chance d'apparaître à l'écran, il fallait qu'il soit sur son trente et un et fasse le pied de grue sur place vingt-quatre heures sur vingt-quatre. Alors, on faisait peut-être appel à lui si personne d'autre n'était disponible. Peut-être. Les choses avaient changé à partir de 1975. Il n'aurait jamais fait carrière si la FCC[1] n'avait pas, cette année-là, obligé les chaînes à faire appel à nous. Elles ne purent déroger à cette nouvelle règle, et Brandon était formé et prêt à prendre la bonne place au bon moment. Il connaissait pas mal de gens dans le métier — aussi bien les femmes que les minorités ethniques — qui devaient une fière chandelle aux mesures antidiscriminatoires. Et dont beaucoup regardaient tout ça de haut maintenant.

— Tu sais, Brandon, même si on revient de loin, on est encore tellement dans l'ombre qu'on nous voit à peine. On entend des tas de Blancs qui râlent parce qu'ils sont obligés d'embaucher des Noirs et que, par conséquent, ils ne peuvent pas faire ceci ou cela ; et quand on regarde dans les bureaux, on ne voit qu'un ou deux visages sombres tout au plus. Alors, est-ce que ça

---

1. *Federal Communication Commission* : Organisme fédéral américain créé en 1934, équivalent de notre Conseil supérieur de l'audiovisuel. *(N.d.T.)*

fera une différence ? Je ne sais pas pour le restant de la ville, mais je vais te dire : dans toutes les rues du quartier, quand arrive le moment de ton interview, c'est 1967 qui recommence. Tu as mis du baume au cœur de pas mal de gens. Tu peux en être fier.

Il avait fait de bons portraits, il faut dire, il le savait. La femme de Dayton Street qui avait récupéré huit de ses petits-enfants parce que leurs parents avaient été tués par la drogue ou les gangs. Le prêtre qui prétendait guérir les accros au crack par la prière — apparemment, son traitement donnait des résultats. Le stand de distribution de nourriture, le conservatoire de musique, le cours de théâtre. Il avait fait passer beaucoup d'infos en peu de temps. Mais il savait que ce n'était pas suffisant.

— C'est le reste de la ville qui m'inquiète, dit-il.

— Tu as tort, je t'assure. Tu fais ton travail avec un minimum d'intégrité. Ce n'est pas rien !

— Dans mon job, cocotte, l'intégrité est aussi indispensable qu'un laxatif dans un service de diarrhéiques.

— Les taux d'écoute sont tout juste bons, je sais.

— Ils ont crevé le plafond ! N'importe quel directeur de chaîne de la ville sacrifierait son premier-né pour une telle progression. On a augmenté de cinquante pour cent. Cin-quante-pour-cent. Ceux des ventes ont l'impression d'être morts et montés au paradis, et tu sais quoi ? Ce n'est pas encore suffisant.

— Mais qu'est-ce qu'il veut, ce Dexter ?

— Ma tête sur un plateau. Non, non, pas tout à fait. Il veut qu'on soit numéro un, baby. Numéro un. C'est la seule chose qui compte dans ce jeu.

— Et alors ?

— Il faut un gros coup. Un scoop. Un tour de force. Une exclu.

— Et tu as ça dans tes tiroirs ?

— Peut-être.

— Ah oui ?

— Gros trafic de drogue. Ici même. M'a-t-on dit.

Elle ferma les yeux et se rembrunit.

— Hé, je serai prudent, assura-t-il en la poussant du coude.

— Je m'en doute. Ce n'est pas ça. Je regrette juste que... bah, c'est « boulot avant tout », hein ? Mais c'est toujours la même histoire. Et toujours les mêmes dans l'histoire.

— Mais c'est aussi une réalité, tu le sais bien. Ce n'est pas parce que les Blancs associent les Noirs à la drogue et à la violence que ce n'est pas vrai.

— Mais ce n'est pas pour autant que *toi*, tu dois en parler.

— Il faut donner aux gens ce qu'ils veulent.

— Quelques négrillons. Une mamma. Hé, tu pourrais peut-être avoir Oncle Ben et Tante Jemima tant que tu y es. Brandon, ne le fais pas.

— Je suis obligé.

— Non, tu n'y es pas « obligé ». Tu as fait du très bon boulot. Je suis sûre que tu auras un prix. Un Peabody[1]. Un Emmy, au moins.

— Ce n'est pas ce que je cherche.

— Qu'est-ce que tu cherches, alors ?

— La même chose que Dexter. La même chose que les autres.

Il brandit son index.

— Le jeu n'en vaut pas la chandelle, dit Sandra.

— Si ! Et je n'ai rien fait, et ne ferai rien, de honteux.

— Tu ne sais pas faire la part des choses.

— Ah non ? Tu as vu ce que j'ai réussi en quelques semaines ? Rien qu'avec un peu d'aide et peu de moyens ? Pense à ce que je ferai une fois de retour à la chaîne. Pense aux sujets que je pourrai faire.

— Tu as signé un pacte avec le diable. On en a déjà parlé.

---

1. Peabody Award : prix décerné chaque année aux meilleures émissions de radio et de télévision par l'université de Georgie. *(N.d.T.)*

Ce fut au tour de Brandon de pouffer.

— J'ai signé ce pacte à l'époque où j'étais encore au lycée, poupée. Pense New York, Washington, Londres. Boutiques, restaurants, théâtres. Ça fait bien trop longtemps que tu dépéris, ici, dans cette toundra.

— C'est une demande en mariage ?

— Tu en as envie ?

— Je constate que tu en es encore à potasser ta leçon « comment la rouler dans la farine ».

— Moi ? Rouler dans la farine une fille aussi intelligente que toi ?

— Fais-moi sortir de cette cage à lapins et emmène-moi dans un endroit chouette et cher. Une femme a besoin d'un bon repas quand on lui fait des propositions malhonnêtes.

— Ma*ritales*, tu veux dire ?

— C'est pareil.

Il lui présenta sa veste en cuir. Quand il ouvrit la porte, il faillit recevoir le poing de Nita dans la figure. Elle allait frapper.

— Oh, excuse, fit-elle. J'savais pas qu't'avais de la visite.

— Bonita Sallis... Sandra Moore.

— Bonjour, fit Nita.

Elle recula, mains derrière le dos en quête de la rampe.

Reste calme, ma fille, songea Brandon.

— Je vous ai vue à la télé, l'autre jour, dit Sandra. Bravo. Vous étiez formidable. Si à l'aise.

— Merci.

Nita remonta quelques marches à reculons. Brandon tendit le bras vers elle.

— Attendez ! Vous avez besoin de quelque chose ? Nous allions... sortir.

— Non. Rien. J'ai besoin de rien. J'faisais juste mon petit tour.

Ils saluèrent Nita et l'entendirent s'enfermer dans sa

loge. Brandon guida Sandra jusqu'à sa voiture. Il avait l'impression qu'on lui avait passé le ventre à la moulinette. Il avait besoin de quelque chose. Un verre. Ou un sandwich. Ou un Alka-Seltzer. Quelque chose. Mais quoi ? Il sortit la voiture de l'impasse et vida ses poumons. Il avait l'impression d'avoir retenu sa respiration pendant des heures. Ouf. C'était fini. C'était comme lire un démenti à l'antenne. On respirait un bon coup, on ravalait sa fierté, et on crachait le morceau. Et puis on passait à autre chose.

Sandra ne dit pas un mot, mais ne lâcha pas la main de Brandon durant tout le trajet jusqu'au restaurant.

La tête sur les épaules

Pour qui elle se prenait, celle-là, à la regarder comme ça. « Je vous ai vue à la téléééé. Vous étiez si à l'aiiiise. » Nita la singeait dans sa tête. Une connasse de snobinarde claire de peau. Une de celles qui pensent que leur merde sent la rose. Qu'elle vienne ici rouler du cul seule un de ces soirs. Elle avait intérêt à numéroter ses abattis !

Tout à fait le genre de nana avec qui elle l'imaginait. Le genre à étaler sa bonne éducation et ses bonnes manières. Et son fric, aussi. La veste qu'elle portait, cette conne, coûtait plus que ce que Nita gagnait en un mois.

Merde, elle avait raté l'occasion. Elle aurait dû jouer plus fin. Elle aurait dû se planter devant Brandon, lui faire un gros clin d'œil et lui dire qu'elle repasserait plus tard. Rendre l'autre folle de rage. Lui faire regretter d'avoir mis les pieds ici.

Oh, si ça se trouve, elle aurait même pas fait attention à elle. Ce genre de femmes — pleines aux as, frimeuses —, elles voyaient ces choses-là d'un autre œil. Sa mère disait toujours que les trucs que racontaient leurs *soap operas*, ces gens riches qui passaient des lits des uns aux lits des autres et se trompaient à tour de bras, ben, c'était vrai. Sa mère, elle disait qu'il fallait pas s'imaginer que les scénaristes étaient assez intelligents pour inventer tout ça. Ils écrivaient ce qu'ils connaissaient, ce qui se passait réellement. Si ça se trouve, cette Sandra avait deux ou trois autres hommes sous le coude, et elle était peut-être au courant de ce qu'il faisait de son côté. Probable qu'ils se retrouvaient tous ensemble des fois pour une de leurs partouzes. Alors, qu'il s'amuse avec elle, ça avait aucune importance.

Et voilà. Encore de ces gens qui profitaient de tout ce que la vie avait à offrir. Apparemment, ils n'avaient pas à s'inquiéter du lendemain, ni du jour même d'ailleurs. Ça, c'était le problème de Nita — le cœur du problème, en fait. Personne ne lui avait jamais appris comment sortir et comment prendre sa part d'amusement, comment participer à la fête, comment faire une croix sur ses regrets. Toutes ses copines oubliaient leur prudence au vestiaire. Pas tout le temps, pas toutes, mais au moins une fois de temps en temps. Elles laissaient tout tomber et elles allaient au casino. Elles draguaient des mecs au lavomatic. Elles s'achetaient tout ce qu'elles voyaient, même si elles n'avaient pas de quoi manger à la maison. Chaque fois que Nita voulait essayer ça, ben... elle ne passait jamais à la réalisation.

« La tête sur les épaules, disait sa mère. Mon aînée, elle a la tête sur les épaules. »

Même les enfants n'avaient pas été faits par hasard. Elle les avait planifiés. Elle avait réfléchi à son travail et à ses choix de vie, et à seize ans, elle savait déjà que ce qu'elle voulait par-dessus tout, c'était être mère. Si c'était à refaire, agirait-elle différemment ? Est-ce qu'elle choisirait un autre père ? Peut-être. Elle attendrait deux ou trois ans de plus ? Vu ce qu'elle savait maintenant, peut-être. Sans doute que non. Comme pour le reste, quand elle décidait quelque chose, elle se mettait sur les rails et elle fonçait. Seule. Elle avait toujours tout fait toute seule, toute sa vie, depuis le jour où, toute petite, elle n'avait plus voulu que sa mère l'habille. Et ça avait été comme ça jusqu'à aujourd'hui. Et elle en était aussi fière à présent qu'elle l'était en primaire quand elle apprenait toute seule à faire les additions. Qui d'autre pouvait dire qu'il se débrouillait seul comme elle ? Qui pouvait le prouver ?

Quand elle regardait comment les gens vivaient autour d'elle, leurs choix, les choses qu'ils faisaient, ça la laissait baba. L'herbe est toujours plus verte chez le voisin, comme on dit !

Mais pouvait-elle dire honnêtement qu'elle changerait quelque chose ? Qu'elle aurait plus d'argent ? Oui. Qu'elle aurait un compagnon — le bon ? Oui.

Elle eut une pensée qui la fit sourire. Ces choses-là ne résultaient pas des choix qu'elle avait faits. Elles devaient toutes affronter les mêmes conneries. Toutes ces pétasses, même cette Sandra. Est-ce que je gagne assez de fric et est-ce que je vais trouver l'homme de ma vie ? Est-ce que je peux avoir plus de temps ? Et est-ce que je pourrais être plus jolie ? Et est-ce que je vais plaire à l'homme de ma vie ?

Y'en avait aucune qu'avait pas de doutes. Le mieux qu'on pouvait faire, c'était d'avoir un projet et de s'y tenir. Espérer pouvoir garder ce qu'on a.

Je rectifie, songea-t-elle. Cette Sandra ne verrait pas d'un bon œil qu'une nana sorte avec son mec. Elle en était certaine. C'était pas une question d'amour ou de confiance, ni rien de tout ça. C'était l'idée d'avoir quelque chose à soi. D'avoir besoin de savoir, dans la vie, qu'on possède quelque chose qu'on partage avec personne. C'était la peur qu'un jour, on lève les yeux et qu'on s'aperçoive qu'on a plus rien du tout.

Elle essaya de se sentir un peu coupable. En vain. Ce qui s'était passé entre Brandon et elle n'avait rien à voir avec tout ça. Ce qui s'était passé, c'était qu'à un moment, elle avait eu besoin de quelque chose et qu'à ce moment-là, il avait été là et il lui avait fait un don. Ça avait été bon. Dieu le bénisse. Et elle était revenue le voir une fois. Par curiosité. Et de nouveau ce soir. Par gourmandise, songea-t-elle. Maintenant, c'était fini. Elle l'avait compris. Elle l'avait vu dans ses yeux. Il n'aurait pas pu le lui dire plus clairement.

Et j'suis même pas en colère, songea-t-elle. Ni malheureuse.

Triste, plutôt.

Et seule.

Mais c'est pas son problème. C'est pas sa faute.

Les gens comme lui et cette Sandra, ils l'avaient toujours considérée comme si elle était une moins que rien. Et elle avait fini par le croire. Et puis, lui, il l'avait regardée. Regardée encore. Et encore. Et il l'avait vue telle qu'elle était, d'une façon dont elle-même ne pouvait pas se voir. Avec sa télé à la noix, il lui avait tendu un miroir dans lequel elle avait vu cette image d'elle. Elle l'avait prise, et maintenant elle lui appartenait. Elle était belle, valorisante, et plus personne ne la lui reprendrait. Jamais.

Alors, qu'ils passent leur chemin, songea-t-elle. Qu'il reparte avec sa Sandra, là où ils avaient envie d'être. Ils ne s'étaient croisés qu'un petit moment, Nita le savait, et c'était bien comme ça. C'était un peu comme lorsque la radio et la télévision sont allumées en même temps : les chansons sont différentes mais on a quand même du plaisir à les entendre. Leur rencontre avait été un hasard. Mais qui avait eu du bon. Et personne ne s'en trouvait plus mal.

Alors, au revoir et Dieu te garde.

Et merci.

Elle ne se souvenait pas d'avoir vu quoi que ce soit sous sa porte quand elle était entrée. Elle ramassa la feuille de papier blanc soigneusement pliée en quatre, comme les mots d'excuse que lui faisait sa mère pour l'école. Celui-ci avait dû être glissé depuis qu'elle était remontée.

Chère Nita, lut-elle.
Lis ça, s'il te plaît. Je sais que t'es furax mais je voulais encore m'excuser. C'est de ma faute ce qui s'est passé. Je voulais pas faire de mal à ton petit garçon. Je comprends que tu sois en colère. Je sais ce que tu ressens. Samedi, après que j'aurai eu mon fric, je partirai. Je retourne au Mississippi. J'ai parlé à ma mère et ils sont tous contents que je rentre au pays. Moi aussi. J'espère que ma vieille caisse tiendra jusque-là. Ça, c'est mon préavis, alors tu peux relouer mon appart. Dis à M. Stretchy, ou je ne sais plus quoi, qu'il envoie l'argent de ma caution chez mes parents. Je vais me ranger. Je suis content de t'avoir connue. Tu vas me manquer. Si tu changes d'avis et que tu décides de venir au pays, préviens-moi. On a la place pour toi et les gosses. T'es une fille bien. Je note l'adresse de mes vieux en haut de la page pour l'argent et pour toi si tu veux la garder.

Ton ami,
Joe Freeman (Sipp !)

Joe Freeman. Elle ne connaissait même pas son nom.

Il allait jusqu'au bout. Encore un homme avec un projet.

Ça valait mieux pour lui, de toute façon. Qu'il prenne ses quelques espèces et bon vent !

Elle le vit le jeudi matin aux machines à laver, en train de sortir des affaires du sèche-linge.

— Tu es matinal, lui dit-elle.

— Je me prépare. M'man veut pas qu'on rentre à la maison avec plein de caleçons sales.

— Les mères sont les mêmes partout, je suppose.

Elle sourit à ce poncif.

Elle voyait qu'il lui jetait des coups d'œil à la dérobée pendant qu'elle chargeait la machine à laver. Mme Carter lui avait dit qu'elle descendrait pour sécher le linge pendant qu'elle serait au travail. L'accident avait eu du bon : Mme Carter se proposait pour lui rendre plein de services en ce moment.

Sipp était tout timide. Tout gêné. Comme s'ils se rencontraient pour la première fois, ou comme si elle lui faisait peur.

— Alors, comme ça, tu nous quittes ? demanda-t-elle.

— Ouais, m'dame. Je pars d'ici tôt samedi matin. J'serai à Memphis vers minuit. Si tout se passe comme prévu, évidemment.

— Tu disais que c'était sans risque ?

— Y'a d'autres gens sur le coup avec moi. Y'en a qui truandent, des fois, on peut jamais savoir. Mais eux, ils seront réglo. J'espère.

Nita versa la dose de lessive. Elle sentit une vague irritation du côté du cœur.

— Tu devrais peut-être faire ça ailleurs, suggéra-t-elle.

— Ça va se passer ici. Tout est prévu. Pourquoi t'es inquiète ?

— J'sais pas. Avec tous ces gens qui arrêtent pas d'entrer et de sortir. Tu sais.

— Justement, c'est une bonne couverture.

Il plia un T-shirt.

— C'est parfait, dit-il.

Il roula deux slips en boule.

— Le dernier endroit où on irait chercher.

Il fouilla pour trouver l'alter ego d'une chaussette.

— Personne ne soupçonnera rien. À moins que quelqu'un balance.

Il mit son visage devant celui de Nita.

Elle inséra les pièces de monnaie dans la machine et passa en revue tous les boutons, évitant son regard.

— T'as pas parlé, hein, Nita ?

Mieux vaut laver à l'eau froide, songea-t-elle. Elle

sélectionna le programme et contourna Sipp. Leurs regards se croisèrent et il l'attrapa par le bras.

— Ce serait une très grosse erreur, ajouta-t-il.

— Je vais être en retard au travail, répondit-elle.

Il la lâcha.

— Ces cousins-là, ils plaisantent pas. Des problèmes ? Quelqu'un se fait buter ? Ce sera pas eux. Ce sera pas moi. Tu vois que ce que je veux dire.

Ils se regardèrent pendant, sembla-t-il à Nita, une éternité. Elle prit son sac et se dirigea vers sa voiture.

— Nita ! cria-t-il dans son dos.

Elle s'arrêta.

— Tu m'souhaites pas bonne chance ?

Elle se retourna :

— Bon, alors, écoute-moi bien, négro. À partir de maintenant, les choses vont être un peu différentes de ce que tu croyais.

Dans la mer

Le quartier de Summit/University tient à vous remercier pour les efforts que vous avez déployés afin de dépeindre ses habitants sous un jour positif. Une cérémonie de remise de prix aura lieu en votre honneur au centre Martin Luther King Jr. Le prix des billets sera de vingt-cinq dollars les deux. Merci de nous faire savoir à l'avance combien vous désirez en acheter pour votre table.

Mme Willimae K. Whitfield
Présidente du comité
des fêtes du quartier
de Summit/University

— Vous vouliez me voir ?

Dexter avait les pieds posés sur le meuble de rangement derrière son bureau. Il les retira et fit pivoter son fauteuil.

— Assieds-toi, dit-il. On a du boulot.

— On s'en « claque pas cinq » ? fit Brandon en brandissant sa main. Pas de parlote de « cousin » à « cousin » ? C'est un jour férié pour les Blancs dont je n'aurais pas entendu parler ?

— Tu me surprends quelquefois. Maintenant, tu devrais avoir compris pourquoi je fais cette connerie. Tu le sais, non ?

— Parce que vous êtes un enfoiré de première ?

— Voilà ce que j'aime : un mec sûr de lui.

Brandon rit doucement, feignant l'indifférence.

— C'est simple. Je fais cette connerie pour emmerder le monde. En morveux grandi trop vite qui aurait gardé sa mentalité d'écolier. Pour les faire chier un max. Pourquoi ? Parce que mon temps, c'est de l'argent, et que le monde est peuplé d'imbéciles. Parce que ça me fait marrer.

Il y en a au moins un que ça amuse, songea Brandon.

— Tu sais, Wilson, j'avais cent pour cent raison à ton sujet. Je ne serais pas monté aussi haut si je n'avais pas beaucoup d'intuition. Quand j'ai visionné ta cassette et quand je t'ai vu à l'antenne, je savais que tu avais le truc.

— Merci.

— Je te bourre pas le mou. Ça, c'est le job de ton agent. Je te l'ai dit dès le début. Ton destin et le mien sont liés comme ça. (Il croisa les doigts.) On est de la même trempe, toi et moi. On a la même énergie. On veut les mêmes choses.

Il passa devant son bureau et s'assit dessus, puis ajouta :

— Et on va les obtenir.

Il tendit la main à Brandon.

— Je tiens à te féliciter. Bravo. Super boulot, Brandon.

Brandon en resta bouche bée. Il n'en croyait pas ses oreilles.

— Qu'est-il arrivé à « Brad » ?

— Non, arrête, je suis sérieux, là. Tu as mérité mon respect. Peu de gens y arrivent.

Il regardait Brandon, les yeux un peu humides. Brandon avait envie de détourner la tête, mais il n'en fit rien.

— J'ai un truc à dire, « cousin », dit-il. C'est peut-être une erreur, mais il faut que je le dise.

Il prit une profonde inspiration.

— Lance-toi, l'encouragea Dexter.

— Je vous ai écouté attentivement, j'ai bien compris vos paroles, mais le sens m'a un peu échappé. J'ai comme l'impression qu'il manque un maillon de la chaîne.

Dexter rit.

— Dans la vie, il y a deux moyens pour réussir, Brandon. Gentiment et en prenant son temps, ou très vite mais pas très gentiment. Et beaucoup des gentils n'arrivent souvent nulle part. Je ne crois pas au hasard. Je me décide sur un truc que je veux, et je fonce. C'est aussi simple que ça. Et tu as raison. Je bosserai avec toi tant que ça m'arrange, et quand tu ne me seras plus utile, je te jetterai plus vite qu'une capote usagée.

Voilà le Dexter qu'il connaissait.

— Je vous suis encore utile, alors ?

Dexter prit son mug, but une gorgée de ce qui faisait office de café et s'essuya la bouche d'un revers de main.

— Loin de là.

Il tendit le bras derrière lui et prit un listing informatique, un paquet de feuilles vert et blanc. Les taux d'audience. Il les jeta sur les genoux de Brandon.

— Tu sais lire ça ?

— Bien sûr.

— Les « interpréter », je veux dire.

— Ce n'est pas mon passe-temps préféré, mais oui.

— Parfait. Donc, tu peux les regarder toi-même et comprendre que je ne te raconte pas des salades. On leur a botté le cul. Tu sais ça. Tu le savais quand on s'est vus la semaine dernière.

— Mais ?

— Tu connais le « mais ». (Il regarda par la fenêtre.) Je veux me sortir de ce merdier. Tu t'imagines pas à quel point.

— Dexter, il m'a fallu vingt ans pour...

— C'est ton histoire, ça. C'est *ta* perception de la durée. Et t'es presque périmé. Tu ne crois pas, Brandon ?

Il avait parlé face à la fenêtre. Avec une certaine affection.

Brandon regardait le dos de Dexter. Vingt longues années. Il avait trente-huit ans. Il ne se souvenait même pas par combien de chaînes, de reportages, de réorientations professionnelles il était passé. Il viendrait un moment — sous peu — où les chiffres joueraient contre lui. Trop vieux. Trop vu. Trop de cartes abattues. Si près. Si près de décrocher le gros lot. Si près qu'il s'était brûlé aux feux des projecteurs.

— Tu connais le *Spirit of Saint-Louis* ? demanda Dexter.

— J'ai vu le film.

— À un certain moment, Lindbergh a dû franchir un cap : il avait assez de fuel pour revenir, mais au-delà de ce point, c'était arriver en Europe... ou sombrer dans la mer.

— Ah, c'est le laïus d'encouragement pour...

— Je ne joue plus, lança Dexter en l'arrêtant d'un geste comme s'il était un des Supremes. On en est là. On a fait tout ce qu'on a pu : maquillage, technique, news, toutes ces conneries. On a assuré de tous les côtés. On a fait le maximum. Tout le monde est content. Mais toi et moi, on est toujours en rade.

— Alors, qu'est-ce qu'on fait ?

— Toujours partant, je vois, fit Dexter en souriant. Parfait. Pour moi, on a deux possibilités. Soit on continue sur cette lancée, on grimpe lentement, New York oublie qu'il existait un Dexter Rayburn, et tandis que les flocons de neige tourbillonnent et que le vent souffle du pôle Nord pendant vingt ans encore, le Minnesota regarde Brandon Wilson devenir vieux.

— Soit... ?

— On fait le grand saut.
— Comment ?
Dexter le gratifia d'un regard incrédule.
— D'accord, mec, je marche, fit Brandon. Mais je vous préviens, je ne bidonne pas et je ne fais pas de sujets craignons.
— Qu'est-ce que c'est que ces conneries ? Tu es en train de me dire que tu refuserais de faire un reportage sur une pute si ça te propulsait au premier plan ? Tu mens.
— Écoutez, je n'ai jamais fait ce genre de sujet et je ne veux même pas en discuter.
Brandon examina ses mains. Il les croisa et les posa sur ses genoux. Et, quand il reprit la parole, ce qu'il dit lui parut s'imposer de soi-même :
— J'ai quelque chose qui pourrait peut-être faire l'affaire.
— Ah oui ?
— Je le gardais en réserve... j'avais mes raisons.
— Accouche !
Pourquoi pas, après tout ? songea-t-il.
— Un gros trafic de drogue.
— Combien ?
— Je ne sais pas.
— Qu'est-ce que tu sais ?
— Je sais où et je sais quand. Je tiens à préciser que ce n'est que ce que quelqu'un m'a dit. Si ça se trouve, c'est des bobards.
— Tu as confiance en elle ?
Comment sait-il que c'est « elle » ? songea-t-il.
— Ouais.
Trop.
Dexter se frotta les joues d'une main. Il était de ceux qui devraient se raser deux fois par jour. Brandon pouvait pratiquement sentir la barbe au bout de ses doigts.
— Si, fit-il, je dis bien *si*, tes tuyaux ne sont pas percés, ça pourrait faire l'affaire.

— Peut-être.
— Pas peut-être. C'est sûr. Et de toute façon, ça vaut le coup d'essayer. À partir de maintenant, on met la gomme, toute la gomme quitte à se faire dégommer. Qu'est-ce que tu as programmé aujourd'hui... Non! Aux chiottes. On annule. On te supprime ce soir. Mets Ted sur le coup aussi.

Il se carra dans son fauteuil, le regard perdu dans ses pensées.

— Je ne sais pas si...
— Me sors pas de conneries, putain de merde!

Il se détendit comme un ressort, de nouveau tout feu tout flamme.

— J'ai besoin de savoir tout de suite. Tu marches sur ce coup? Hein? Parce que, là, pas question de rester le cul entre deux chaises ou de renoncer en cours de route. Alors?

Brandon déglutit.

— Oui. Je marche. Oui.
— Je veux des flics. Du grand spectacle. De la tension. Je veux que ce soit tellement chaud que j'en jouisse dans mon fauteuil.
— C'est tout?
— Je veux ça en « live » au cinq heures.
— Bon. Ne zappez pas.
— On se revoit à Paris, cousin, fit Dexter.

La porte de la cour s'ouvrit et il sortit, portant un gros sac-poubelle. Ton compte est bon, songea Brandon. Je vais te faire coffrer illico presto, ducon.

— Y'a quelque chose qui te fait marrer? lui demanda Sipp, rieur lui aussi.
— Belle journée, c'est tout. Attends, je te tiens la porte.
— C'est bon, merci.
— Oh, ça ne me dérange pas.

Brandon ouvrit la porte tout grand en un geste plein d'emphase.
— Je t'ai dit que c'était bon.
— Excuse.
Porte calée contre son pied, adossé à l'encadrement, Brandon observa Sipp qui jetait le sac gris dans la poubelle. C'était un mec huileux, d'un noir bleuté. Il avait une tête à avoir la bouche pleine de dents en or. Ses cheveux étaient prisonniers d'un filet en nylon. Noueux et musculeux — bâti comme s'il avait soulevé des sacs de patates toute sa vie.
— T'attends quelque chose ? demanda Sipp.
— Non, je prends le frais.
Il poussa la porte d'un geste vif, l'ouvrant juste assez pour passer. Tout juste. Il se faufila à l'intérieur en frôlant Brandon qui sentit un mélange de sueur, de marijuana et d'eau de toilette bon marché.
— Faut pas être trop curieux, dit Sipp. Les accidents sont si vite arrivés.
— Sérieux ?
— Et comment.
Brandon ne se départit pas de son calme apparent, mais une saveur acide lui brûla l'estomac. On ne pouvait rester cool que jusqu'à un certain point. C'était naturel d'être nerveux, après tout. C'était une réaction instinctive — les nerfs servaient à vous maintenir à cran, sur le qui-vive. Et les types comme ce Sipp vous rendaient nerveux, vu le genre de rapports qu'ils instituaient. Grand bien lui fasse. Il aurait tout le temps de peaufiner ses méthodes d'intimidation derrière les barreaux.

Ce soir-là, Nita frappa à sa porte vers neuf heures et demie. Il savait que c'était elle.
— Je t'attendais.
— Ah oui ?
Elle restait sur le palier, hésitante, mains derrière le dos. D'un geste, il l'invita à entrer :

— Assieds-toi.

Elle se laissa tomber sur le canapé écossais, et replia ses jambes sous elle.

— Tu bois quelque chose ? Je ne sais pas ce que j'ai à t'offrir. Je peux te faire du...

— Détends-toi ! J'reste pas.

— Excuse-moi, c'est juste que...

— Pas de problème. Je t'assure. Pas de problème. D'accord ?

— D'accord.

Il enfourcha une chaise de cuisine, s'asseyant face à son dossier en vinyle. Face à elle.

— Elle est très jolie. Sandra.

— Oui. Oui, elle l'est. Merci.

— Ça fait longtemps que vous êtes ensemble ?

— Trois ans, je crois.

— T'en es pas sûr ? Mince, t'as intérêt à te souvenir de ce genre d'anniversaire.

— Oui, je sais.

Son petit tricot jaune était un brin trop vif pour son teint, mais il lui allait bien. Trop bien, même. Sa poitrine était merveilleusement avantagée, quasi visible à travers les mailles. Elle paraissait nerveuse, aussi essayait-il de ne pas trop la regarder.

— J'espérais te voir ce soir, avoua-t-il, regrettant immédiatement ses paroles.

C'était une situation impossible. Les adieux n'étaient jamais faciles. Et avec elle...

— T'es pas passé à la télé ce soir. Mindy a annoncé que t'étais en reportage. Sans plus.

— Elle s'en est bien tirée sans moi ?

— Tu nous as manqué. Mais elle est bien. Pour une Blanche.

Ils rirent. Puis se turent.

— Écoute, reprit-il, il faut que je te dise un truc et c'est un peu dur pour moi.

— Si c'est au sujet de...

— Non. Non, pas ça. Non, écoute.

Il s'assit par terre au pied du canapé, assez proche d'elle pour poser une main sur son genou.

— Si je n'étais pas à l'antenne aujourd'hui, c'est parce que nous... eh bien, nous en avons terminé ici. Je pensais qu'on resterait encore deux ou trois semaines, mais... bah, tu sais comment ça se passe. On a d'autres reportages à tourner, d'autres endroits où aller.

— T'as un gros ménage à faire ici, répondit-elle en regardant autour d'elle, faisant claquer sa langue. Je vais peut-être être obligée de faire retenir ta caution, moi.

— Ne t'inquiète pas pour ça.

Il ne savait pas ce qu'il s'était attendu à lire dans ses yeux, mais il y vit une sorte de scintillement chaleureux.

— Un dernier reportage, hum?

Il acquiesça.

— Je peux te dire que tu vas me manquer? demanda-t-il.

— Tu peux, ouais.

Elle sourit.

— Bon, eh bien, oui, tu vas me manquer. Ce sous-sol va me manquer, mais toi, tu peux être sûre que tu vas me manquer. Tu es très spéciale...

— Allons pas trop loin sur ce sujet, dit-elle, toujours souriante, l'arrêtant d'un geste.

Il voyait qu'elle évitait son regard autant qu'il évitait le sien. Ils reprirent la parole en même temps. Il lui fit signe de continuer, mais elle refusa.

— Pour le journal de demain, j'aimerais que les enfants et toi soyez mes invités au studio. Avec Mme Carter. Vous visiterez, vous verrez comment c'est de l'intérieur.

— J'ai d'autres projets, dit Nita.

— Mme Carter peut venir avec les enfants, alors. Je prévoirai une voiture. Tu pourras les rejoindre là-bas. On ira dîner. Tu choisiras le restaurant.

— Une autre fois, peut-être. Merci. Ça a l'air marrant.

— Je pense qu'il vaudrait mieux que tu le fasses demain. S'il te plaît.

Elle lui sourit, inclinant le visage sur le côté, comme si elle voulait le charmer.

— Tu me sembles bien inquiet, remarqua-t-elle, attendant une réponse.

— C'est que..., commença-t-il. C'est que... je ne peux pas...

— J'ai bien l'impression que quelque chose vous tracasse, monsieur Wilson. Bon, plus j'y réfléchis, et plus je me dis que les gosses auront envie de faire cette visite du studio demain. Et ma mère aussi. Si ça te gêne pas qu'elle accompagne les petits ?

Il se releva et gagna son bureau. Bon sang, elle était étrange, parfois. Il sentait qu'elle le suivait des yeux.

— Donc, tu arrangeras ça ? demanda-t-elle.

— Bien sûr. Je te l'ai dit.

— C'est bien. Faut que tout le monde passe une excellente soirée.

Il se frotta le crâne et se tourna vers elle.

— Bonita, je ne peux pas te laisser...

— Me laisser quoi ? Aller travailler demain ? Tu les connais chez Wards. Et faut bien qu'une fille gagne sa vie.

— Nita, il faut que je te demande quelque chose.

— J't'écoute.

— La drogue. La grosse livraison dont tu m'as parlé, tu te souviens ? C'est toujours pour demain ?

Le regard de Nita suivait un dessin usé de la moquette.

— Pour autant que je sache, oui.

— Tu as compris que c'est pour ça que je veux que vous ne soyez pas ici, hum ?

Elle acquiesça.

— C'est gentil de te soucier de nous.

— Tu es absolument sûre que ça arrive demain ?
— Ben, je suis sûre de ce qu'on m'a dit. Mais, comme tu disais toi-même, y'a des gens à qui on peut pas faire confiance.
— C'est que je risque gros sur ce coup.
— T'es pas le seul.
Il eut un petit rire.
— Si je ne te connaissais pas, je penserais que tu es navrée pour ces salauds de dealers.
Elle se mordit la lèvre, faillit dire quelque chose, se ravisa.
— Tu aurais tort, reprit-il. Ce sont des ordures. De la vermine.
— Ouais, tu dois avoir raison, approuva-t-elle en se levant du canapé.
Elle s'étira et bâilla.
— C'est l'heure d'aller au lit, dit-elle en battant des paupières. Dans le mien.
Elle fit la moue et tendit la main à Brandon.
— On va se revoir ? proposa Brandon.
— Ouais, j'suppose.
— Pour ce qui est de demain, Nita, si tu veux conseiller aux autres locataires, au-dessus, de ne pas être chez eux à l'heure du journal...
— Les grandes manœuvres, hein ?
— Ça pourrait tourner au vinaigre.
— Bon, je ferai passer le message. Discrètement, bien sûr.
— Bien. Merci. Et, Nita... (Il la suivit dans l'escalier.) Tu t'arranges pour être à l'abri, toi aussi.
— Vous en faites pas, monsieur Wilson. Bonita Sallis a toujours fait attention où elle mettait les pieds.
Brandon hocha la tête. C'était vrai, alors il la crut.

Contrôle

Nita n'avait jamais été aussi nerveuse. Ni aussi surexcitée. Elle avait autant le trac que le jour où son prof de gym, au lycée, l'avait obligée à plonger dans la piscine — c'était comme s'il y avait des rouages dans son ventre qui tournaient dans deux directions opposées : un pour la partie d'elle qui voulait faire le plongeon, l'autre pour celle qui trouillait.

Elle fit partir les gosses à l'école et prit sa liste.

Elle téléphona d'abord à son travail et demanda à parler au directeur.

— J'peux pas venir aujourd'hui, lui annonça-t-elle.

— Ça ne vous ressemble pas, Nita. C'est vrai, quoi, vous êtes celle sur qui je peux le plus compter.

Justement, songea-t-elle. Elle ne le dit pas — elle ne dit rien.

— On vous verra demain ? demanda-t-il.

— Peut-être.

Peut-être pas. Peut-être plus jamais.

Avec Sipp, ç'avait été facile.

Mme Carter, ça n'avait pas été de la tarte. Nita était allée frapper chez elle tôt.

— Qui c'est, de si bon matin ?

— Habillez-vous. On va prendre un petit déjeuner.

— J'ai assez à manger ici.

J'aurai pas de temps à vous consacrer plus tard, avait-elle songé, mais elle avait insisté :

— Je vous invite, madame Carter. Vous savez que c'est pas si souvent que Miss Nita régale !

Mme Carter avait ouvert sa porte en grand, déjà habillée, son sac à main au bras.

— J'ai un petit service à vous demander, lui avoua Nita entre deux bouchées de muffin.

— Les services, ils chôment pas en ce moment.

Nita lui sourit, minaudant. Autant la ménager, la vieille. Ça pourrait être utile.

— Deux petits choses, en fait.

— Je me disais aussi qu'un déjeuner gratuit, ça n'existait pas.

— Un *petit* déjeuner, madame Carter. Et je vous revaudrai ça. Vous savez bien que votre Nita s'occupe de vous.

Nita battit des paupières comme une fille de joie.

Mme Carter leva les yeux au ciel.

— La première chose, c'est que j'aimerais que vous disiez à Cece de ma part qu'on a la désinsectisation qui vient pour les couloirs. Cet après-midi. Dites-lui d'emmener les gosses et tout le monde chez sa mère. Qu'elle revienne vers les sept heures.

— J'ai pas vu de cafards. Vous nous avez rapporté des cafards ?

— Dites-le aussi à M. Reese et à Mme Stephens. Une voiture ira chercher les enfants à l'école. Ma mère les gardera.

— Ça n'a pas de rapport avec des cafards, tout ça, hum ?

— On peut rien vous cacher, hein, madame Carter ?

— Allez, dites-moi tout. Qu'est-ce qui va se passer ?

— Plusieurs choses. Ce qui nous amène au deuxième service. Je vous fais confiance, madame Carter. Je vous demande toute votre attention.

La vieille dame tendit le cou sur sa chaise en plastique comme si elle était une otarie de cirque et que Nita lui agitait un poisson au-dessus de la tête.

À midi, Nita avait coché toute sa liste. Il ne lui restait plus qu'à attendre.

Elle s'allongea sur le canapé et inspira profondément. Elle n'était pas croyante mais elle offrit une prière à Dieu.

Plutôt des questions, en fait.

Qu'est-ce que ça veut dire, « salut » ?

Et « cupidité » ? Et « survie » ?

La frontière entre le bien et le mal, est-ce que c'est une ligne continue ou en pointillé ? Et où commence le péché ?

Le téléphone sonna. Elle ne s'attendait pas à ce que ce soit Dieu. Elle savait qu'il n'existait pas de ligne directe, elle ne croyait pas aux buissons ardents, ni aux Tables de la Loi.

C'était Sipp.

— D'accord, dit-il... D'accord.

Pas de deux

— OK, Abromsky à la 2, dit Ted. Tout le monde en place.

Ils se trouvaient dans une soi-disant camionnette de nettoyage de tapis. Des caméras étaient pointées vers les portes côtés rue et cour de l'immeuble, et une autre se trouvait dans la maison d'en face où habitait une vieille amie de Mme Carter. La Minicam suivrait Brandon derrière les policiers.

— Comment tu as fait pour persuader les flics de marcher sur ce coup ? demanda Ted. En général, ils détestent les plans de ce genre.

Son index allait et venait d'un écran de contrôle à l'autre, comme s'il comptait quelque chose.

— Tu veux rire ? Ils adorent. Avec tous les reportages qu'il y a sur eux, ces types deviennent des stars. Ils ont des agents à Hollywood, et tout. Il m'a suffi de leur promettre quelques petites faveurs.

— Et ça ne te pose pas de problème, ce côté journalisme-au-service-de-la-loi ?

— Arrête, petit. Tu as fait une école de journalisme. Tu as entendu parler du quatrième pouvoir.

— Je sais qu'il y a une différence entre donner une information et la créer de toutes pièces.

Brandon tiqua.

— Hé, arrête ton prêchi-prêcha, tu veux ? On est à l'antenne dans quelques minutes.

Ted ricana.
— Cinq heures dix ?
— Dix, et quart. Tu connais ces mecs. Ils vont peut-être s'arrêter en route pour manger des beignets.

Brandon ne sourit même pas à sa petite plaisanterie. Dire des idioties était un vieux truc de métier pour masquer le trac. Le revoilà dans la situation qu'il détestait le plus, où tout devait marcher comme sur des roulettes et dépendait d'un autre. Tout allait bien se passer. Il devait en être convaincu.

— Ils font une « reco » de terrain au lycée, dit-il. Que penses-tu de mon jargon policier ?

— Et s'ils arrivent trop tôt ?

— Ben, ce sera trop tôt.

Il se tourna vers l'équipe :

— Vous n'oubliez pas, les gars : c'est une voiture banalisée grise, et dès qu'elle s'arrête, on leur colle au cul. Ils ne nous attendront pas. Et vous restez en liaison avec Mindy et Katy, quoi qu'il arrive. Quand je dirai « Go », on est à l'antenne.

— Tu es sûr au moins qu'on aura quelque chose à se mettre sous la dent ? demanda Ted.

— Qu'est-ce qui t'arrive ? Je ne t'avais jamais vu inquiet.

— C'est juste que... ça sent le gros coup. Je ne sais pas si je suis prêt pour ça.

Brandon massa ses épaules.

— Tu as fait du bon travail, petit. Et... (il désigna l'immeuble du menton)... il y a toujours quelque chose sur le feu, là.

Brandon fredonna sa version de *That's Entertainment*. Il avait l'estomac retourné, comme si quelqu'un en remuait le contenu avec une spatule.

— Tu n'es pas un peu trop cynique ? fit Ted entre ses dents.

Deux voitures de police s'arrêtèrent devant l'immeuble.

— Qu'est-ce que c'est que ça ? Katy ! Tiens-toi prête !

C'était la voix de Dexter dans son oreillette.

— Wilson ! T'es à l'antenne !

— Non ! C'est pas les bons flics ! C'est pas les miens !

— T'es à l'antenne ! Maintenant !

Une escouade de policiers fonça à l'intérieur de l'immeuble.

— Nous interrompons la finale de *Jeopardy* en raison des événements qui se déroulent en ce moment même dans le quartier de Summit University, dans Marshall Avenue. Brad Wilson est sur place. Brad ?

Nita descendit de la voiture de police. Un autre agent commença à coller par terre du gros scotch jaune et à dire aux passants de ne pas approcher.

— Merci, Mindy. Eh bien oui, ça bouge, apparemment.

Brandon n'avait pas la moindre idée de ce qui se passait.

— Nous nous trouvons dans Marshall Avenue.

Mindy l'avait déjà dit.

— Plusieurs équipes de policiers sont arrivées sur les lieux.

Hou là. Torches électriques, policier piquant un sprint. Était-ce le jour on-enfonce-les-portes-ouvertes ?

— Mais parle ! dit Dexter. Blablate ! La caméra n'est même pas sur toi.

— Coïncidence, il s'agit de l'immeuble où nous sommes installés depuis un mois. Ce que vous voyez cet après-midi est plutôt rare. Ce n'est pas souvent qu'on voit nos gardiens de la paix en pleine action.

« Gardiens de la paix ». Il n'en revenait pas d'avoir dit ça. Comme cliché à la noix, on ne faisait pas mieux. On ne pouvait jamais savoir ce qui allait franchir ses lèvres, c'était bien l'inconvénient du direct.

— Je croyais que tu étais un super journaliste d'in-

vestigation, hurla Dexter dans son oreillette. Bouge ton cul, va parler au flic et à la nénette !
Nita lui fit un signe de la main.
— Excusez-moi, monsieur l'agent. Brad Wilson, KCKK, *Live at Five*. Pourriez-vous nous dire ce qui se passe ici ?
— Nous avons reçu une plainte d'une locataire comme quoi y'aurait des problèmes dans cet immeuble.
Super ! Au moins, les flics qu'il avait dénichés savaient communiquer, eux.
— Pourriez-vous être plus précis sur la nature de cette plainte, monsieur l'agent ?
— Ce serait prématuré. Nous venons d'arriver sur les lieux.
— Est-ce que cette plainte aurait un rapport avec la drogue ?
— On a parlé de substances prohibées et d'autres problèmes.
Il se souvint que Dexter avait dit qu'il n'y avait pas moyen de faire demi-tour, c'était : prends le risque de tomber à la mer. Il allait devoir raconter l'histoire prévue et il allait devoir le faire lui-même.
— Mesdames, messieurs, comme vous venez de l'entendre, vous assistez en direct au démantèlement d'un trafic de drogue. D'après certaines sources, il pourrait s'agir d'un réseau important dont la plaque tournante serait cet immeuble. Nous n'en avons pas encore la confirmation, mais c'est peut-être un gros coup de filet qui a lieu là, juste derrière moi, au moment où je vous parle.
— Continue sur cette lancée, fit Dexter. Fais parler la gonzesse !
— Ah, la rédaction me fait parvenir à l'instant de nouvelles informations.
Brandon regarda la caméra d'un air interrogateur.
— Tu m'as entendu ! Va parler à la nana. Elle est avec les flics. Va lui parler !

Nita. Il avait envie de l'étrangler, pas de lui parler. Elle était différente aujourd'hui. Elle avait le visage ingrat, l'air revêche. Elle avait noué un torchon dans ses cheveux. Elle était dépenaillée — sweat-shirt en loques et jean graisseux.

— Je peux vous poser quelques questions, mademoiselle ?

Elle était aussi froide qu'un radiateur engorgé en hiver. Air furibard. Sourire mauvais aux lèvres.

— Vous qui habitez cet immeuble, dit Brandon, racontez-nous ce que vous avez vu.

Elle tourna la tête et regarda l'objectif de la caméra.

— J'suis une mère célibataire qui travaille, répliqua-t-elle. J'essaie d'faire du mieux que j'peux pour mes gosses.

— C'est de l'or en barre, celle-là ! fit Dexter. Tout à fait le genre qui nous manquait, comme je te disais. Wilson, mets-toi derrière elle, que tu sois dans le champ !

— Y'a des retraités dans l'immeub. Et des gosses, aussi. Alors, on a décidé qu'y'en avait marre.

Elle parlait en regardant la caméra, avec fougue, comme si les mots étaient des armes, mains sur les hanches, le menton en avant pour marquer sa détermination.

— Mais parle-lui, Brandon ! T'as l'air d'une andouille, là !

— Donc, vos voisins et vous-même, vous êtes au courant de ce qui se passe ?

— Oui, m'sieu Wilson. Et on voulait vous r'mercier pour tout ce que vous avez fait pour nous, ces dernières semaines. Ah, voilà Mme Carter.

Un policier soutenait Mme Carter, l'aidant à sortir de l'immeuble. Elle le tenait par le bras et marchait d'un pas chancelant, sanglotant dans un mouchoir. Brandon remarqua au passage qu'elle portait une de ses plus belles robes.

— Cuisine la vieille maintenant, lui ordonna Dexter.

Mme Carter vint se placer entre Nita et lui. Elle s'écroula sur son épaule, sanglotant, hoquetant. Nita la soutint en continuant à regarder la caméra.

— Vous allez bien, madame Carter ? Vous vous souvenez tous de notre voisine, Mme Cora Carter. Racontez-nous ce que vous avez vu.

— C'est affreux, fit-elle en sanglotant contre lui. Affreux, affreux.

Elle était à la fois très convaincante et pas du tout crédible.

Putain, elles ont répété ce numéro, songea Brandon.

— Serre la vieille dans tes bras, Wilson. Qu'est-ce qui ne va pas chez toi ? Y'en a pas un qui a de la glycérine ? Je veux voir des larmes sur ses joues !

— Ouais, le mot est pas trop fort, ajouta Nita.

Toujours à la caméra. À eux tous.

La porte de l'immeuble s'ouvrit à la volée ; deux hommes et une femme en sortirent, chacun entre deux policiers. Ils étaient sales, débraillés. Un inspecteur les suivait, portant des sachets étiquetés « pièces à conviction ». Brandon n'avait jamais vu ce trio. Ni dans l'immeuble, ni dans le coin.

— Narration, Brad ! s'égosilla Dexter. C'est pas un film muet !

— Les policiers sont en train d'embarquer plusieurs personnes menottées, et ont des sachets de mise sous scellés contenant, apparemment, des objets trouvés dans un appartement. De la drogue, peut-être. Mademoiselle...

Il tira Nita sur le devant.

—... vous connaissez ces personnes ?

— I'se sont installés dans l'immeuble, et i'faisaient des histoires, bon débarras.

Tout ça, en regardant droit dans la caméra.

— Super ! s'écria Dexter. OK, coupez et on envoie le reportage ! Maintenant !

Brandon entendit le commentaire qu'il avait enregistré plus tôt dans la journée sur les problèmes liés à la drogue dans le quartier. Il ne reprendrait l'antenne que dans une minute.

— À quoi tu joues ? demanda-t-il à Nita.
— Je ne joue plus, lui répondit-elle.

Sa dureté de façade se craquela comme un vernis pour céder la place à un joli sourire.

— Qui sont ces gens ?
— Des accros au crack. Tu ne sais donc pas les reconnaître rien qu'à les voir ? Ils vivent en bas de la rue. On en avait marre d'eux, de toute façon. Tu leur donnes une dose et ils font n'importe quoi pour toi.

Son sourire menaça de s'élargir, mais elle se mordit la lèvre.

— Où est Sipp ?
— En route pour Memphis, je suppose. Il m'a chargé de te dire au revoir.
— Donc, tu l'as laissé filer ? Tu fais arrêter ces minables et tu laisses filer le gros poisson ?

Il regarda les camés qui tremblaient et baissaient la tête à l'arrière de la voiture de police.

— Peut-être qu'on les soignera.

Brandon hocha la tête.

— Je t'avais fait confiance.
— Attention, dix secondes, Brad !
— Oh, Brandon, fit-elle.

Elle l'embrassa sur la joue. L'agent de police se mit à rire.

— Tu vas être un grand garçon et faire ton travail, ajouta-t-elle.
— Je ne pige pas.

Le voyant rouge s'alluma. Nita reprit la pose, main sur la hanche, air revêche.

— Continue à regarder cette caméra, lui souffla-t-elle entre ses dents. On en a tous eu pour notre argent.

Chez Nita

Les rideaux neufs bruissaient comme des feuilles mortes à la fenêtre du palier de l'étage. Nita les avait achetés chez Wards, et le nouveau locataire du dessus l'avait aidée à les accrocher. Mme Carter avait décrété que la couleur était trop criarde, mais Nita ne trouvait pas, et Ray non plus. Ils tamisaient la lumière d'une façon qui avantageait le jaune citron qu'elle avait choisi pour les murs.

M. Cornell — Ray, le nouveau locataire — avait emménagé au premier. Il travaillait comme maître auxiliaire à l'école élémentaire où allaient les enfants et suivait des cours du soir pour décrocher son diplôme d'instituteur. Nita aimait bien avoir quelqu'un à portée de main qui pouvait la tenir au courant de ce qui se passait à l'école. On n'était jamais trop prudent. Il était jeune et aimait bien s'amuser, mais il n'était pas trop bruyant. Parfois, tout de même, quand il déambulait avec ses gros godillots, elle regrettait les pulsations somme toute plus douces des baffles de Sipp.

Elle n'avait eu aucune nouvelle de lui et n'en attendait pas. Ce genre de gars n'aimaient pas se faire avoir par une femme. Il n'avait pas dû le digérer. Il devait se sentir humilié. Pourtant, Nita estimait qu'elle avait été plutôt cool avec ce Black. Qui sait où son poison avait fini ? Dans les poumons, dans les veines, dans les narines d'autres enfants que les siens. Elle aurait dû tous les faire arrêter. Mais bon, il l'avait touchée, avec ses projets, ses plans sur la comète, ses rêves. Il méritait bien qu'on lui laisse une chance. Elle était passée pour le genre de personne qu'elle n'aurait jamais voulu être...

— Tu veux réaliser ton rêve ? lui avait-elle dit. Je vais te dire à combien ils sont cotés, les rêves, de nos jours...

Il avait protesté, durci le ton, mais elle avait bien joué son rôle, mieux que n'importe laquelle de ces blondasses qu'on voyait dans leurs séries télé.

— Si tu tiens à faire ton deal, alors t'as intérêt à suivre *mes* plans. Pas'que j'en ai marre de ton cinéma.

Elle ne demandait pas la lune, vraiment. Le principal, c'était qu'il modifie son programme en fonction du sien — qu'il fasse sa vente fissa dans l'immeuble ce matin, et qu'il ait débarrassé le plancher à midi au plus tard. Elle avait accepté de faire le guet pour lui et de tenir sa langue...

— Oh, une dernière chose.

— Ouais ? avait-il fait, comme éteint par la force qu'elle dégageait.

— J'veux une part du gâteau. Rien qu'une petite part.

— Combien ?

— Ce qui te semble juste. Ce que vaut mon silence.

— Salope, j'sais pas ce qui te fait croire que...

— Et avoir failli tuer mon fils, ça vaut combien, à ton avis ?

Il avait tressailli quand elle lui avait balancé ça, et tout en n'étant pas très fière de porter un coup aussi bas, elle sut qu'elle avait gagné. Et qu'est-ce que ça faisait si c'était un coup bas puisque c'était la vérité. Il fallait bien qu'il paie pour ça. Elle aussi avait des rêves, non ?

La prochaine fois, il réfléchirait à deux fois avant de parler à tort et à travers.

Skjoreski non plus n'avait pas trop eu le choix. Elle connaissait la loi et lui aussi. Le gouvernement fédéral confisquait des biens immobiliers de moins de valeur que le sien tous les jours pour des quantités de drogue bien moins importantes que celles qui avaient transité par ici. Elle l'avait mis en garde contre ces gens mais il l'avait envoyée paître. Il arrive toujours un moment où on récolte la monnaie de sa pièce.

— J'vous conseille de regarder les infos, lui avait-elle dit.

Elle lui avait téléphoné du poste de police.

— Qu'est-ce que vous me chantez là, Nita ?

— Regardez donc *Live at Five*, on causera après.

Et quand ils avaient causé, il avait joué les imbéciles.

— Je ne sais pas ce que vous attendez de moi, ma fille.

Le « ma fille » avait dû lui écorcher la bouche.

— Juste ce qui m'revient, lui avait-elle répondu.

Elle avait chiffré le prix de sa sueur et de ses sacrifices, y avait ajouté les mille dollars que lui avait donnés Sipp.

— Je vous laisse faire les papiers, partenaire, avait-elle dit.

Donc, il était toujours le propriétaire majoritaire — pour le moment ; et elle, pour le moment, était exemptée de loyer et avait son mot à dire sur la gestion de l'immeuble. La semaine prochaine, elle irait choisir une nouvelle moquette pour l'entrée et une applique pour le palier de Mme Carter.

Le plus dur, de loin, ç'avait été avec la police. N'importe qui penserait que les flics ne demanderaient pas mieux que d'arrêter des revendeurs de drogue. Ben non. Elle avait dû aller les voir, leur parler et leur parler, et finalement — après un appel de Mme Carter, hystérique au téléphone — elle avait réussi à les convaincre qu'il se tramait quelque chose qui valait le déplacement. Ils en étaient convaincus maintenant, apparemment. Ils étaient tous restés dehors à dire que c'était super d'être passés à la télé.

Elle avait vu juste : tout le monde en avait eu pour son argent.

Elle s'étendit de nouveau sur le canapé. Toujours le même vieux canapé défoncé. Ça aussi, ça changerait. Un de ces jours.

Un rêve à la fois.

Il lui semblait que la frontière entre le bien et le mal n'était pas tant en pointillé que floue et en mouvement perpétuel, comme un drapeau sous la brise. Si on restait trop près, elle vous traversait comme une espèce de nuée magique. Ce qui était important, en fait, c'était de toujours rester du bon côté, le plus loin possible de la limite. Et quand on ne pouvait pas faire autrement que s'en approcher, il fallait s'avancer en gardant les yeux grands ouverts, sans hésiter et en n'en voulant à personne d'autre qu'à soi-même.

Oui, elle se sentait un peu coupable. Plus ou moins, c'était selon. Elle avait essayé de faire comme on disait, de mettre le bon d'un côté et le mauvais de l'autre, puis de voir ce qui était bien. Ça avait pas marché. La vie, c'était pas une balance, et quel que soit le côté qu'elle choisisse, les choses mauvaises restaient mauvaises et ne s'effaçaient pas.

Certains jours, les bonnes choses rendaient les mauvaises... ben, pas si mauvaises que ça.

Elle regardait Brandon à la télé. Le fameux Brandon. Il avait encore changé de look, mais c'était toujours le même, sous son maquillage et sa nouvelle coiffure. En un sens, il était bien à sa place dans cette boîte. Tremblotant, pas tout à fait réel. Elle avait du mal à se convaincre qu'elle l'avait vu, qu'elle l'avait caressé, qu'elle l'avait entraîné dans son lit, qu'elle avait fait courir ses mains sur son dos, sur ses fesses, le long de sa colonne vertébrale. Elle se souvenait de l'avoir senti sur elle, en elle, et d'avoir eu l'impression très étrange qu'il était à la fois au plus proche d'elle qu'un homme pouvait être, et en même temps pas tout à fait là.

Archives

> N'oubliez jamais les gens qui ont fait de vous ce que vous êtes aujourd'hui.
>
> Mme Cora Carter
> St. Paul, Minnesota

Dès sept heures, le ciel au-dessus du parc avait troqué ses nuances pastel et tendres du petit jour contre les teintes concrètes et estivales de la mi-août. Air trop lourd à respirer la plupart du temps, même s'il était climatisé partout où Brandon allait.
— Bonjour, lui dit Sandra dans son dos au moment où elle sortait sur la terrasse.
Elle passa les bras autour de sa taille, tout humide, son peignoir encore imprégné des vapeurs de la douche.
— Bonjour.
— Qu'est-ce que tu regardes ? demanda-t-elle.
— Oh, rien. Tu sais, c'est à cette heure-ci que j'aime vraiment Central Park.
— Moi, c'est jamais, fit-elle en se balançant, accrochée à lui. Tu as faim ?
— Non, je trouverai quelque chose.
— C'est tant mieux parce que je ne comptais pas me mettre à faire la cuisine.

Il la suivit dans la chambre et la regarda s'habiller.
— Journée chargée ?
— Comme pour tous les bouclages.

Les journées les pires, en fait. Après leur arrivée à New York, elle avait réussi à se faire embaucher comme conseillère-maquettiste des pages « mode » d'un groupe de presse désireux d'augmenter son lectorat afro-américain. Les jours de maquette étaient ceux où elle passait son temps à se battre pour avoir un visage de plus ici, un autre là. Elle s'était surnommée : une banque d'images sur papier glacé.

— Cette pouffe va me tenir la jambe jusqu'à quatre heures. Après, elle peut mettre des gorilles en pleine page si elle veut, je m'en fous !

Elle s'accrocha un ongle à son chemisier.
— Zut !

Elle était une boule de nerfs, absolument pas fatiguée par sa grossesse, à peine visible, même si elle affirmait que ses jupes la serraient.

— Du calme ! lui dit Brandon. Au bout d'un an, tu es déjà une New-Yorkaise.

— Jamais. Je ne m'habituerai jamais à ces gens qui courent dans tous les sens. Ça se voit ?

Elle parlait de l'accroc à son chemisier qu'elle lissait du plat de la main.

— Pas d'ici.

Elle l'ôta et en prit un autre.

— Comme si j'allais écouter un Noir aussi bigleux que toi. Et toi ? Quel est ton programme ?

— Comme d'habitude. Une interview avec le représentant de l'ONU. Il faut que j'appelle des gars sur le terrain.

— La Yougoslavie ?

— Comme d'habitude, je te l'ai dit.

— Tu n'as pas oublié qu'on sort ce soir ?

— Ah, oui.

— *Ragtime* ? C'est tout juste si je n'ai pas dû vendre

le bébé pour avoir ces places, alors je compte bien voir ce spectacle et je n'ai pas l'intention d'y aller seule.
— Je serai là. À moins que.
— À moins que quoi ?
— À moins qu'on ne lâche la bombe sur eux, ou autre. Tu sais ce que c'est, baby. L'info passe avant tout.
Elle déposa un baiser sur son front, essuya les traces de rouge et prit son sac.
— Quoi qu'il arrive, tu as intérêt à être ici, fin prêt, à sept heures quinze minutes. Ou sinon, c'est moi qui lâche la bombe !
— Amuse-toi bien, lui dit-il en faisant la moue et en fermant les yeux très fort.
Elle sortit en lui tirant la langue.
Il se laissa tomber à plat dos sur le lit. Le mariage n'avait pas été une si mauvaise idée que ça. C'était très bien, en fait. Mieux que les années de drague. Un don du ciel. Sandra.
Il roula sur lui-même, essaya de se rendormir. Inutile d'arriver au studio avant dix heures, au plus tôt. La vie était facile ici. Plus facile qu'il ne l'aurait cru. Il y avait des larbins partout, assez de coursiers pour déplacer une montagne. On vous coiffait, on vous maquillait, on cherchait la documentation pour vous, on répondait à votre courrier. Il y en avait même qui seraient prêts à aller aux toilettes pour vous si c'était possible et s'ils pensaient pouvoir y gagner quelques points.
Dexter lui avait demandé de ne pas s'emballer, d'adopter un profil bas. Il disait qu'il fallait du temps pour construire une image de présentateur d'une émission nationale, qu'on ne pouvait pas débouler du jour au lendemain dans tous les foyers d'Amérique et imaginer que tout le monde vous aimerait d'emblée. Il disait qu'ils devaient attendre d'avoir trouvé le bon support. Ils avaient passé des heures — des jours, des semaines — au coude à coude autour d'une table, Dexter, Ted et une bande d'autres blancs-becs aux dents

longues dans leur genre à essayer de concocter le bon projet : un magazine d'actu, une émission d'interviews, un débat. Ils avaient même envisagé une autre émission du matin : ça avait bien marché pour Brokaw, disaient-ils.

    En attendant, il restait assis dans un fauteuil. Il lisait les brèves entre les émissions, faisait des remplacements pendant les vacances, interviewait régulièrement une personnalité. Un Dit-com embauché par Dexter fournissait des tuyaux sur Brandon et Sandra aux rubriques « people » de la presse. Être dans le network ce n'était pas être employé, c'était avoir une activité, être dans le bizness, dans un mouvement si constant qu'il en devenait essentiel. Et bien payé, qui plus était.

    Il cliqua sur la télécommande pour voir ce que proposait l'équipe du matin. Poussif aujourd'hui — des hommes politiques et des acteurs. Rien de bien captivant. Rien qui donne envie de rester devant le petit écran. Ennuyeux.

    Il visionnerait des cassettes.

    La cassette.

    Sandra disait qu'il fallait s'en débarrasser, mais il ne pouvait s'y résoudre. Tout était là — les quatre heures et demie. De Mme Carter à la fin. Il ne savait pas pourquoi il la gardait. Il l'avait regardée tant de fois qu'elle n'avait pas plus de sens pour lui qu'une pub pour les céréales.

    Il la glissa dans le magnétoscope et appuya sur la touche « PLAY ». Il n'y avait que deux passages qui l'intéressaient.

    Il avait associé cette cassette à une journée chaude de printemps quand il habitait dans une ville froide du Midwest. Le ciel tirait sur le pourpre cet après-midi-là et les arbres avaient pris une légère teinte vert-jaune. Il était là, avec la femme en robe rouge à la peau d'un beau brun foncé. Elle était presque aussi grande que lui. Il se souvenait qu'elle tremblait, tapait des pieds — elle essayait de se décontracter juste avant de passer à l'antenne — et débordait d'un trop-plein d'énergie. Elle était intimidée. Il se souvenait qu'il avait souvent regardé la caméra, puis la jeune femme, que son regard allait de l'une à l'autre comme pour dire à quelqu'un « Regardez-moi ça ». C'était une habitude, ces coups d'œil à la caméra ; un truc cabotin et un peu gauche, mais il faisait ça depuis ses débuts. Ils faisaient tous ça ; c'était une forme de complicité avec les téléspectateurs. Sur la cassette, la femme était immobile à côté de lui, de cette façon peu naturelle qu'on voyait dans les films. Il se souvenait de son parfum qui dégageait une odeur commune qu'on respirait dans n'importe quel métro ou ascenseur de la ville ; des sillons que le peigne avait laissés dans le gel coiffant dont elle s'était servie pour lisser ses cheveux en arrière. Il appuya sur la touche « AVANCE RAPIDE » et fit défiler la bande jusqu'à l'image d'une autre fille. La même, en fait. Même joli minois, mais plus dur que l'acier ; même jolie silhouette, mais fichue comme l'as de pique. Un visage : un sourire aussi rare que le tonnerre en hiver ; l'autre : les yeux aussi durs que le diamant, d'un noir lumineux, miroirs cruels reflétant une douleur encore à vif. Dans sa tête, il les juxtaposa. Les deux femmes. Les deux visages. Les deux Nita.

L'une était un personnage, l'autre la vraie Nita. Peut-être y en avait-il d'autres ; il n'aurait su le dire. Il avait connu ces deux-là. Il tenta de mêler les deux visages, de n'en faire qu'un, mais, bizarrement, ils refusaient de se fondre. Il aurait voulu voir cette femme dans toute sa complétude. Il se disait qu'il devait bien y avoir un bouton sur cet appareil qui pourrait faire ça pour lui. Il regarda sa télécommande pour constater à nouveau qu'une telle fonction n'existait pas. Une fois encore, il se sentit trahi par la technique.

Remerciements

Je remercie la fondation Ragdale et le Virginia Center for the Creative Arts qui m'ont offert le temps et la paix nécessaires pour accomplir ce travail.

De même, je remercie Christy Cave et Kate Havelin pour leur connaissance de la télévision. Les possibles inexactitudes entre cette histoire et la « vraie » télévision sont le fruit de mon imagination, et en aucun cas de leurs relectures minutieuses.

En dernier lieu, merci à tout un chacun aux éditions Milkweed pour tous les efforts entrepris à mon égard.

Table des matières

Mousse ou gels coiffants : rien n'y fait 7
Une façon d'aimer 19
Adios, salut et bonne chance 33
Trois pièces, aucune vue 45
Des mots par milliers 55
Aventures dans la littérature américaine 75
Un petit coin où prendre du recul 87
Une femme active 99
Flexibilité vers le bas 111
Entre voisins 123
In the ghetto 135
Rêves de glaces 147
Transformation 165
Au zoo 181
Tombe la neige, tombe la neige, tombe la neige 201
Guide T.V. 217
Les cousins « at Five » 231
Renvoi d'ascenseur 245
Un Emmy, au moins ! 261
La tête sur les épaules 275
Dans la mer 283
Contrôle 295
Pas de deux 299
Chez Nita 307
Archives 311

Remerciements 317

Ce volume a été achevé d'imprimer
sur les presses de l'imprimerie Gagné
à Louiseville
en juillet 1999

Imprimé au Canada